クロカネの道をゆく

「鉄道の父」と呼ばれた男

江上 剛

○本表紙デザイン＋ロゴ＝川上成夫

クロカネの道をゆく　「鉄道の父」と呼ばれた男◎目次

プロローグ

空を見上げた。野村弥吉《やきち》（後の井上勝《まさる》）の頭上には、澄み切った青空が広がっていた。

あの青い空の向こうには、いったい何があるのだろうか。空に向かってどこまでも高く上昇して行けば、またその向こうに空が広がっていて、行けども行けども果てしない。想像するだけで気が遠くなる。できることなら、ずっとずっと遠い国に行きたい。その国には自分がまだ見たこともない不思議が多くあるのだろう。それを何もかも知りたい、吸収したい……。

弥吉は、父勝行《かつゆき》から「鉄砲玉」だの「猪突猛進《ちよとつもうしん》の猪《いのしし》」だのと言われている。目的を見つけると、止めるのも聞かず突っ走ってしまうところがあるからだ。

鉄砲玉だと、その勢いで人を殺《あや》めることがあるから、好ましくない。

猪の方がまだましだ。体つきはがっしりしているし、顔つきも決して上品ではない。どちらかというと目鼻立ちはごつい。猪と言われるのも頷《うなず》ける。性格的にも、これぞと思ったら、まず行動していることが多い。猪突猛進の猪侍。それでいいではないか。今は、考えるより先に行動しなければ、時代がものすごい速さで変化している。それに半歩でも先んじなければならないのだから。

——ここにいるのも猪突猛進した結果だな……、まったく。

弥吉は佐賀藩精煉方《せいれんかた》の庭園にいた。

広い庭園の周囲を覆《おお》い隠すほどに茂った庭の木々。葉一枚も動かない。風がぴたりと止《や》んでいる。今から起きることを葉や梢《こずえ》さえ神経を張り巡らせ、固唾《かたず》を呑んで待っているかのようだ。

庭には鮮やかな緋色《ひいろ》の毛氈《もうせん》が敷かれている。弥吉はその上に膝《ひざ》をきちんと合わせて正座をしていた。まるで茶会でも開かれるかのようだが、弥吉の気分はそんな優雅なものではない。期待と不安が交錯し、ある種の興奮状態の中にいた。早く始まってくれなければ、気が狂って、それこそ猪突猛進し出すかもしれない。

期待とは、まだ見ぬものへの熱烈《ねつれつ》な思い。不安はその裏返し。なぜこれほどまで胸が高鳴るのだろうか。それはこれから目の前で行われることが、自分をどこか遠くに連れて行ってくれるかもしれないという予感があるからだ。

「野村殿、いよいよ始まりますぞ」

弥吉の隣に座り、前へ転げそうなほど身を乗り出しているのは江藤新平《えとうしんぺい》だ。佐賀藩の藩主、鍋島直正《なべしまなおまさ》が高く評価する若手藩士だ。

「本日は、このような席にお招きにあずかり、誠にありがたき幸せに存じます」

「堅苦しい物言いは、なしだ。野村殿が見たいと言った、たまたまここで見ることができる、それでご一緒した。たったそれだけのことだ。気になさるな」

新平は高く澄んだ声で言い、そして笑った。

弥吉は、新平を憧《あこが》れの目で見つめた。

──なんと屈託《くったく》がないのだろうか。

純粋な笑い声を聞いていると、今、頭上に広がる青空の中に吸い込まれていくように心地よい。この江藤新平という人は、この国の未来をとことん信じているのだろう。

＊

弥吉は長州（今の山口県）藩士井上勝行と久里子夫妻の三男として、天保《てんぽう》十四年（一八四三）に生まれた。幼名は卯八《うはち》だ。

母久里子のことはあまり記憶にない。弥吉が数えで三歳の時、病《やまい》で死去した。父から何度も母について話を聞かされた。優しく聡明な女性だったようだ。だから弥吉は、母に恥ずかしくない大人になろうと心に誓っていた。

六歳の時、同じく長州藩士の野村作兵衛の養子になり、野村弥吉と名乗った。

野村家の養子になったものの弥吉は、実父の勝行からの影響が強いと思っている。父は、いつも空を眺めては弥吉に、「この空の下には、お前の知らない世界がどこまでも広がっておるのだぞ」と言い、頭を撫《な》でてくれた。弥吉は、そのごつごつしていながらも妙に温かい手の感触をよく覚えている。

猪突猛進の性格も父譲りではないだろうか。

父は、若い頃に長崎で洋学や洋式兵法を学んだ。それを藩に採用してもらおうと建議したことがあった。しかし、藩にはまだまだ洋式兵法を受け入れる空気はなかった。それでも建議してしまうところは、父も猪突猛進する人間だったのだろう。

私の建議は受け入れられなかったがな、と父はあっさりと言った。不平不満を漏らし、ぐずぐず言うような人間ではない。

いずれ時代が追いついてくる。物事というのはそんなものだ。その時、改めて建議すればよいのだ。時代の半歩先を行く。そのために勉強をし、準備しておくのが、本当の武士というものだ。父は、弥吉に繰り返し言った。

父の言葉が何を意味しているか、弥吉は十分に理解していた。世の中が変化に向けて騒然とし始めている。どのように変化するかは、まだ誰にも分からない。誰もが自分の信じる道を猪突猛進しなければならないだけだ。幾筋《いくすじ》もの道が、いずれ一本の太く、大きな道になるだろう。そして、世の中の変化の流れが決まる。その時のために準備を怠《おこた》るでないというのが、父の教えだ。

徳川の世は、一見、盤石《ばんじゃく》のように続いていた。しかし、その支配下の諸藩の多くは財政的に困窮《こんきゅう》していた。弥吉の生まれた長州藩も例外ではない。財政的な困窮から脱するために藩財政の立て直しが図られ、倹約が奨励《しょうれい》され、殖産《しょくさん》興業が実施されていた。

弥吉が十一歳の年（嘉永《かえい》六年、一八五三年）に、アメリカからペリーが四隻《せき》の軍艦を率いて相模国《さがみのくに》（今の神奈川県）浦賀《うらが》沖に突如《とつじょ》現れ、黒船の煙突から噴き上げる黒い煙が江戸の人々を驚かした。

「太平の眠りを覚ます上喜撰《じょうきせん》たった四杯《しはい》で夜も眠れず」と、黒船（蒸気船）とお茶の銘柄である上喜撰をかけ、黒船が四隻来ただけで上を下への大騒ぎの江戸庶民や幕府を揶揄《やゆ》する狂歌《きょうか》が流行した。

黒船来航の知らせは、長州藩にもすぐに届き、藩内に衝撃が走った。というのは長州藩は下関《しものせき》という良港を持ち、そこを船舶による流通拠点として活用することで多額の利益を上げていたからだ。

——いずれ下関にも外国船が来る。

藩士たちは皆、そう考えた。

外国船は災厄《さいやく》をもたらすぞ。あの清国《しん》でさえイギリスに敗れ、植民地化されつつあるというではないか。長州が清国のようになっては大変だ。

人々が口にする不安は、弥吉の耳にも入っていた。

イギリスが、あの大帝国である清国を破った……。清国はなすすべもなく、たちまちのうちに戦《いくさ》に敗れたという。なんということだろうか。そして浦賀に来たのはアメリカだ。アメリカというのは、イギリス人が造った国だ。世界にはいったい、どれほど文明の進んだ国があるのだろうか。

長州藩には、外国排斥《はいせき》の攘夷《じょうい》機運が満ち満ちた。このままでは外国に征服されてしまうと、多くの人が思った。


「なあ、弥吉。孔子は、学んで厭《あ》かずとおっしゃっている。とにかく学ぶことだ。外国が優れていれば、謙虚に教えを乞《こ》えばいい。攘夷などというのは、圧倒的な力を前にした時の恐れの裏返しにすぎん。学べば、恐れはなくなるぞ」

父勝行は外国を認めている。弥吉は、不思議なものを見るような気がした。同時に、周囲がどれほど攘夷を叫ぼうとも冷静でいる父を尊敬した。

「わしは、相模国の海岸警備を申しつけられた。弥吉、一緒に来るか」

父は、幕府から相模国海岸警備を命じられ、長州藩警備隊長として上宮田《かみみやだ》（横須《よこす》賀《か》）に赴任することになっていた。

弥吉は、十三歳。まだ若い。警備活動にどんな危険が待っているかは分からないが、父は弥吉に、海岸警備の名を借りて、外国の空気を少しでも吸わせてやりたいと考えたのだろう。

「はい、参ります」

弥吉に、断るという選択肢などない。外国への強い興味から、父の提案を、一も二もなく受け入れ、同行することになった。

弥吉の身分は、相模国宮田御備場《おそなえば》出役《でやく》の手付。上役の手伝いをするのが職務だ。手付の者たちは三十数人。皆、同じ仮小屋に住み、共同生活をした。

警備そのものは危険もなく、のんびりと神奈川沖の海を眺めるだけだったが、同年齢の者たちと寝食を共にし、議論を交わす日々は弥吉にとって非常に刺激的だった。

その中で、弥吉の人生に大きな影響を与える人物に出会った。

伊藤利助《りすけ》（後の伊藤博文）だ。利助は、弥吉より二歳年長だが、すでにいっぱしの攘夷志士だった。

「このままだと、長州はもとよりこの国は西洋の植民地になってしまうぞ。西洋を排斥しつつも、西欧の軍事、航海術を学ぶ必要がある。和魂洋才だ」と、弥吉に対し熱心に語った。

利助は情熱家で統率力もあった。弥吉は、利助を兄のように慕った。どこにでも一緒についていき、利助の一挙手一投足をまねるほどだった。

弥吉は、行動も猪突猛進だが、人の好き嫌いも同じだった。この人ぞ、と思ったら、どんなに嫌われようと、またその人がどんなに批判にさらされようとついていく。

伊藤利助は、弥吉が、この人ぞと思った人物だった。

「弥吉、この本を読め。書いたのは佐賀人だが、なかなかのものだ。参考になるぞ。ただし攘夷については否定的だがね」

利助が渡してくれたのは、『図海策《とかいさく》』という書物。著《あらわ》したのは江藤新平、初めて聞く名前だ。

弥吉は仮小屋の隅に灯《あかり》を得て、『図海策』をむさぼるように読んだ。読むにつれ、興奮し、周囲が明るくなるのも気づかず、夜を徹して読んだ。

『無謀な攘夷は、西欧との戦いに大敗し、国を亡ぼす。日本国が取るべき道は、西欧強国と親交を結び、開国通商して富国強兵を図ること。日本はもとより世界の人材を登用し、海国日本の特質を生かした通商貿易を行えば、イギリスをも凌駕《りょうが》できる。蝦夷地《えぞち》（今の北海道）の開拓はロシアとの通商、戦力上も重要である』

——すごい人物だ。この江藤新平という人は。

弥吉は、『図海策』の気宇壮大《きうそうだい》さに感激した。特に西洋各国と同盟を結び、弱きを助け、強きを抑え、義に与《くみ》し、不義を討てば、国際社会は日本に帰依《きえ》するだろうという構想は、攘夷の機運が満ちている時代にあって、閃光《せんこう》のように輝いている。

「読んだか？」

翌朝、利助は聞いた。

弥吉は、興奮と睡眠不足で目を赤くしていた。

「はい、読みました」

「どう思った？」

「素晴らしいです」

「そうか……、どこが素晴らしいと思ったのか」

「西洋諸国と良き関係を結べば、国際社会は日本に帰依するというのは、攘夷とは違いますが、納得します。攘夷より素晴らしい」

弥吉の感動した様子に、利助はやや困惑《こんわく》した。

「弥吉、今は攘夷だ。江藤の言うことには一理ある。しかし今じゃない。西洋をいたずらに排斥するものではないが、隙を見せれば必ず牙《きば》を剝《む》いてくる。清国がいい例だ。そのためにも、日本という国の心棒《しんぼう》をしっかりと打ち立てて、西洋に対抗しなければならない。俺はお役目が終わったら、国元で吉田松陰《しょういん》先生の門を叩くつもりだ。お前はどうする？」

「私も松陰先生の門下に入りたい。しかし、その前に私はもっと西洋を学びたいです。学んでこそ、西洋と対等に戦える日本になれるのではないでしょうか。この江藤新平という方に会いたくなりました」

弥吉は、素直な思いを言った。

「そうか。なあ、弥吉。俺とお前は同志だ。この国の行く末を憂《うれ》う憂国《ゆうこく》の同志だ。共に命を懸けて尽くそうではないか」利助は、弥吉の手を強く握り、「お前は長崎に行け。そこに行けば江藤に会えるやもしれぬ。佐賀藩は長崎御番を務めているからの。その書物はお前にやる。持っていけ」と、強い口調で言った。

長崎御番とは、外国との窓口である長崎港の警備担当のことだ。佐賀藩は福岡藩と一年交代で幕府から長崎御番を命じられていた。

兄と慕う利助から長崎に行けと言われたからには、もう弥吉は我慢できない。すぐに父に頼み込んだ。

父は、弥吉の長崎派遣を藩に申し出た。藩はそれを受け、オランダから洋式兵法を学ぶ目的で、弥吉に長崎派遣を命じた。十六歳となっていた。

長崎に着くと、弥吉は派遣任務もそこそこに佐賀に向かった。とにかく江藤新平に会いたかったのだ。長崎派遣は名目と言ってもよかった。何人もの人を頼り、江藤との面会の伝手《つて》を探した。そしてついに面会が叶うことになった。

佐賀城下で弥吉は江藤と会った。江藤は、藩吏に登用されていた。

弥吉は『図海策』を抱え、弾《はず》む気持ちを抑えられないまま江藤に会った。

江藤は、弥吉より九歳も上だったが、尊大さはみじんもない。がっしりとした体《たい》躯《く》で、笑うと少年のような清々しさが感じられた。

なによりも他藩の若者が、自分の著作に感動して面会を求めてきたことに興味を覚えたのか、弥吉の訪問を非常に歓迎してくれた。

江藤は、多くのことを語った。国を強くし、富ませるのは、国民のためであること、国民を富ませれば、必ず国が強くなること、そのためには人材を広く求めねばならないことなどを、弥吉に強く訴えかけた。

「いいものを見せてあげよう」

江藤はにこりとした。

「いいものとは、なんでしょうか」

弥吉は聞いた。

「クロカネの道だよ」

「クロカネの道？〝クロカネ〟とは〝鉄《かし》〟のことでしょうか」

弥吉は首を傾げた。

江藤はいかにも楽しそうだ。弥吉を将来性のある若者と認めたのだろう。そんな若者の好奇心を刺激するのは、江藤の好むところだった。

「西洋ではクロカネの道、すなわち鉄道というものが全国津々浦々に縦横無尽《じゅうおうむじん》に張り巡らされているんだ。その上をこんなに」江藤は大きく両手を広げ、「ものすごくでかい蒸気機関車というものが、もくもくと煙を上げて、たくさんの人や物をものすごい速さで運んでいる」と、顔を紅潮させて説明した。

「本当ですか」

「ああ、本当だ。日本は、どこに行くのも徒歩《かち》か馬だが、西洋では蒸気機関車に乗って移動する」

「西洋に、鉄路の上を煙を上げて走る鉄の馬車があると聞いたことはありますが、そのことでしょうか」

弥吉は、江藤の興奮が自分にも伝播《でんぱ》したのか、気持ちの高ぶりを覚えた。

「いかにも。蒸気機関車は、たくさんの人や物を早く運ぶことができるから、産業が発達する。なによりすごいのは、人が自由に行き来するようになれば、おのずと国が統一されるということだ。今、我が国は、まだ徒歩や馬や船でしか移動できない。だから多くの人は、一生、自分の生まれた藩しか知らない。他藩を知らなければ警戒し、争うことにもなる。しかし鉄道が出来、もっと自由に交流できたらどうなると思う？」

「そうなれば多くの人が知り合いになり、一つの国家としてまとまりが良くなる……」

弥吉は、鉄の塊のような蒸気機関車が動く姿を想像していた。

「私は、江戸と京都、江戸と佐賀、江戸と津軽《つがる》など全国に鉄道を敷くことでこの国の人々をまとめ、一つにし、富ませることができると思っている。攘夷などと言っている場合ではない。一日でも早くこの国に西洋の技術を導入して、国を変えていかねばならないんだ。一刻の猶予《ゆうよ》もない。そのことを知ってもらいたいから、君に蒸気機関車をご覧にいれよう」

「蒸気機関車を見ることができるんですか」

弥吉は興奮した。

「今は、模型だがね。いつか本物がこの国を走ることになるだろう」

江藤は、目を細め、遠くを眺めるような表情をした。

弥吉は、江藤が自分よりはるか遠くの未来を見据えていることに、震えるような興奮を覚えていた。

＊

弥吉が見つめる庭の真ん中に、丸く線路が敷かれている。そこへ佐賀藩の武士が二人がかりで、黒い筒のようなものを大事そうに抱えて運んできた。その筒からは煙突がまっすぐ上に伸び、いくつかの車輪がついている。貨車と呼ばれる二つの荷台を連結している。

佐賀藩では、開明的な君主、鍋島直正の命により、精煉方という研究機関が新設され、反射炉《はんしゃろ》など西洋の科学技術導入を行っていた。

精煉方には、からくり儀右衛門《ぎえもん》の異名をとる優れた技術者である田中久重《ひさしげ》（儀右衛門）や、中村奇輔《きすけ》などがいた。彼らは、ロシアから見せられた蒸気機関車の模型を参考にしたものの、全く独自の技術を駆使し、たった二年で、アルコール燃料で走る蒸気機関車模型を作り上げたのだった。

蒸気機関車の模型は、藩士たちの要望により精煉方で時折、動かすことがあった。今回は江藤たちが要望し、弥吉はその場に招かれたのだ。

「あれが蒸気機関車だ」

江藤が言った。

弥吉は無言で頷いた。

弥吉の隣には、江藤の後輩で佐賀藩士の、大隈重信《おおくましげのぶ》が座っていた。天保九年（一八三八）生まれ。広い額、骨太の体軀。いかにもごつごつとした印象の男だ。

江藤は、大隈のことを佐賀藩随一《ずいいち》の秀才だと紹介した。大隈も、鉄道には異様なほど関心を示している。自己紹介も早々に、じっと鉄道を見つめている。

「さあ、動き出すぞ」

江藤が蒸気機関車を指さした。

弥吉は、ぐっと膝を乗り出し、目を輝かせた。蒸気機関車は、自らの車体を覆い隠すほど大量の白い煙を噴き上げると、巨人が地面を踏みしめるように力強く車輪を回した。

「おおっ」

弥吉は、思わず感嘆の声を上げた。

車輪の回転が速くなる。まるで息を吐くかのように白い煙が吐き出され、黒い筒のような蒸気機関車が円形の鉄路の上をものすごい速さで走る。

――クロカネの道……。

弥吉は、体の芯から震えを覚えていた。世界が変わる、と確信した瞬間だった。

第一章　密航

1

英国の蒸気船、チェルスウィック号の石炭槽の中は、一筋の光もささない真っ暗闇。空気は湿り、淀《よど》み、石炭特有の油臭さが充満している。その暗闇の中で、動くものがある。

「おい、船は動き出したようだな」

真っ暗な石炭槽の中で、声を潜《ひそ》めてささやく者がいる。

「もう大丈夫だろう」

それに誰かが答える。

「もう息ができん。目がちりちりと痛い」

別の誰か。周囲を警戒しているのか、声は小さい。

「外に出ようじゃないか。もう我慢できん」

また別の声。

「待て、待て、焦るでない。ここで焦って、幕吏《ばくり》に見つかったら、元も子もないぞ」

もう一人の声がそれを制する。

「松陰《しょういん》先生の無念を晴らすためにも、ここは今しばらく我慢しましょう」

吉田松陰は、安政《あんせい》六年（一八五九）十月に、安政の大獄と言われる尊王攘夷《そんのうじょうい》への弾圧によって刑死した人物だ。

幕府は、アメリカから来航したペリーの要求に屈服し、それまでの鎖国の方針を転換し、嘉永《かえい》七年（一八五四）三月に日米和親条約を締結した。

その際、幕府は判断に迷い、朝廷の意見を聞いた。朝廷や公家はそれまで、幕府からないがしろにされていたのだが、急に政治の表舞台に再登場した。

盤石《ばんじゃく》だと思われていた幕藩体制は、外国勢力によって激しく揺さぶられることになった。

幕藩体制の崩壊に危機感を覚えた武士たちは、「このままでは日本は外国の植民地になってしまう」と考え、幕府に代わる勢力の象徴として天皇を前面に押して、倒幕運動に奔走《ほんそう》していった。彼らは尊王攘夷の志士と呼ばれる。

吉田松陰は、彼ら尊王攘夷の志士たちの理論的支柱であり、教師でもあった。なによりも実践を重んじた松陰は、鎖国の国禁を破ってでも外国の技術を学び、日本を改革しなければならないと考えた。

嘉永七年に再度来航したペリーの軍艦に乗り込み、密航を決行しようと試みる。国禁破りは、死刑。それも覚悟の上の行動だった。

密航は失敗した。そして、伝馬町《てんまちょう》の牢獄《ろうごく》で斬首刑に処されてしまった。

「かくすればかくなるものと知りながら已《や》むに已まれぬ大和魂――。松陰先生のお歌だ。先生は、死を以《もっ》て尊王攘夷を実践された。私は塾生と共に、小塚原《こづかはら》の回向院《えこういん》へご遺体を受け取りに行った。先生のご遺体は丸裸にされていて、胴から切り離された御首は血塗られており、そのお顔には乱れた髪が血糊《ちのり》でべっとりとこびりついておった。私は、先生の髪を整え、血を洗い流した。その後で柄杓《ひしゃく》の柄《え》を利用して、離れた首と胴とをつなぎ合わせようとしたんだ。そうしたら、幕吏どもは……」

「なんとしたのだ」

「止《や》めろというのだ。罪人の首をつなぐのは、ご法度《はっと》だとな」

「……うむ。なんということだ。伊藤、お前はその幕吏と争ったのだろうな」

彼らは、吉田松陰を師と仰《あお》ぐ長州藩士たちだ。伊藤俊輔《しゅんすけ》（利助《りすけ》から改名。二十三歳）、山尾庸三《やまおようぞう》（二十七歳）、井上聞多《ぶんた》（後の井上馨《かおる》、二十九歳）、遠藤謹助《きんすけ》（二十八歳）、野村弥吉《やきち》（二十一歳）の五人が、石炭槽の中に潜んでいた。

「山尾、当然だ」

「松陰先生の刑死は、衝撃でした。なんということをするのだと、幕府に対する怒りがこみ上げて、とどまることがありませんでした」

「弥吉、そんな言葉で言い表せないほどの衝撃だったぞ。松陰先生は罪人ではない。国を思う憂国の士だ。それが丸裸で、首と胴体を切り離され……。なんとか塾生の襦袢《じゅばん》や下着をお着せして、それらを私の帯でしっかりと結び、胴の上に御首をお載せして、回向院に埋葬《まいそう》したのだが……」

俊輔が固い声で言った。

「悔しい。本当に悔しい。しかしこの聞多、松陰先生の遺志を継ぎ、一命に代えて、なんとしても尊王攘夷をやり遂げねばならん」

感極まり、聞多が涙声で言う。

「松陰先生のご遺骨は、私が無事に回向院から長州藩ゆかりの地、荏原《えばら》郡若林村に埋葬しなおした」

俊輔の言葉に、謹助も重ねる。

「松陰先生の遺志を継いで、攘夷を成就《じょうじゅ》するためにも、この洋行を成功させないといけない。もし失敗すれば、藩のお歴々にも責任が及ぶであろうから」

「遠藤さんの言う通りだ。絶対に成功させないといけない。命に代えても」

弥吉が力強く言い切る。

五人は、吉田松陰と同様、鎖国の国禁を破って英国へ密航するために、英国商社ジャーディン・マセソン商会の社員、ケズィックの邸宅の裏手の海岸から、小型の蒸気船に乗り込んだ。

文久《ぶんきゅう》三年（一八六三）五月十二日の夜十一時過ぎのことだった。

密航に際して最大の難関は、運上所《うんじょうしょ》前を通過する時だ。

運上所とは奉行所の一組織で、物品の通関だけではなく、港湾に関わる司法全般を担当していた。当然、密航を取り締まるのも重要な役割だった。

もし運上所の役人に密航が発覚すれば、死罪を免《まぬか》れることはできない。

彼らは、息を止めるように、船に身を潜めていた。幸いにも運上所役人に咎《とが》められることはなく、船は、夜の海をすべるように静かに進み、沖合に停泊していた大型の蒸気船チェルスウィック号に近づく。

これで安心ということはない。彼らが乗船するチェルスウィック号にも役人が乗り込んでおり、船内に不審な人物が潜んでいないかと検《あらた》めていた。

彼らは事前の打ち合わせ通り、船員の案内で石炭槽にもぐり込んだ。外洋に出るまでここに隠れるのだ。石炭槽の中は光が届かず、暗く、湿った重い空気が満ちている。石炭のカスが塵《ちり》のように舞っているのだろうか、目や喉《のど》が小さな針で刺されているように痛い。

「弥吉」

俊輔が言った。

「なんでしょうか」

「彼らの言葉が最も分かるのは弥吉だ。もうここから出ていいか、船員に聞いてくれるか」

「分かりました」

弥吉は、外国への思いが強く、洋式兵法を学ぶために長崎に派遣された際も、英語を含む洋学の学習に余念がなかった。

江藤新平《えとうしんぺい》から教えられたクロカネの道を、いつも心に思い描いていた。あの蒸気機関車を日本中に走らせてみせる。これは弥吉の密かなる決意となった。このことは、密航仲間の誰にも吐露《とろ》していない。

とにかく西洋の技術を学ぶためには、英語を習得しなければ話にならない。そう決意した弥吉は、ひたむきに行動し始めた。

幕府が設立した、洋学の最先端を学ぶことができる蕃書調所《ばんしよしらべしよ》にも入学した。ここでは西洋の鉄砲術や航海術を学び、英語にも磨きをかけた。

もっと学びたい。そう思うと、矢も楯もたまらない弥吉は、藩主毛利敬親《もうりたかちか》に願い出た。これには父もあきれた様子で、「お前はどこまで学べば満足できるのだ」と言った。しかし我が子の向学心には満足そうな笑みを浮かべていた。

「箱館《はこだて》（函館）の武田斐三郎《あやさぶろう》殿の塾で、航海術や英語を学びとうございます」

弥吉は、藩主に低頭した。

武田斐三郎は当時、最も西洋事情に詳しいとされていた人物だった。この武田塾には、庸三も派遣されていた。

弥吉は、密航仲間の中では最も若輩《じゃくはい》だが、世界最強の国である英国の技術を学ぶために長崎、江戸、箱館と日本中を奔走し続けた。

箱館から一旦、萩《はぎ》に戻ったが、弥吉の英語習得への意欲は衰《おとろ》えを知らない。再び江戸に行き、横浜でイギリス人の指導を受けて、英語の学習を続けていた。

いつか英国に渡って技術を学びたいとの、強い思いからだった。

他の若い藩士たちは、尊王攘夷に命を懸けていたが、弥吉は彼らと同様の思いで、日本のために命懸けで英語や西洋の技術を学んでいたのだった。

「弥吉、お前はどうして英語や西洋技術を学ぶんだ」

箱館の武田塾にいた際、庸三に聞かれた。

「日本を西洋に負けない国にするためだ」

弥吉は答えた。

「攘夷のためではないのか」

「攘夷は国を亡ぼす」

弥吉は、江藤新平の『図海策』を思い浮かべた。

「なんだと、よくもそんなことが言えたな。我々は攘夷に命を懸けているのだぞ」

西洋の技術に憧《あこが》れを持ち、熱心に学びながらも生粋《きっすい》の攘夷論者である庸三は、弥吉の言葉に強く反発した。

「私には、私の生き方がある」

弥吉は、庸三とは考えが違った。しかし国を憂う気持ちは同じだと思い、それ以上の言い争いは避けた。

弥吉の西洋学問熱に影響を与えた、もう一人の人物がいる。

それは幕府の蕃書調所で教授手伝いをしていた、長州藩の村田蔵六《ぞうろく》（後の大村益《ます》次郎《じろう》）だ。

村田は、「日本は、西洋の近代文明を急速に取り入れる以外に救われる道はない」と繰り返し言い、弥吉に西洋の技術を習得するよう励まし続けた。

人間とは不思議なものだと、弥吉は思う。西洋の技術を学びたいと一心に念じ続ければ、江藤新平、村田蔵六など西洋に理解のある人物と親しくなり、その結果として密航とはいうものの、英国行きの船にまでたどり着くことができた。

父に英国への密航を打ち明けた際、「お前はどこまで猪突猛進するのだ」とまたもやあきれられたが、「とにかく学んで国にご奉公しろ」と涙声で言われた時は、弥吉も感極まってまともに返事をすることができなかった。

今、石炭槽の扉の前に立っている。緊張から細かく足が震える。もし、この扉を開けた先に幕府の役人がいれば、間違いなく死が待ち受けている。いなければ、英国への扉が開くのだ。

「えいっ」

弥吉は、小さく掛け声をかけ、わずかに扉を開けた。さらにもう少し開ける。頭を出し、周囲をうかがう。役人はいないようだ。船員が立っているのが見える。

〈もう大丈夫か〉

弥吉は英語で聞いた。

〈ちょっと待ってくれ〉

船員は言い、しばらく姿を消した。

「どうだ?」

背後で俊輔がささやくように聞く。

「今、様子を見てもらっています」

船員が戻ってきた。笑顔だ。

〈大丈夫だ。出ていいぞ〉

〈ありがとう〉

弥吉も笑顔で答え、石炭槽に潜んでいる俊輔たちに、「出ても大丈夫です」と言った。

「おお、出よう、出よう」

聞多が、扉を開けて待っている弥吉を押しのけるように、真っ先に飛び出した。続いて俊輔、庸三、謹助が外に飛び出す。そして弥吉は、自分たちを隠してくれた石炭槽に感謝の思いを込めて、一礼してから扉を閉めた。

2

弥吉は、甲板に出た。

波は静かで船の揺れはない。海上を渡る風が、心地よく顔に当たる。今年の夏は暑くなりそうだと思っていたが、今はまださほどでもない。

夜の海は、本当に暗い。遠くに見えるのは、神奈川の村の灯《あかり》だろうか。ぽつり、ぽつりとほの赤い光が見える。空は雲が厚く垂れこめているのか、星一つ見えない。

これから長い船旅が続く。まずは上海《シャンハイ》に行き、そこからルソン（フィリピン）やバタビア（インドネシア）などを過ぎ、アフリカ南端の喜望峰《きぼうほう》を経由してロンドンに向かう。一カ月近くの航海になるだろう。無事にロンドンに着くかどうかも分からない。

弥吉は、海に向かって頭を下げた。今回の英国行きを許してくれた父に、感謝の思いを込めた。

「弥吉、髪を切ると、なんだかさっぱりするな。しかし、どうもこの西洋服はぎくしゃくして、肩が凝《こ》って仕方がない」

俊輔が声をかけてきた。照れたように短くなった頭髪を触っている。

「よく似合っていますよ。私はどうですか」

弥吉も自分の頭を触りながら答えた。

「まあまあだな」

俊輔は豪快に笑った。

彼らは出発前に、長州藩の村田蔵六と共に、藩の御用達商人大黒屋の番頭、佐藤貞次郎《ていじろう》を横浜の料亭「佐野茂」で接待した。そこで髪を切り、洋装に改めたのだ。

「よくここまでこぎつけたなあ。弥吉は、以前から英国に行きたがっていたから、嬉しいだろう」

「本当に行けるのかどうか、ハラハラでしたが、ようやくという思いです」

弥吉は、西洋のことを学べば学ぶほど、実際に英国に行き、その発展した技術を学びたいと強く願うようになった。書物からしかその知識や技術を得ることができない状態でいることに、隔靴掻痒《かっかそうよう》の思いを抱《いだ》いていた。

「私は学問より、日本を逃げ出さなければ危なかったぞ。私も庸三も聞多も、色々やりすぎているからな。まあ、幕府から見ればお尋ね者だよ。純粋に学問や技術を学ぶという点では、謹助と弥吉にはかなわない。聞多に誘われなければ、ここにはいなかった。今頃は幕府に捕らわれて打ち首になっていたかな」

俊輔は、苦い笑みを浮かべた。

弥吉と違い俊輔は、西洋の学問を学びたいという強い意欲はない。俊輔は、政治に興味があった。もともと人に好かれる性格で、彼がいると人の輪ができ、まとまるという魅力を持っていた。師である吉田松陰も、俊輔は良き周旋屋《しゅうせんや》になるだろうと、政治的素質を見抜いていた。

攘夷運動の渦中にいて運よく幕府に捕らわれはしていないが、幕府にとってかなりの要注意人物であることは確かだ。

「お尋ね者などということはないでしょう。国のことを思う心は人一倍ですから」

弥吉は厳しい表情で言った。

「相模で、弥吉と警備の任に就《つ》いた後、なんとか松下村塾《しょうかそん》にもぐり込んだ。やっぱり松陰先生はすごかった。あれで私の生き方が決まった。この国を外敵から守るためには、天皇を中心とした国家を打ち立てねばならないことを学んだ。英国にも君主がいるという。技術ばかりじゃなく、英国の国柄も学びたいものだ」

俊輔は、その実直な性格を松陰に愛された。そのことが、長州藩で頭角を現すきっかけとなる。

尊王攘夷の機運が高まりつつあった長州藩の中で、俊輔は諸藩の攘夷志士たちとの交流を深め、攘夷運動にますますのめり込んでいく。

長州藩内では攘夷は無謀で無意味であり、西洋の技術を学んで国を強くしなければならないと考える開明派と、攘夷派とが対立していた。

攘夷運動をリードした高杉晋作《たかすぎしんさく》でさえ、攘夷か否《いな》かで揺れ動いていたほどだ。

俊輔も同様に、すぐにでも攘夷を行うことの無謀さは感じつつも、国を思う、やむにやまれぬ熱情から、攘夷運動に参加していたというのが本当のところだろう。

文久二年十二月十二日(一八六三年一月三十一日)、俊輔は、高杉晋作を隊長とする長州藩士で組織された攘夷隊に参加した。聞多や庸三も一緒だった。彼らも俊輔同様、攘夷熱にうかされていた。

彼らは、品川御殿山《ごてんやま》に建設中だった英国公使館に火を放った。

この焼き討ちに幕府が怒り、長州藩と戦争になることで、一気に倒幕ののろしが燎原《りょうげん》の火の如《ごと》く広がることを期待していた。

焼き討ちには成功したが、幕府と長州藩との戦争には発展しなかった。長州藩が、焼き討ち事件が大きな問題とならないように、幕府側と調整したのだろう。彼らは、幸いにも幕府に捕らわれることなく、藩内に身を隠すことで生き延びることができた。藩としても、彼らが有為な若者であることは認めていたのだ。

「焼き討ちより、あっちの方が、心が痛い」

弥吉の傍《そば》にいた庸三が、呻《うめ》くように言った。

いつの間にか、聞多、謹助も甲板に来ていた。

「塙次郎《はなわじろう》のことか」

俊輔が聞いた。

「そうだ。あれは無用なことだったと、今でも悔やまれる」

庸三が表情を歪《ゆが》めた。

俊輔と庸三が話題にしているのは、国学者、塙次郎斬殺事件のことだ。

塙次郎は、日本の古書をまとめた『群書類従《ぐんしょるいじゅう》』を編纂《へんさん》した盲目の国学者、塙保己一《ほきいち》の息子だ。

塙が、幕府の命令で天皇制の廃止について調べているとの情報を得た俊輔と庸三は、憤激し、塙次郎斬るべしと決意した。

そして文久二年十二月二十一日の夜、塙の帰路を待ち伏せし、斬殺したのだった。

しかし塙が老中安藤信正から頼まれて、孝明天皇を廃位することを調べているというのは、全くの誤りで噂にすぎなかった。それを確かめもせず、命を奪ったことを二人はひどく悔やんでいた。

弥吉は、塙が斬殺されたとの話は聞いていたが、実行犯が俊輔と庸三であるとは知らなかった。

今、その話を聞き、少なからず驚きを覚えた。

「庸三、やってしまったことを後悔したら、塙にかえって申し訳ない。私たちが英国で西洋の技術などを学び、確実に攘夷を実行することが供養になる」

俊輔は、真っ暗な海を眺めて呟《つぶや》いた。

「塙の菩提《ぼだい》を一生かけて弔《とむら》うことになるだろう。塙次郎の父上は、あの塙保己一だ。幼少時に失明しながらも苦労して国学の第一人者となった。目が見えない中で、どれほど苦労されたことか。その息子として塙次郎も父を支えながら国学の道に進んだ。それを私はこの手で絶ってしまった……」

庸三が嘆く。暗闇で涙は見えないが、泣いているに違いない。

庸三は、箱館の武田塾で航海術を学ぶなどしつつも、攘夷運動にも奔走していた。頑固一徹《がんこいってつ》な性格で、どちらかといえば不器用な部類に属していた。目的にまっすぐなところは弥吉と似ており、早くから英国行きを希望していた。

「焼き討ちの後だったから、熱狂に我を忘れていたのかもしれぬなあ」

俊輔は弱気な声を発した。

「英国には、目の不自由な人もちゃんと学問ができる学校があると聞いた。そんなものも見てみたい。せめての供養にな」

庸三が自分に言い聞かせるように言った。余談だが、後日、庸三が日本初の盲唖《もうあ》学校を作るなど、障害者教育を始めるのは、塙次郎斬殺への深い悔恨《かいこん》があったためかもしれない。

「この英国行きに誘わなければ」重い空気を振り払うように、聞多が口を開く。

「伊藤や庸三はどうなっていたか分からないなあ、弥吉」

「私だって。聞多さんのご尽力があってこそ、この壮挙に加わることができました。ありがたいと思っています」

弥吉は、聞多に頭を下げた。

「なんの、礼など不要だ。弥吉は最初から、藩を代表して英国に行く候補の筆頭だったではないか。我々の方が便乗させてもらったと言えなくもない」

聞多は、時代の先を読むのに長《た》け、器用と言ってもいいほど、藩内政治にも精通していた。せっかちで結論を急ぐところはあったが、動きの俊敏《しゅんびん》さが藩の幹部たちに愛されていた。

攘夷に身を捧《ささ》げながらも、かねてから藩に西洋式航海術の習得を訴えていた。一見、相反するようだが、聞多の中では全く矛盾《むじゅん》はない。攘夷の実現に必要だと主張していたのだ。

聞多らの主張を受け、長州藩は攘夷のために、蒸気船ランスフィールド号（壬《じん》戌丸《じゅつまる》）と木造帆船《はんせん》ランリック号（癸亥丸《きがいまる》）を、横浜のジャーディン・マセソン商会から購入した。

「壬戌丸に庸三と乗組員として乗船したまでは良かったがな。苦労した、苦労した。船が動かんのだから。庸三も大変だったな」

聞多が苦笑した。

「本当に苦労した。多少、経験があったのでなんとかなると思ったのだが、甘かった」

庸三が言う経験とは、幕府船亀田丸に乗船し、ロシア沿海を調査したことだ。

庸三は、武田塾の武田斐三郎が、幕府の亀田丸でロシア沿海を調査航行するとの話を聞きつけ、ぜひ乗船したいと考えた。さっそく桂小五郎《かつらこごろう》（後の木戸孝允《きどたかよし》）に頼み込み、なんとか桂右衛門と共に乗船が許可された。

船長は、箱館奉行所役人の北岡健三郎だ。

文久元年（一八六一）四月十日、亀田丸は箱館を出航し、宗谷岬《そうやみさき》、樺太《からふと》を経由して、ロシアに着いた。

「あの時、ロシア語も学んだのか?」

俊輔が聞いた。

「たった四カ月だ。学んだといっても、ほんの少しだけだ」

庸三は、はにかむように言った。

「他には何を学んだのだ」

質問したのは謹助だ。

謹助は、江戸詰めの際、兄に頼み込んでこの英国行きに参加させてもらった。西洋への漠然とした憧れはあったものの、地道に藩の実務をこなしていた。

俊輔らと違って攘夷にも奔走しなかった。また弥吉のように英語を学ぶために東奔西走もしない。その意味では、最も運よく英国行きのチャンスを摑《つか》んだといえよう。無事に英国までたどり着くことができたらという条件付きではあるが……。

庸三は少し考え込んだ。そしておもむろに「我、彼の差だ」と答えた。

「ロシアとの技術力の差か?」

弥吉が聞いた。

「そうだ。このままではロシアに攻められると思った」

庸三は答えた。

「壬戌丸の操縦では、亀田丸の経験が生きなかったな」

聞多が笑った。

「そうであったな」

謹助も声を上げて笑った。

「そう言うな。あれには参った」

庸三は、また苦笑した。

長州藩は購入した壬戌丸を航行させることになり、亀田丸で一緒だった桂右衛門が船長となった。幕府の勝海舟《かつかいしゅう》門下、高木三郎の指導を受け、出航したが、江戸湾を出るだけで三日もかかる始末だった。この壬戌丸には、聞多と謹助が同乗していた。

「庸三は、何を学んでいたのかと多少、憤慨《ふんがい》したぞ。その点は、弥吉の方が優れているのか」

聞多が庸三をからかうように言った。

「面目《めんぼく》ない」

庸三が顔をしかめた。

「癸亥丸も苦労しましたよ」

弥吉は庸三に言った。

癸亥丸は文久三年（一八六三）三月十日に品川を出航し、兵庫に向かった。船長は、弥吉だ。伊豆下田沖で大嵐に遭遇するなど、困難を極めたが、なんとか航行を成功させた。

「あの時は弥吉が船長だった。腹が立ったぞ。悔しいと思ったが、仕方がない。弥吉の方が優れていると思われたからな。それで、私は測量方として乗り込んだ」

庸三は、年若い弥吉に船長の座を奪われたのが、よほど悔しかったのだろう。弥吉を睨《にら》むように見つめた。

「癸亥丸は帆船でしたから。蒸気船の経験では庸三さんの方が上ですよ。あの時、京都から長州藩の御用の大黒屋、榎本六兵衛の番頭、佐藤貞次郎殿が乗り込まれましたが、良きお話を伺《うかが》いましたなあ。あれが今日の英国行きにつながりました」

弥吉は、庸三の反発に気を遣いつつ、懐かしそうに笑みを浮かべた。

「そうであった。佐藤殿は、私と弥吉を呼んで周布政之助《すふまさのすけ》様からのお言葉を伝えてくださった。あの時は、感動した」

庸三も同様に目を細めて、感動を反芻《はんすう》した。

周布は、藩政を司る政務役で、高杉晋作など松下村塾の人材を多く登用した、藩政改革の中心人物だ。

「周布様は、長州には『人間の器械』が必要だとおっしゃった。尊王攘夷は、一時期、日本の武を西洋に示すだけのこと、その後には必ず西洋と通商せねばならない、その時において西洋の事情を熟知しておかねば、それは日本の一大不利益になる、そのために私と庸三さんを英国に遣わしたいから、支援してほしいと……」

周布の言葉を噛みしめるように、弥吉は口にした。

周布は、尊王攘夷運動の後を見据えて、西洋事情に通じた人材の育成が急務と考えた。そうした人材を「人間の器械」と喩《たと》えたのだ。西洋の船などの無機質な器械ではなく、魂を持った人間の器械だ。これが国を変え、国を支えるのだ。そのためには有為な若者を英国に行かせようと計画し、その候補として弥吉と庸三を挙げた。

「攘夷をやりながらも、実のところ、佐久間象山《さくましょうざん》先生の海防論にはいたく敬服していた」聞多が口を挟んだ。「象山先生曰《いわ》く『我が国だけで攘夷などは実現しない。外国と対等に戦うには、海軍を盛んにし、武力の充実を図らねばならん』。まさにその通りだ。だから私も英国行きを望むようになった。弥吉や庸三が選ばれたと耳にした時は、羨《うらや》ましいやら、悔しいやら、これは私も行かねばならんと思ったのだ」

佐久間象山は、松代《まつしろ》藩の兵学・洋学者で、開国や海防を唱え、攘夷派と対立していた人物だ。

「周布様の考えはあったものの、藩内では英国行きに全員が賛成というわけではありませんでしたから。そこで攘夷派の聞多さんが、殿や歴々に洋行の実現を具申してくださった。聞多さんが言うならと空気が変わりました。感謝、感謝です」

弥吉は、聞多に感謝の思いを込めて言った。

「そりゃ、庸三や弥吉の航海術では、外国にこてんぱんにやられるに決まっている。命がいくらあってもかなわん」

聞多が豪快に笑った。

「その通り、その通り」

俊輔も謹助も笑いながら同意した。

「まあ、そういうことにしておきましょう」

庸三が苦虫を嚙みつぶしたような表情をした。

「攘夷優先を唱えて反対していた高杉は賛成してくれたが、なかなか久坂《くさか》（玄瑞《げんずい》）はうんと言ってくれなかった。私は、とにかく海軍を興して、他日必ず攘夷に役立てると頭を下げたんだ。あいつらの賛成がなければ、英国行きは実現しない。とにかく必死で頼んだ。それでなんとか了承を得た」

久坂玄瑞は、吉田松陰門下で高杉晋作と並び称された秀才だ。

聞多は、藩内の説得の苦労をこれ見よがしに吹聴《ふいちょう》した。自分の働きを大きく見せる要領の良さを聞多は持っていた。非常に政治的な人間だと言えるだろう。

「殿がお認めになっても久坂さんたち攘夷派の方々が反対されたら、洋行の実現どころか、私などは誅殺《ちゅうさつ》されていたかもしれませんなあ」

弥吉は素直な感想を言った。

「そんなことはない」俊輔は断固とした口調で言った。「長州藩は有為な人材を無駄に死なせはせん。話せば分かる。それよりなにより、殿には感謝してもしすぎることはない」

幕府の許可なく洋行することは鎖国の国禁を破る重罪であり、死罪相当だった。長州藩は、聞多、弥吉、庸三の三人に五年間の暇を取らせる、という形をとった。実際は藩命を受けての英国行きなのだが、表向きは密航を黙認する形だ。

藩主敬親、世子《せいし》元徳《もとのり》親子は、自らの手許金《てもときん》を各自に二百両ずつ、計六百両を「稽古料」として支給し、国家のために尽くせと彼らを励ました。

「実は、私もかねてより何度も英国行きを申し出ていたのだ。だが攘夷が優先だと同志たちに止められるし、諦めていた。ところがお前たちが行くと聞いて、この機会を逃すまいと思った。ちょうど聞多が、熱心に一緒に行こうと誘ってくれた。そこで聞多と諮《はか》って、出航の直前に藩主に願い出て、認めてもらった。あまり早くから願い出ると、また同志に止められてしまうからな」

　さらに俊輔が言う。

　俊輔は攘夷の中心人物であったため、洋行を希望しても周囲の反対で叶わなかったのだろう。

「確かにそうだったかもしれんな」謹助が思いを馳せるように言う。「私は、江戸藩邸の兄、多一郎に頼んで、最後の最後で仲間に入れていただけた。四人も五人も一緒だと思われたのであろう」

「いや、周布様は、一人でも多くの人間の器械が必要だとお考えだったのだ。我らの成功が、次の五人、十人になるんだ」

　俊輔は言い、決意を漲《みなぎ》らせるように唇《くちびる》を引き締めながら、弥吉に向かって頷《うなず》いた。

「五人になったのは心強いですが、ここまで来るのには、一苦労も二苦労もありましたなあ」

　弥吉はしみじみとした口調で言った。

3

　五人の英国行きは、幕府の許可を得ない密航ではあるが、長州藩内では正式の許可を得たものだ。

悩みは留学資金だった。

弥吉と聞多は文久三年（一八六三）四月二十八日に京都を出発し、五月六日に江戸藩邸に到着した。庸三はすでに江戸に着いていた。

早速、弥吉は、以前から知り合いだった英国領事のジェームス・ガワーに面会を求め、聞多と庸三と共に横浜に出かけた。

ガワーとは、武器や船舶の買いつけなどの商取引で親しくなっていた。有数の英語の使い手となっていた弥吉が、長州藩では英国渡航の交渉を任された形になった。

弥吉は、ガワーに英国行きのことを伝えた。幕府には絶対に秘密にする必要があることも強調した。

〈支援しましょう。素晴らしいことです。必ず日本のためになるでしょう〉

ガワーは非常に喜び、支援を約束してくれた。

渡航には、ジャーディン・マセソン商会の船舶を斡旋《あっせん》調達すると確約してくれた。

〈ところで費用のことですが、我々、五人が英国に留学するには、渡航費、滞在費、その他でいくら用意すればいいだろうか〉

ガワーの返事に、弥吉は耳を疑った。

なんと一人当たり千両、計五千両が必要というのだ。

表情を強張《こわば》らせ、青ざめた弥吉を見て、聞多は「いくらだと言っているのだ」と聞いた。

弥吉は、聞多の前に恐る恐る片手を広げて見せた。

「なんだ五百両か。それなら殿から支給された六百両があるではないか」

聞多は鷹揚《おうよう》に構え、薄ら笑みを浮かべた。

弥吉は、聞多を食い入るように見つめ、首を横に振った。

「……違うのか？」

聞多が怪訝《けげん》そうに首を傾《かし》げた。

聞多も、少しはガワーの話す英語が分からないでもない。しかし「ファイブ……」とまでしか聞き取れなかったのだ。

「五千両です」

弥吉は言った。

「今、なんと言った。五千両だって！」

聞多は目を剝《む》いた。

一緒にいた庸三も同様だ。

ガワーは、二人の驚きように気づいた様子で〈アイ ム ソーリー、スミマセン〉と謝った。

「謝ることはない。ただ大変な金額だ……」

弥吉は眉根《まゆね》を寄せた。

〈あなた方の留学については大黒屋の佐藤さんより、最大限の支援をするようにと言われておりますが、費用だけはどうにもなりません。それだけは必要です〉

ガワーは申し訳なさそうに言った。

弥吉は、じっと腕組みをして考えたが、にわかにいい考えが浮かぶはずがない。

聞多も庸三も頭を抱えている。

「ええい」

聞多が突然、立ち上がった。

弥吉と庸三が驚いて聞多を見た。聞多は、腰に差した刀に手をかけた。

「まて！　早まるな」

弥吉は、聞多に飛びかかろうとした。激高した聞多が、ガワーに斬りかかるのではないかと思ったのだ。

聞多は弥吉を振り払うと、「分かった。なんとかする」と言い、腰に差した刀を鞘《さや》ごと抜いた。

「この刀は、武士の魂。命だ。これをあなたに担保として差し出す。必ず五千両を用意して参る。信じて待ってほしい」

聞多は刀をガワーに差し出した。

〈あなた方を信じて待ちましょう。いつでもあなた方が出発できるように準備をしておきます〉

ガワーは聞多の気迫に押されたのか、大きな体を背後に反《そ》らし気味にした。

「もし約束を違《たが》えるようなことがあれば、その刀で腹をかっさばいてみせる」

聞多は、芝居がかったように言った。

さすが攘夷の剣難の中を潜《くぐ》り抜けてきただけのことはある。いざという時の度胸が尋常《じんじょう》ではない。弥吉は、聞多をしげしげと見つめた。

「庸三、弥吉、一旦、この場を辞去しよう。戻ってみんなと相談だ」

聞多が威勢よく言った。

今回の留学のために藩内にどれだけの根回しをしたか。その苦労は並大抵ではない。聞多の表情には、絶対になんとかしてみせるとの決意が現れていた。さりとてこの状況を脱する名案があるわけではない。

弥吉、聞多、庸三の三人は、無言かつ速足で江戸藩邸へと急いだ。

そこには俊輔と謹助が待っていた。

藩邸の一室に五人は輪になって座った。弥吉が、五人で五千両が必要だと、俊輔と謹助に告げた。

二人とも言葉を失い、室内は重苦しい空気に包まれてしまった。

弥吉ら五人は、言葉もなく、皆、腕組みをしたまま動かない。

彼らは、行動力に関しては人後に落ちない者ばかりだが、金に関してはなかなかそうはいかない。ない袖は振れぬとの諺《ことわざ》通り、金がなければ英国行きは難しい。

「諦めざるを得ないのか」

謹助が悔しそうに言った。

「金がなければ、話にならん」

庸三が答えた。

「英国に行けないとなれば切腹せねばなりません。殿から、稽古料を賜《たまわ》っていますから」

弥吉が庸三に反論した。

「切腹か……」

庸三が言葉に詰まった。

「弥吉の言う通りだ。殿に顔向けができない。私は、この場で腹を切る」

聞多が興奮気味に言った。

「金の調達に時間をかけていると、我々の企てが幕府の耳に入る危険性が高まる。切腹しなくとも斬首になる」

　謹助が頭を抱えた。

「まあ、そう結論を急ぐな。三人寄れば文殊《もんじゅ》の知恵と言う。五人もいるのだから、文殊以上の知恵が出るだろう」

　俊輔が落ち着いた口調で言った。俊輔は、行動力に加えて、場を調整する能力にも長けていた。

「みんな、聞いてくだされ」

　弥吉が声をかけた。

　全員の視線が弥吉に注《そそ》がれた。

「どうした？　何かいい考えが出たか？　飯でも食おうと言うのなら怒るぞ」

　俊輔が場を和ますようなことを言い、一人で笑ったが、誰も応ずる者はいない。

「飯ではありません。実は私は、外国からの小銃の調達任務に就いていましたが、アメリカ商館との交渉において、小銃を売るのはいいが、アメリカやイギリスと戦争をする気なら売らない、負けるに決まっているからだと言われ、小銃を納めてもらっていない。だから、代金がそのまま藩邸に眠っているんですよ。それを一時的に流用させてもらいましょう」

「いくらだ。その金額は？」

俊輔が身を乗り出した。

「確か一万両」

「一万両！」

庸三が驚きの声を上げた。

「その金を使おうというのか？」

謹助が眉根を寄せた。

「そうです。それしかありません」

弥吉は強い口調で言った。

「弥吉、よくぞ思いついた」俊輔が膝を打った。「我ら五人は生きた器械になる身だ。小銃を買う代わりに我らを買ってもらえればいい。なあ、聞多」

「私もその金には気づいていた。どうしようもない時には、その金を使わざるを得ないと考えていた。大黒屋の番頭、佐藤殿に、いざという時は頼むと話してある。一万両を担保に五千両を融通してもらえばいい。俊輔の言う通り、小銃などを買うより、我らを買う方が藩のためだ。今がその時だ」

聞多は、いい意味では決断が早く、行動力は抜群だが、悪い意味では変わり身が早い。弥吉の思いつきが、いつの間にか自分の思いつきに変わっていた。

「佐藤殿なら必ずや承知される」庸三が明るい声で言った。「もともと周布様から、我らの留学を支援するようにと言われておいでだからな」

「では早速、大黒屋へと直談判に乗り込もうではないか。金の相談なら、私の得意とするところだ」

聞多が自信たっぷりに言った。

「確かに。聞多さんは、遊び金をどこからともなく調達するのは上手いからな」

俊輔が豪快に笑った。

「馬鹿言うんじゃない。遊び金などない。すべて身になる金ばかりだ」

聞多が怒ってみせたが、目は笑っている。

「全員で行った方が、説得力があるのではないでしょうか」

弥吉の言葉で、善は急げとばかりに、五人全員で横浜の大黒屋へ押しかけた。

五人の若者に押しかけ談判をされた大黒屋の番頭、佐藤貞次郎は、「よろしいでしょう。五千両、融通させていただきます」と言った。

「ありがたい。さすが佐藤殿だ」

聞多が満面の笑みを浮かべる。

周りに控える弥吉たちも顔を見合わせ、喜んだ。

「ただし」と佐藤は大きく目を見開いて、五人を睨むように見つめた。

「ただし、となな」

聞多がにじり寄った。

「藩のしかるべきご重臣の方の保証が必要です。それがあれば、主人、榎本六兵衛を説得することができると思います」

佐藤が言った。

「我々、五人が担保ではならんのか」

弥吉が迫った。

「あなた方には大いに期待しておりますが、五千両は大金でございます。ご重臣の保証を頂ければ、主人も納得し、確実にご融通できるかと存じます」

佐藤は、弥吉を見つめた。

「承知した」

弥吉は答えた。目の前に村田蔵六の顔が浮かんでいた。あの人なら……。

「村田様にご相談しよう。村田様は常々、『日本は西洋の近代文明を急速に取り入れる以外に救われる道はない』とおっしゃっており、私も大いに励まされました。村田様なら保証人になってくださるはず」

弥吉は言った。

「よし、村田様への説得なら、私に任せろ」

聞多が、またいち早く腰を上げようとした。

「しかし、村田様には、今回の密航の件はご報告しておりません」

謹助が、慎重な態度を示した。「周布様からは、幕府に知られては大変なことになるから、とにかく内々に進めるようにと、ご注意を受けております」

「うーん」

聞多が謹助の言葉に表情をしかめて呻いたが、俊輔が立ち上がった。

「村田様なら他言はされないし、我らの要望をお聞き入れくださるだろう。聞多、一緒に行こう」

「よし、とにかく当たって砕けろだ」

弥吉たちは、聞多を先頭に立て、藩邸に戻ると、村田を取り囲んだ。

村田は、密航の話を聞いて驚いた。そのうえ、藩の資金を担保に五千両もの留学費用調達の保証人になってくれと迫る彼らに、困惑せざるを得なかった。

村田は、五人の覚悟を確かめ、藩の責任者である周布政之助と協議し、大黒屋から五千両を調達し、彼らの留学費用に充《あ》てることにした。

五千両の一部は、五人に支給されたが、その他は為替《かわせ》でイギリスに送られた。渡航に使用する船舶や留学先での生活などの一切は、ガワーに託された。

ガワーは、ジャーディン・マセソン商会の船舶を準備し、船長に彼らを無事にロンドンまで届けるようにと依頼したのだった。

4

「村田様もさすがに動揺されましたなあ」

弥吉は、俊輔に言った。

「いきなり五千両だから当然だろう。攘夷が藩の方針であるし、そのための武器調達資金を英国留学のために使うのだから、村田様も独断では難しいと思われたのだろうな。でもさすがに聞多だったな」

「私が、この場で腹を切ると申し出たら、『分かった、分かった』とおっしゃった。何事も死を覚悟して迫らんとな」

聞多が自慢げに言った。逡巡《しゅんじゅん》する村田に向かって、もし留学資金を調達できなければ、この場で腹を切ると聞多は迫ったのだ。

「聞多の汚い腹を切られても、村田様もどうしようもないだろう」

謹助が笑った。

「もし、腹を切れと言われたら、切るつもりだったのか」

庸三が揶揄《やゆ》するように聞いた。

「当たり前だ。武士に二言はない。ただし、村田様がそんなことを言うはずはないと思っていたがな」

聞多は、照れたように笑みを浮かべた。

「生きた器械を買ったと思ってくださいと、ご重臣方に約束をして留学することになった。とにかく無事、英国、ロンドンに着かねばならない」

俊輔は覚悟を決めたように唇を引き締めた。

「長い船旅ですから」

弥吉も暗い海を見つめていた。

〈皆さん、船旅は如何《いかが》ですか〉

五人の傍に、パーストゥ船長がやってきた。立派な髭《ひげ》を蓄えた大柄な英国人だ。

〈よろしくお願いします。無事に航海ができることを祈念しています〉

弥吉は、五人を代表して、パーストゥ船長に英語で話した。

〈数日で上海に到着します。その後、船を乗り換えますが、安心してください。我が商会が、あなた方を無事にロンドンまでご案内します。そこでも我が商会のスタッフが、あなた方をお世話いたします〉

パーストゥ船長は答えた。

〈上海からは、どのぐらい時間がかかるのか〉

弥吉は聞いた。

〈おおよそ二週間から一カ月かかるでしょう。その間、ヨーロッパのことを学ばれたらよろしいでしょう〉

パーストゥ船長の英語は理解できないところも多くあったが、弥吉はなんとか大意だけを俊輔らに伝えた。

「そんなに長くかかるのか」

俊輔がため息を漏らした。

〈船酔いは大丈夫ですか？〉

パーストゥ船長が心配そうに聞いた。外洋は、いくら大きな船でも揺れる。慣れないと気分が悪くなり、吐き気などを催す。

弥吉や庸三は船を操縦した経験もあり、船酔いとは無縁だが、他の者たちは慣れていない。

弥吉は他の四人を見て、吐き気などを催していないのを確認して、〈大丈夫のようです〉と答えた。

〈それでは少し船の中をご案内しましょう。その後、食事をご一緒いたしましょう〉

パーストゥ船長は、五人についてくるように言った。

甲板の船尾マストのところに船員が数人立っている。そこには舵《かじ》を取る操舵輪《そうだりん》がある。

弥吉は、それを回そうとして、〈ストップ！〉と船員に止められた。

中央マストに、船全体を見渡す監視台のようなところがあり、そこには副船長がいて、船員に指揮をしている。

調理場も案内された。そこには羊や豚、鶏などが生きたまま囲いの中にいた。

「あれを食うのか」

謹助が不安そうに呟いた。

「西洋人は、豚や牛を好んで食しますから」

弥吉は答えた。

〈あなた方のために米や味噌、醬油、漬物なども積み込んでおります〉

パーストゥ船長がにやりとした。

弥吉が船長の言葉を通訳すると、俊輔も聞多も安心したように肩の力を抜いた。

船員の部屋は、階級によって違っていた。最も下級の船員は、釣床《つりどこ》（ハンモック）のみで個室はない。上級の船員になると、狭いながらも部屋があてがわれている。

「私たちの部屋の方が、広いな」

聞多が言った。

〈そりゃ、あなた方はお客様ですから〉

パーストゥ船長は、日本語が少し分かるのだろうか、弥吉が通訳する前に真面目な顔で答えた。

機関室、火薬庫、武器庫、病室、牢屋まである。

機関室の見学は、弥吉を感動させた。精巧な機械が、黒光りし、音を立てて動く様子に、人力に頼っている日本の技術の遅れを痛感させられた。弥吉は、感動と同時に危機感を覚えた。

〈さて食事にしましょう〉

パーストゥ船長は、弥吉たちを船長室に案内した。船長室は広く、船の中だとは感じさせない豪華さだった。書斎や寝室もあり、リビングには大きなテーブルが置かれていた。そこにはすでに、食事の用意がされていた。

〈皆さん、席についてください〉

パーストゥ船長が、テーブルの周りに置かれた椅子に座るように促した。

「どこに座ればいいんだ」

聞多が、しかめ面《つら》で弥吉に聞いた。

しかし、弥吉も西洋の食事作法を知らない。椅子に座る順序が分からないのだ。厳しい上下関係の中で暮らしている武士ならではの疑問だった。

弥吉は、皆の戸惑《とまど》いをパーストゥ船長に質問した。

〈入り口から一番遠い席が上座となっていますが、皆さんは、お仲間同士ですから、順番など気にせずにお座りください〉

パーストゥ船長はおおらかに笑った。

弥吉がパーストゥ船長の言葉を伝えると、「それなら年の順ということにしようか」と聞多が、一番奥の席についた。

弥吉は、通訳の便を考え、パーストゥ船長のすぐ隣に座った。

赤ワインが運ばれてきた。

弥吉は、酒にはめっぽう強い。一度だけだが、赤ワインも長崎で飲んだことがある。

パーストゥ船長が、ワイングラスを手に持ち、顔の辺りの高さまで持ち上げた。

弥吉たちもパーストゥ船長のまねをして、神妙な顔つきでワイングラスを持ち上げた。

〈私たちの安全な航海と、皆さんの留学生活が成功しますように〉

パーストゥ船長がにこやかに言い、赤ワインを飲んだ。

弥吉も飲んだ。

正直に言って、酒の方が美味《うま》いと思ったが、慣れれば同じことと自分に言い聞かせ、赤ワインを一気に飲み干した。

〈なかなかいい飲みっぷりですな〉

パーストゥ船長が、弥吉の空になったワイングラスを見て、感心したように大きく頷いた。

「うっ」

庸三は、初めて口にする赤ワインにむせたのだろうか。吐き出しそうになり、慌てて手で口を塞《ふさ》ぐ。

「あまり美味いものではないな」

俊輔は顔をしかめた。

「なにやら酸《す》っぱい」

聞多も同じだ。

「これも修業の一つでしょう」

謹助が難しい顔で飲み干した。

ナイフとフォークに悪戦苦闘していると、ようやくメインディッシュの牛肉を塩胡椒で焼いたステーキが運ばれてきた。

「これはなんの肉か？」

謹助が弥吉に聞いた。

〈船長、これはなんの肉でしょうか〉

弥吉はパーストゥ船長に尋ねる。

〈牛の肉です〉

パーストゥ船長は、フォークで肉を押さえ、ナイフを入れた。肉を小さく切り、フォークで刺し、口に運び、〈美味い〉と呟いた。

「牛の肉です。美味いようです」

弥吉は謹助に答えた。

彼らは牛の肉を食べたことがない。牛は、農作業に使用し、彼らの故郷では家族も同然の存在だ。日本古来から徳川幕府の世に至るまで、肉食は穢《けが》れる行為とされ、牛の肉を食べることはほぼなかった。

聞多が牛肉に鼻を近づけ、「うっ」と眉根を寄せて、「臭い、臭い。これを食わねばならんのか」と顔を背けた。

〈西洋では、牛肉は普通に食されています。こうした食べ物に慣れることも必要です。船では、基本的に西洋の料理を出すことにします〉

パーストゥ船長は、牛肉ステーキを前にして困惑する彼らを見て、いたずらっぽく笑った。

「ここでひるんでは長州武士の名折れだ」

俊輔が牛肉にフォークを突き刺し、ナイフで切り取った。

目を閉じ、口に運ぶ。覚悟を決め、咀嚼《そしゃく》し始めた。

他の者たちは固唾《かたず》を呑んで、俊輔が牛肉を飲み込むまでを見ている。

「なかなかいけるぞ」

俊輔は、空になった口中を見せた。

「よし、食うぞ」

聞多が牛肉を切った。

「牛肉を食うことが西洋を学ぶ第一歩だ」

弥吉も牛肉にフォークを突き刺した。

全員の皿の上から牛肉が消えた。なんとか克服したのだ。

「もう腹いっぱいだ。何も食えん」

俊輔が腹をさすった。

すると船長が、〈皆さんにとっておきの料理をお出しします〉と言った。

「まだ、何か出してくれるのか」

俊輔がうんざりした様子で言ったが、次の瞬間、目が輝いた。船員に運ばせてきたのは、皿に山盛りの白米だった。

「これは……、飯ではないか」

聞多が目を輝かせた。

「おお、飯だ、飯」

俊輔が興奮したように言う。

〈塩は必要ですか〉

船長が気を利《き》かせた。弥吉が訳すと、

「おお、塩をくれ。これで握り飯を作れば最高だ」

謹助が手を叩いて喜んだ。

「梅干しもあればのう」

庸三が言った。顔は喜びに溢れている。

「皆、いただこうではないか」

俊輔が、飯に塩を振りかけ、スプーンで飯を掬《すく》い、口に運ぶ。

「ああ、美味い。なんと美味いことか」

俊輔は目を細めた。

〈先ほど腹いっぱいとおっしゃっておられましたのに〉

パーストゥ船長が、からかうように言った。

弥吉が通訳すると、「飯は、別腹じゃよ」と俊輔は、かぶりつくようにして飯を食べた。飯の山が、みるみる小さくなっていく。

弥吉も、飯をスプーンで掬うのがもどかしいと感じるほどの勢いで食べる。美味い。なんと甘く、優しい味なのだろうか。

この飯を思う存分食えるのは今だけだと思うと、一層のこと美味さが増す。英国では、全く経験したことがないことばかりに出合うに違いない。その際も、この飯の美味さだけは忘れないようにしたい。それは長州人、否、日本人としての誇りを忘れないことだ。飯と一緒に、弥吉は誇りを腹いっぱいに詰め込んだ。

5

上海港が見えてきた。文久三年（一八六三）五月十七日。横浜を出航して五日目のことだった。

〈上海に着きました〉

パーストゥ船長からの連絡で、弥吉らは船の甲板に上がった。

船はゆっくりと上海港に入っていく。朝靄《あさもや》が辺りを白く染めている。弥吉は、靄の先を見ようと凝視《ぎょうし》していた。胸が高鳴る。初めて見る外国だ。もどかしい。靄が晴れてくれれば、もっとはっきり見ることができるのに……。

突然、風が吹き、朝靄が流れていく。神が、弥吉の願いを聞き入れてくれたのだろうか。

「うおぅ」

誰かが叫んだ。

弥吉は、言葉が出ない。

目の前には、天まで届きそうな高さの建物が、所狭しと林立している。それらがぐるりと港を取り囲んでいる。

「なんと大きな船だ」

聞多が指さした。

港には、自分たちが乗っているチェルスウィック号よりはるかに大きな蒸気船が、もくもくと黒煙を噴き上げながら何艘《そう》も停泊している。

「ぶつかるではないか」

庸三が怒鳴った。

チェルスウィック号のすぐ隣を、耳をつんざくような汽笛《きてき》を鳴らしながら、大型の蒸気船が通過する。外洋に出ていくのだ。

「なんとも大きな船だなあ」俊輔が放心したように言う。「我々が乗っている船も大きいと思っていたが、まだまだ大きな船があるのだな……」

「あの高い建物は城なのかのぉ」

謹助が呟く。

故郷にある城よりもずっと高い建物に、大勢の人が出入りしているのが見える。

「ビルディングというもののようです。あの中にいくつも部屋があり、人が働いたり、住んだりしておると聞いています」

弥吉が、持っている英語の知識の中から探り当てた言葉だ。

「すごい」謹助は呆然《ぼうぜん》としている。「あんな高いものが、当たり前のように建っている。我らの故郷には高い建物などない」

船が港の入り口で止まった。

「入港の順番待ちなのだろうか」

庸三が言った。

「そのようだな」

弥吉は答えた。

誰もが、初めて見る上海の光景に圧倒されていた。

弥吉も長崎港で多くの外国の船が行き来するのを見たが、そんなものの比ではない。

数え切れないほどのマストの数、行き交う大型の蒸気船。ぶつかるのではないかとハラハラのしどおしだ。

それら大型船の間を、忙しく艀《はしけ》が動き回る。たくさんの荷物を積み込んだ艀には、清国人の労働者が群がっており、彼らはまるで罵《のの》り合うかのように叫んでいる。

大型船の上から、彼らに指図しているのは、西洋人だ。

お互いの言葉は違い、意思が通じているのかどうか分からないが、大声を張り上げ合っている。喧嘩《けんか》しているのではない。他の船舶よりも早く、荷物を陸揚げしたいのだろう。

「ものすごい熱気ですね」

弥吉は俊輔に言った。

「さすがに東洋一の港だ」

俊輔が答えた。

「なあ、俊輔」

聞多が力のない声で言った。

「どうした？　顔色が悪いぞ。気分でも悪いのか」

「私は、間違っていた」

聞多は、港を眺め続けている。

「何を間違っていたというのですか」

弥吉は聞いた。

「この船の数を見て、何も思わないのか。蒸気船、軍艦、帆船、私は先ほどから船の数を数えようとしていたが、あまりの多さに諦めた」

聞多が肩を落とす。

「確かに……」俊輔は頷いた。「度肝《どぎも》を抜かれるというのは、このようなことを言うのだろう」

「私は、佐久間象山先生の、真の攘夷のために海軍を盛んにしようという言葉に感動したが、攘夷は無理だ。完全に間違っていた。迷いの夢だった。こんなに多くの蒸気船を見せられて、それに気づいたぞ」

聞多の表情が歪んでいる。泣き顔になっている。

「何を言うか……。頭がおかしくなったのではないか。攘夷が迷いの夢だというのか」

俊輔が本気で怒った。

聞多は、俊輔に向き直り、まるで喧嘩でもするかのように、強い口調で話し始めた。

「俊輔、お前、この港の様子を見てもまだ攘夷の夢を追うつもりか。攘夷は捨てて開国し、とにかく早く西洋に追いつかねば、我が国は滅亡の憂き目に遭うぞ。私はきっぱりと、ここで攘夷は捨てる。上海の海に捨てる。我が国は開国に進むべきだ」

聞多は言った。

弥吉は耳を疑った。驚き、瞠目して聞多を見つめた。英国公使館焼き討ちなど、藩内でも過激な攘夷派の一人である聞多が、突然に脱攘夷宣言を行ったのだ。

俊輔の表情が強張り、厳しい顔つきで聞多を睨んでいる。

「聞多、日本を出てたった五日しかたっておらんのだぞ。それで攘夷の志を捨てるなどというのは、男子の風上にも置けん。許せん。もしここに刀があれば、斬って捨てるところだ」

俊輔が怒りを込めて言った。刀は乗船の時、パーストゥ船長に預けていた。

「俊輔、お前が怒るのはもっともだ。しかし君子は豹変《ひょうへん》す、過《あやま》ちを改めざる、これを過ちというと、孔子も言っているではないか。私は、攘夷は誤りだと、ここに来て確信した。いや、今までも疑問に思っていたのだが、ようやくその疑問に答えが出たのだ。なあ、弥吉、私は間違っているか」

聞多は、助けを求めるように弥吉に問いかけてきた。

「日本と西洋には、大変な技術の差があります。今、私たちに求められているのは、攘夷云々《うんぬん》というよりも、西洋の技術を学び、一日でも早くそれを日本に持ち帰り、発展に役立たせることでしょう。まさに人間の器械になることが求められている。それだけです」

弥吉は、答えた。

もともと弥吉は、攘夷運動に肩入れしてはいない。攘夷だ、開国だと騒ぐ前に、一日でも早く西洋の技術を我が物にしたかった。上海の発展した様子をこの目で見て、とにかく早く西洋の技術を学びたいという思いを、一層強くしていた。

そしていつの日か、佐賀藩精煉方《せいれんかた》で見た鉄道を日本中に敷設《ふせつ》し、機関車を走らせてみたいと願っていた。

それにしても、聞多の変わり身の早さには驚かされる。しかも、それを口に出さなくてもいいではないか。男子たるもの、密かに自分の考えを腹にためておくべきだろう。

弥吉は、聞多が熱心に攘夷の無意味さを俊輔に説くのを、あきれ気味に見ていた。

俊輔が、聞多に摑みかかった。顔は怒りに赤く染まっている。

「攘夷は藩の方針だ。それを放棄《ほうき》するのか。なんのために英国に行かせてもらっているのか。よく考えてみろ。軟弱者！」

俊輔は聞多の襟首《えりくび》を摑み、首を絞め上げながら怒鳴《どな》りつけた。

攘夷は長州藩の方針。彼らが英国への密航を決行した日の二日前（文久三年五月十日）に、周防灘《すおうなだ》から下関（馬関《ばかん》）海峡を通過するアメリカ商船に向かって長州藩庚申丸《こうしんまる》、癸亥丸が砲撃した。

この日は、長州藩が、朝廷を通じて幕府に攘夷決行を迫った期限の日だった。これは、長州藩の尊王攘夷派の画策によるものだった。

幕府は、攘夷行動を権威回復に利用しようと考えていた。一方、長州藩の尊王攘夷派は、国内に騒乱を引き起こすことで、天皇中心の国家を築こうと画策していた。まさに、同床異夢《どうしょういむ》のアメリカ商船への砲撃だった。

アメリカ商船は全速力で逃走し、長州藩の二隻《せき》は追いつくことができなかった。長州藩は続いて五月二十三日にはフランス、二十六日はオランダ商船に砲撃を加える。

しかしこの攘夷決行は無謀だった。六月一日にはアメリカ軍艦、続く六月五日にはフランス軍艦による攻撃で、下関の町は完膚《かんぷ》なきまでに破壊されてしまった。

もし彼ら五人が密航せず、日本に残っていれば、この攘夷行動に参加して、命を落としていたかもしれない。

「俊輔、お前になんと言われようと、この西洋の発展ぶりを見たら、攘夷は国を亡ぼすとしか思えん。開国に、目覚めたのだ。この地から、藩のご重臣方、周布様にも手紙をしたためる。開国に藩論の舵を切れとな」

聞多は強く反論した。変わり身は早いが、変わった後の信念は本物だ。

「争うのは止《や》めろ。私たちに与えられた役割は、先ほど弥吉が言った通り〈人間の器械〉となることだ。無事、西洋の軍隊などを学んで帰り、国造りに役立てようではないか。それが大事だ」

庸三と謹助が、同時に割って入った。

「勝手にしろ」

俊輔は、そっぽを向いた。

「いよいよ上陸です。仲間で争っている場合じゃありません」

弥吉は、俊輔の怒りを宥《なだ》めるように言った。

年齢は、弥吉の方が若い。しかし大柄な体つきのため、まるで俊輔を支えているように見えた。

「ここで船を乗り換えるのだな」

「すべて手筈《てはず》が整っているはずです」

弥吉は、まだこれから続く長い航海に思いを馳せ、身震いをした。

チェルスウィック号は、静かに上海港へと入って行く。彼らの未来を祝福するように、汽笛が高く港に鳴り響いた。

6

上陸した弥吉たちは神経が張り詰め、体の疲れをすっかり忘れていた。上海という大きな街に初めて降り立つ興奮に酔いしれていた。

迎えに来てくれたジャーディン・マセソン商会の社員の案内で街を歩く。ものすごい人と馬車の数だ。弥吉は、ここで案内の社員とはぐれれば、二度と日本に帰ることはできないだろうと恐怖を覚えた。注意していないと、馬車に跳ね飛ばされそうになる。高い建物を見上げていると、敷石に躓《つまず》く。人と車の喧騒《けんそう》で耳が痛くなる。

「臭《くさ》いっ」

弥吉は、鼻を押さえた。肉の焼ける臭《にお》い、港に注ぎ込む溝《どぶ》からの腐臭、また苦力《クーリー》（中国人・インド人を中心とするアジア系の出稼ぎ労働者）たちから放たれる汗の臭いが混じり合って、鼻が曲がるほどだ。

「上海は、河口に広がる沼地にできた街だと聞いた。沼から瘴気《しょうき》が立ち昇るのであろう。長崎や下関と大きな違いだ」

庸三も手で口を押さえた。

西洋人たちにムチ打たれながら重い荷物を運ぶ中国人の傍を、阿媽《アマ》という女中に支えられて、よろよろと若い娘が歩いている。清国人の彼女たちは、金糸銀糸の織り込まれた鮮やかで贅《ぜい》を尽くした服装をしていた。お下げ髪を赤いリボンで結んでいるのだが、よろよろと歩くたびにそれが左右に揺れた。

「なぜあんな、今にも倒れそうな歩き方なのだ」

謹助が聞いた。

「清国の習慣で、女は足が小さいほど美人だということで、無理に小さくするんです。纏足《てんそく》というらしい」

弥吉が答えた。

「悪《あ》しき慣習だ。長州では、女も大事な働き手だ。こんなよろよろでは使い物にならん」

謹助が怒りを込めて言った。

道の角々には、テーブルが置かれていた。そこではだらりとした清国の男たちが水パイプを吸い、うっとりとした顔でどこを眺めるともなく眺めている。

「アヘンの毒にやられているんだ」

聞多が顔をしかめた。

清国は英国から流入したアヘンで、民が中毒になっていく現状を憂えて、上海港にアヘンを投棄するという挙に出た。これが原因となりアヘン戦争が起きた。清国は敗北し、多額の賠償金《ばいしょうきん》などを取られたが、アヘンは戦争が終わっても清国に輸入され、民の身体を蝕《むしば》んでいた。

「だから攘夷をせねばならんのだ。技術を学んでも、西洋の言いなりになっては清国のようになってしまう。それではだめだ」

俊輔は、開国派に転じた聞多に聞こえるように言った。

ようやくジャーディン・マセソン商会上海支店に着いた。

弥吉は、ガワーからの紹介状を支店長ケズィックに渡した。横浜支店のケズィックの兄だ。

彼は、それを一読すると、〈上海にようこそいらっしゃいました〉と弥吉たちの手を包み込むように握手をした。

ケズィックは、英国行きの船を用意するので安心してほしいと言った。

弥吉たちは、ケズィックが用意してくれたホテルで久しぶりに体を洗い、髪を整え、服装も新しくした。

ケズィックが歓迎の宴《うたげ》を催してくれた。

五人は、船の中でナイフやフォークの使い方などに習熟したため、ケズィックの宴では、戸惑うことはなかった。また牛肉などが出されても、美味《おい》しく食べることができた。

〈ところで、皆さんのイギリスへの渡航目的はなんでしょうか？〉

ケズィックが聞多に聞いた。

聞多は、英語が分からず首を傾げ、隣にいた弥吉に「何を聞いているのだ」と質問した。

「我々は、いかなる目的で英国に渡航するのであるか、と聞いています」

弥吉は答えた。

「おお、そうか」

聞多は、大きく頷いた。

「私が答えましょうか」

弥吉が言った。

「いやいや、私に任せろ」

弥吉の申し出を抑え込むと、聞多は胸を張り、〈ナビゲーション〉と答えた。

「おい、ナビゲーションとはなんだ」

俊輔が不審そうな顔で聞いた。

「海軍という意味だ。この言葉だけは暗記してきた。間違いない」

聞多は自信たっぷりに言った。

弥吉は、海軍というのがナビゲーションだったか、はっきりと記憶していなかった。不安な思いを抱いたが、聞多の言うままにしておいた。

ケズィックが満面の笑みで、〈ナビゲーション、ナビゲーション〉と繰り返した。

彼は、はるばる日本から来た若者と意思が通じ合えたことが、よほど嬉しかったのだろう。聞多の手を握り、〈オーケー、オーケー〉と言った。

聞多も嬉しそうに〈オーケー、オーケー〉と、ケズィックの手を握っていた。

彼らは、英国行きの船が用意できるまでしばらく上海に滞在し、英語の勉強などに勤《いそ》しんだ。

7

文久三年（一八六三）八月二十三日、まず俊輔と聞多の二人が、帆船ペガサス号で英国に出発することになった。

五人一緒に行くことができれば良かったのだが、五人を収容できる船がなかなか準備できなかったことと、遭難などの万が一のことを考えれば、分散している方がいいと判断したのだ。

最初に聞多ら二人が出発し、その後、弥吉、謹助、庸三が帆船ホワイトアッダー号で出発する。

「井上さん、伊藤さん、仲良くしてくださいよ。無事ロンドンでお会いしましょう」

弥吉は、聞多と俊輔に笑顔で言った。

「私は絶対にこの船旅中に、俊輔を開国派に鞍替《くらが》えさせてやるからな」

聞多が、茶目っ気たっぷりの表情で言った。

「馬鹿言うな。私は、聞多のように無節操な変節漢じゃない。そう易々と宗旨替えなんかするものか」

俊輔は怒ったように言いながらも、笑顔だった。

「弥吉」

俊輔が深刻そうな表情になる。

「なんでしょうか」

「この上海から父上に手紙を出した。留学の間の不義理と、三年もしたら必ず帰国して親孝行する旨《むね》を書いておいた。実際、無事に英国に着けるかどうかも分からない。弥吉とも、これが今生の別れとはなりたくないものだなあ」

「気弱なことを……。俊輔さんらしくない」

弥吉は、涙がこぼれそうになった。

実際、英国という国、ロンドンという街がどれほど遠くにあるのか、想像もつかない。

上海港には、数え切れないほど多くの船が出入りしているが、暴風雨や海賊の襲撃などで、そのうちの何艘かが海の藻屑《もくず》と消えているのも事実だ。

とにかく無事に英国に行くこと、それがまずは最大の難関だった。

「おい、そろそろ出航だ」

庸三が弥吉の肩を叩いた。庸三の傍には謹助が立っている。いかにも不安そうな様子だ。

「では参るぞ」

聞多が言い、桟橋《さんばし》を昇っていく。俊輔もその後に続く。

汽笛が鳴る。なにやら物悲しげに聞こえる。

「なんだか心細げな船だな。本当にこれで英国まで行くのか」

庸三が、不安そうに言った。ホワイトアッダー号は五〇〇トン、ペガサス号は三〇〇トン。共に決して大型船とは言えない。外洋の波にもまれたら、ひとたまりもないように思える。

「無事を祈ろう」

弥吉は、庸三と謹助に言った。

弥吉たちは二人に遅れること、十日、英国に向けて出発した。

彼らは、これから台湾沖から南シナ海を南下して、マラッカ海峡を抜け、インド洋に出て、マダガスカル島沖を通過し、喜望峰を回り、フリア岬、ポルトガルのサン・ヴィンセンテ岬、そしてロンドンに到着する予定だ。順調に航海ができたとして、到着は九月末頃になるだろう。

この一カ月に及ぶ船旅は、ある誤解から、彼ら五人に想像を絶する過酷《かこく》な試練を与えることになるのだった。

第二章

「人間の器械」になる

1

「聞多《ぶんた》、しっかり持っていてくれよ」
俊輔《しゅんすけ》が、今にも泣き出しそうな声で言いながら、帆を渡している船側《せんそく》についた横木に跨《また》がって、ずりっずりっと前方へと進んでいく。足元はインド洋の深い海だ。

風が強い。俊輔の足元にまで波がかかる。

俊輔と聞多が乗船したペガサス号は、シップ型の三本マストがすべて横帆の美しい帆船《はんせん》だが、三〇〇トン程度で決して大きくはない。むしろこれでインド洋を渡り、喜望峰《きぼうほう》を回ってロンドンまで行けるのかと不安になるほど小さい。そのため波が来ると、何メートルもの崖《がけ》を一気に下り、また上るといったような激しい揺れに襲われる。

俊輔の腰にはロープが結ばれており、その先を聞多は握りしめている。しかし、俊輔が本当に海に落ちてしまったら助けられるという自信はない。

俊輔がようやく足を止めた。水夫服のパンツに手をかけ、ずらす。俊輔の尻があらわになった。

聞多は顔を背けた。

波の音に負けないほど大きな排泄音《はいせつおん》が聞こえてくる。腹の調子が悪いのが音で伝わってくる。また、ろくな物を食べていないので臭《くさ》い。その臭《にお》いが聞多の鼻に届いてきた。

「おお、極楽じゃ」

俊輔が、空を見上げて、満足げな一言を発している。

「おいおい、早く戻って来んと、海に落ちて本当に極楽に行ってしまうぞ」

「おお、分かった。分かった」

俊輔は、パンツを引き上げると、横木を両手で持ち、来た方向に後ずさりしてきた。

「本当に気持ち良かった。今度は聞多、お前の番だ」

「わしはいい。お前の糞《くそ》の臭いが鼻についてやる気が失せた。それより腹の調子はどうだ？」

「ああ、だいぶ良くはなってきたが、まだもう一息だな」俊輔の顔がやつれている。「なあ、聞多、俺たちは、客じゃなかったのか」

俊輔が力のない声で言った。

船酔いと下痢《げり》に悩まされ、満足に食事もしていない。

下級水夫の部屋は狭く、暑くて寝られない。仕方なく俊輔と聞多は、甲板《かんぱん》で寝ざるを得なかった。

甲板で寝るのは、かなり危険だ。大きな波が来て、船が揺れると、ごろごろと甲板を転がって海に落ちてしまう。こうなるとひとたまりもない。

俊輔と聞多は、お互いをロープで縛り、さらにそれをマストに括《くく》りつけて、ようやく眠っていた。

夜空に瞬《またた》く星を眺めては、「今、どのあたりだ」と二人でささやき合っていた。上海《シャンハイ》を出航して、はや半月が経った。俊輔と聞多は、劣悪な環境に体力も精神力も限界に達しようとしていた。

俊輔が、客ではないのかと言ったのは、正論だ。横浜でジャーディン・マセソン商会のガワーに五千両も渡したのだ。それでどうしてこの待遇なのだという怒りが、俊輔にはふつふつと湧き起こっていた。

「まったくだ。部屋は狭くて臭い。シラミやダニでいっぱいだ。ある時なんか、俺は背中のあたりでざわざわするから何かと思って起きたら、俺の体の形いっぱいにダニがうごめいていたんだぞ。思わずギエーッと叫んだら、隣の部屋の水夫が、〈ジャニー！　シャラップ！〉って怒鳴《どな》りやがった。ジャニーだぞ。俺は、腹が立ったから『ジャパニーズ、だ』と言ってやった」

聞多も声を荒らげた。

ジャニーは、ジャップと同じく日本人に対する蔑称《べっしょう》だ。

「毎日毎日」俊輔は自分の姿をまじまじと見た。「水夫の恰好《かっこう》をさせられて帆の上げ下ろしから甲板掃除だ。飯といえば、ぱさぱさのビスケットと嚙みきれないような干し肉、それと最下級の赤砂糖だけだぞ。厠《かわや》もない。俺が船内の厠に行こうとしたら〈ノーノー〉だ。水夫用の厠はないという。俺は客だと言ったのに、〈ノーノー〉だ。長州藩士の俺が、なぜに横木に跨がって海に糞をひり出さねばならんのだ。斬って捨ててやる」俊輔は、刀のない腰に手を当てた。

「水も満足に飲めんとはなぁ。雨水を溜めて使っておるから、節約するために水を飲むなと言う。体も満足に洗えん」

聞多が自分の体に鼻を近づけ、「臭い」と呟《つぶや》いた。

「もう我慢できん。このままであと何週間も航海するなんぞ、できやしない」俊輔は、突然、腹を押さえた。顔から汗が噴き出している。「いかん、いかん、怒ったらまた腹の具合がおかしくなったぞ」

「もう我慢しろ。今さっきやったばかりじゃないか」

「あんな恰好を何度もしていたら、殿に申し訳ないからのう」

俊輔が歯を食いしばった。

「船長に交渉しようではないか」

聞多が言った。

「それがいい。客らしい扱いをしろと抗議しよう」

俊輔も賛成した。

二人は、揃って船長室に向かった。ドアをノックする。中から〈入れ〉との声が聞こえる。

ドアを開けて二人が入ると、船長がじろりと睨《にら》んだ。

日本にいる時に外国人排斥《はいせき》の攘夷《じょうい》運動に命を懸けていた彼らは、英国人船長から睨まれるくらいなんでもないはずだが……。

日々の慣れない労働と貧しい食事で力を失っているところにこの惨《みじ》めな水夫服では、船長の睨みに迫力負けしてしまう。

〈なんだ君たちか？　甲板掃除は終わったのか〉

〈終わりました〉聞多が答えた。俊輔はまだまだ英語での会話が上手くできない。辛《かろ》うじてなんとか話ができる聞多が通訳代わりだ。〈今日は、お願いがあって参りました〉

〈なんだ。私は忙しい。早く話せ〉

水夫風情が、何を言いに来たのだという態度だ。実際、船では、船長は絶対君主だ。

〈私たちは、客。金、払っている〉

聞多はたどたどしく言った。

船長は、がばっと椅子から立ち上がった。顔が怒りで赤くなっている。大きく目を見開き、二人を見下ろしながら、〈君たち日本人は、なんて根性なしなのだ。そんなことでは航海術など学べないぞ。もっとしっかりやりなさい。さあ、行った、行った〉と毛むくじゃらの手で二人を払いのけ、ドアを開けると〈ゴーアウト〉と言った。

〈おいおい、違う違う〉聞多は自分を指さしながら、〈客、客〉と繰り返す。

俊輔は日本語で、「俺たちは長州藩士だぞ。お前の部下ではない」と叫んだが、たちまち追い出された。

「おい、本当にどうなっているんだ。あいつは、俺たちをちゃんとロンドンに連れて行くんだろうな」

俊輔が、聞多の通訳の拙《つたな》さをなじるように言った。

「まさかこのまま奴隷《どれい》として扱うとは思えないが……。英国人は中国人やアフリカ人を奴隷に使うというぞ。どこかの港で売り払われることはないだろうな」

聞多が神妙な顔つきで言った。

「まさかそんなことはあるまい。しかし、今は奴隷も同然だ」

俊輔が、また腹を押さえた。

「どうした？」

聞多が心配そうに聞く。

「もうどうでもいい！　俺は厠に行く」

俊輔は腹を押さえながら、客用のトイレに駆け込んだ。

その時、船が大きく揺れた。まるで木の葉が波に翻弄《ほんろう》されるが如《ごと》く、ぐぐっと押し上げられ、高い山へ登るかのように急上昇する。

ドアの前に立って見張りをする聞多も思わずしゃがみ込み、床に這《は》いつくばる。

それでも胃と一緒に中身がせり上がってくる。

今度は、急降下だ。地獄の深淵《しんえん》まで落ちていくようだ。

「うえっ、うえっ」

厠の中で、俊輔の呻《うめ》き声が聞こえる。糞ばかりではなく、胃の中身まで吐瀉《としゃ》しているのだろう。

俊輔に同情する間もなく、聞多も口を両手で押さえた。いきなり吐きそうになったのだ。

「ロンドンは、遠いのぉ」

厠の中から俊輔の嘆き声が聞こえてきた。

2

一方、ホワイトアッダー号では――。

「もうこんなこと、やってられるか」

庸三《ようぞう》がスコップを投げ捨てた。

顔や手は、石炭の粉塵《ふんじん》で真っ黒だ。

「俺も嫌だ」

謹助《きんすけ》もスコップを肩に担いで、その場に座り込んだ。

二人を見て、弥吉《やきち》もスコップで石炭を掬《すく》うのを止《や》めた。

彼らは、帆船ホワイトアッダー号に乗ってロンドンに向かっていた。

しかし待遇は劣悪の極みだった。水夫同然の服を着せられ、今は、港で積み込んだ石炭をボイラー室の傍《そば》にある石炭倉庫へと運ぶ作業をやっている。

「おい、弥吉」庸三がスコップで弥吉を指した。

「どうした？」

「どうしたもこうしたもないだろう。俺たちは客ではないのか。五千両、五千両も払ったんだぞ。それなのにこの待遇か？　なんとかしろ」

「私のせいじゃない」

「お前にも責任があるんじゃないか。ジャーディン・マセソン商会との交渉は、聞多とお前だっただろう」

庸三は喧嘩腰《けんかごし》だ。

毎日の食事は、固くてまずいビスケット、塩漬け肉、砂糖、水程度だ。ビスケットは水なしではとても飲み込めるものじゃない。固い上にぱさぱさだ。塩漬け肉は、やたらとしょっぱくて、嚙み切ろうとすると、歯が折れるほど固い。しかもまずい。

上海に行く途中でふるまわれたステーキが懐かしくてたまらない。塩漬け肉をなんとか飲み込んでも、それからが大変だ。胃が受けつけない。こんな固い肉、消化できるかとばかりに、胃が拒否し、それですぐに下痢になる。厠に駆け込むと、他の水夫から〈ジャニーは、トイレ好きだな〉と蔑称つきでからかわれる始末だ。

「庸三、止めろ。弥吉を責めても仕方がなかろう」

謹助が言う。

「庸三が怒るのも無理はない。なにせ藩から無理を言って出してもらった五千両の大金を彼らに渡しているんだからな。この待遇はないだろう。どうにかしよう」

実際、弥吉も我慢ができなくなっていた。

シラミやダニだらけのベッドに寝て、早朝に起こされ、眠い目をこすりながら甲板掃除、帆の上げ下ろしの毎日だ。

こんなはずではなかったと心底思っていた。

「できるのか」

庸三が怒った顔で言う。腹が減っているからイライラしているのだろう。

「船長に交渉する」

弥吉は毅然《きぜん》と言った。

船で船長に抗議したり、逆らったりするのはタブーだ。もし逆鱗《げきりん》に触れたら、下船を命じられかねない。

「よし、弥吉に期待だ。このままじゃロンドンに着くまでに体を悪くしてしまう」

謹助が言った。

「心配だな。一番、年若い弥吉に任せるのか」

庸三がぐずぐずと言った。

庸三は、弥吉たちより、俊輔や聞多と親しい。一緒に攘夷運動に奔走《ほんそう》した仲だからだ。

上海から乗船する際も、俊輔らのペガサス号に乗りたがっていた。しかし船が小さく、断念せざるを得なかった。

仕方なく弥吉たちとホワイトアッダー号に乗ったものの、英語があまり上手くない庸三は、何かにつけて弥吉が外国人との交渉の前面に出ることを快く思っていない様子だった。

猪突猛進《ちょとつもうしん》侍を自認する弥吉は、物おじせず外国人の中にもどんどん入っていく。その態度に嫉妬《しっと》していたのかもしれない。

「だったら、あなたが交渉しますか」

弥吉はきりりと睨んだ。

庸三は、ややうつむき気味に「任せるよ」とぼそっと呟いた。

「思い立ったが吉日だ。さっそく船長に会いに行こう」

謹助が弥吉を急《せ》かした。

弥吉は、謹助、庸三と共に船長室に向かった。

ドアの前に立ち、ノックをする。中から潮風で嗄《か》れてしまったのか、ざらざらとした〈入れ〉という声が聞こえた。

弥吉がドアを思い切って開ける。

〈船長、お話があります〉

弥吉は英語で話した。

船長は、弥吉らの厳しい表情に戸惑《とまど》いを覚えたように、小首を傾《かし》げ〈どうしましたか?〉と聞いた。

船長は、椅子を離れ、弥吉の前に立った。見上げるほどの偉丈夫だ。頰《ほお》には鳥が巣を作れるほどの豊かな髭《ひげ》を蓄えている。

〈船長は、我々を奴隷扱いしているが、なぜだ〉

弥吉は、学んできた英語の力をフルに発揮して交渉に臨んだ。

〈奴隷？　そんなつもりは全くない〉

船長は、困惑し、灰色の目を泳がせた。

〈私たちは、ちゃんと客として金を払っている。それなのに帆の上げ下げ、甲板掃除など雑用をやらされ、食事も非常に粗末だ。これは問題ではないか！〉

弥吉は、思い切り胸を反《そ》らし、船長に食って掛かるほどの勢いで話した。

〈それは誤解だ！　私は上海でジャーディン・マセソン商会の支店長から、この日本人たちは航海術を覚えたいと言っているので、ロンドンに行く途中でうんと教育してくれと頼まれたのだ。それでこちらとしては素人を実際の業務に就かせると、面倒なことが多いのだが、頼まれた以上は仕方がないので、あなた方を現場で教育しているつもりだ。私は、あなた方に感謝されてもいいと思っているのに、抗議さ

れる筋合いはない〉

船長は怒り、興奮気味に話す。早口で聞き取れない。

弥吉は、何度か〈もう一度〉を繰り返し、船長が怒っている原因をようやく摑《つか》んだ。

「なんとなぁ、ミスアンダースタンディングか……」

弥吉は呟いた。

「おい、いったいこの男は何を怒っているんだ」

庸三が弥吉の後ろからせっついた。

「誤解だと言っているんだ」

「誤解？　何が誤解だ？」

「船長は、私たちが航海術を覚えたいと言っていたからだと」弥吉は、そこで言葉を止めた。「あっ、そうか」

弥吉は、はたと手を打つと、明るい表情になって船長に向き直った。

「どうした？」

理由の分からない庸三と謹助が、弥吉の背後から声をかける。

「ちょっと待て」弥吉は二人を抑えると、船長に、〈私たちは航海術を学びたいのではなく、英国で海軍に関する知識を得たいと思っている。ナビゲーションではな

〈ネイビィだ〉と笑顔で言った。

船長は、大きな体を揺らすように笑いながら、〈そうか。ネイビィか。了解した。今日からは君たちを海軍将校として扱おう。水兵ではなくね〉と言い、片目をつぶった。

そして毛むくじゃらの手を差し出し、弥吉に握手を求めた。弥吉は、その手を両手で包むように握った。

弥吉の背後から庸三と謹助が手を差し出した。船長は、〈おおっ〉と大げさに喜びながら二人の手を握った。

船長室を出た途端に弥吉は、庸三と謹助に挟まれた。

「おい、いったいどうなっているんだ」

謹助が焦った様子で聞いた。

「船長の誤解が解けたってことか」

庸三が険《けわ》しい表情をしている。訳が分からないところで事態が進展しているのが許せないのだ。

「ははは」弥吉は突然、声に出して笑った。

「何がおかしい」

庸三が怒ったように言った。

「これが笑わずにいられるか。上海でのジャーディン・マセソン商会による歓迎の席で『英国で何を勉強するのか』って質問された時、聞多さんは『ナビゲーション』と答えた。私は、あれっと思ったが、そのままにしてしまった。あれは海軍を意味しているのではなく、航海術という意味だ。だから船長は、私たちに航海術を教え込もうと、帆の上げ下げなど水夫同然の扱いをしたってわけだ。誤解が解けて、これからは海軍将校の待遇に変えると言っていたから大丈夫だ」

「聞多と弥吉の責任か」

謹助が笑った。

「二人の英語の拙さのせいか。おそらく聞多と俊輔も今頃、さぞや苦労しているだろうな」

庸三もようやく笑みを浮かべた。

「いやぁ、やはり英語での意思疎通は難しい。ロンドンでは真面目に勉強しないといけないなぁ」

弥吉はつくづく思った。

「甲板に出てみようか」

庸三が言った。弥吉と謹助は、庸三を先頭にステップを上がり、甲板に出た。空気には熱がこもり、何もしていなくてもねっとりと汗ばんでくる。

見上げると、暗い空からまるで雪が降り注《そそ》ぐように星が瞬いている。三人は、甲板に寝そべった。甲板は思った以上にひんやりとしていて心地よい。

「今、どのあたりだろうか」

庸三が呟いた。

「この暑さだ。インド沖ではないだろうか」

謹助が答えた。

「これからアフリカという大きな大陸の南端にある喜望峰を巡り、ロンドンに向かう。まだまだ波は荒いだろうな」

弥吉が言った。

「遠いのぉ。本当に遠いところに来てしまったのぉ」

庸三が言い、大きく息を吐いた。

船は珍しく揺れが少ない。三人は甲板に仰向けに横たわったまま、無言で夜空を眺めていた。

3

文久三年（一八六三）九月二十三日、聞多と俊輔を乗せたペガサス号がようやくロンドンに到着した。

「俊輔、着いたぞ。すごいぞ」

聞多が言った。目の前にロンドンの摩天楼《まてんろう》がそびえている。

「着いたか……。それより空腹だ。腹が減っては戦《いくさ》ができん」

俊輔が情けない声で言う。航海中、下痢で苦しみ、すっかりやつれているが、朝食を食べていないため腹が減っているのだ。

聞多は初めて見るロンドンの街の様子に興奮し、空腹を忘れている。ロンドンは上海よりも多くの高いビルディングが並んでいる。港には欧州各国の船が停泊し、黒煙を空高く噴き上げている。そのため空はどんよりとし、雲の色は灰色より黒に近い。

船長が二人に近づいてきた。

〈二人ともよく頑張りましたね〉

にこやかに言った。

聞多も俊輔も船員仕事の合間に、堀達之助《ほりたつのすけ》の著した袖に入るくらいの小さな辞書『英和対訳袖珍《しゅうちん》辞書』を使い、船員たちとの会話を通じて英語を学んだ。おかげで船長の英語を不十分ながらも聞き取れるようになっていた。

〈無事にロンドンに着いた。感謝する。今度は美味《うま》い飯を食わせてほしい。待遇を

もっと改善してほしかった〉

聞多は皮肉混じりに言った。

聞多の胃袋には、航海中、塩漬け肉とビスケットしか入っていない。もう見るのも嫌だった。

〈待遇が悪かったでしょうか？　ところで航海術は十分に学べましたか？〉

〈航海術？　私たちは海軍について学ぼうとしているのだ〉

船長がナビゲーションと言った。聞多は、それをネイビィと言いかえた。

〈私は、あなた方に航海術を教えるようにと言われたので、手を尽くしました〉

船長が胸を張った。

「おい」俊輔が青い顔で聞多に声をかけた。

「なんだ？　俊輔」

聞多が聞いた。

「今、船長はナビゲーションと言っただろう。それは航海術であり海軍ではないだろう」

「ああ、俺も今、それに気づいたところだ。俺たちは大いなる間違いを犯していたんじゃないか」聞多は船長を見て、〈航海術を教えるために船員扱いしたのか〉と聞いた。

船長はにこやかに〈そうだ〉と言い、大きな手で聞多と俊輔に握手を求めた。そして〈ジャーディン・マセソン商会から迎えが来るから、しばらく船で待っていてくれ〉と言い、二人を船上に置いたまま上陸してしまった。

「ああ、行っちまった。あいつ、俺たちに航海術を教えていたのか。聞多、お前、ちゃんと海軍って伝えなかったのか」

俊輔が恨めしそうに言った。

「ちょっとした勘違いだな。弥吉がなまじ英語ができて、俺に変な通訳をするからだ」

聞多は、「ナビゲーション」と答えたのは、自分であることを忘れてしまったかのようだ。

「おかげでえらい目に遭ったなぁ。まあ、無事にロンドンに着いたからいいようなものの、横木に跨って用を足すのは命懸けだったぞ。俺たちがこんなに苦労したのだから、弥吉らも大変な思いをしているだろう。今頃、どのあたりを航海しているかなぁ。我々の方が早く着いているはずだが……」

「それにしても腹が減った。船には飯などありそうもない。お前か俺か、どちらかが上陸して食い物を買ってきてはどうか」

聞多は俊輔に提案した。

俊輔は聞多を見つめて、「俺は無理だ。腹が減って動けん。聞多、お前が行ってくれ」と、情けない声で言った。

「空腹なのは俺も同じだ。お前が行けよ」

「勘弁してくれ。体調も最悪だ」

「俊輔、お前、ロンドンの街を一人で行くのが怖いのだろう」

「馬鹿にするな。ロンドンごときに恐れをなすものか」

俊輔がむきになった。

「だったら行けよ」

聞多があきれ顔で言った。

「だから腹が減って、どうしようもないって言っているだろう」

俊輔は顔をしかめた。

「おっ、誰か来たぞ」

聞多が言った。

ペガサス号の二等士官だ。忘れものでもしたのだろうか、船室に入った。しばらくすると、船室から出てきて、再び下船しようとしている。

「あいつを呼び止めよう」聞多は大声で、〈おい、待ってくれ〉と叫んだ。

士官は立ち止まり、〈おお、ジャニーどうした〉と親しげに笑みを浮かべた。

ジャニーという蔑称は腹立たしいが、この際、我慢だ。聞多は、士官に空腹なのでレストランへ案内してくれないかと頼んだ。

士官は、〈オーケー〉と快諾した。

聞多は俊輔に、「俺は彼と一緒に食堂に行く。お前の食べ物を買ってくるから待っていてくれ。一緒に行きたいが、ジャーディン・マセソン商会の者が来るかもしれない。行き違いになってはまずい」と言った。

「悪いなぁ。俺は、本当に腹が減ってどうしようもない。待っているから早く帰ってきてくれ」

俊輔は腹を押さえて、情けなさそうな表情だ。

「なるだけ早く帰ってくる」

聞多は、士官に従って船を下りた。

「すごい……」

思わず息を呑む。

石造りのビルディングが、左右から迫ってきて押しつぶされそうな気になる。見上げると、空がビルディングとビルディングに挟まれて異様に狭い。石畳の道を馬車や人が行き交い、まるで祭りでもやっているのかと思うほど賑《にぎ》やかで、うかうかしていると人とぶつかって路上に倒されてしまう。工場の煙突は黒煙を噴き上げている。街全体が生き物であるかのような驚くほどの活気だ。

――向こうの方を汽笛を鳴らして走っていくのは汽車というものだろう。なんという大きな車輪だ。鉄路の上をものすごい勢いで回転している。あんな巨大な物が動いて人や物を運んでいく……。

〈おい、いつまで突っ立っているのだ〉

士官が、急いで歩くように促した。

〈待ってくれ〉

聞多は、小走りに士官の後を追う。

――やはり攘夷は無理だ。

聞多は、上海の発展ぶりを見た時、攘夷の無謀さを悟《さと》り、そのことを口に出したため、俊輔からひどく文句を言われた。

しかし今、ロンドンの様子を見て、上海とは比べ物にならないほどの衝撃を受けていた。実際は、腰が抜けるほど驚愕《きょうがく》していたと言ってもいいだろう。

――なんというすごさだ。西洋文明はこんなにも進んでいるのか。

聞多の中で、まだ多少とも残っていた攘夷運動への思いが雲散霧消していく。それよりも西洋に追いつかなければ日本は滅びるという恐怖にも似た思いで、体の芯から震えがきた。

う。

〈こら、何をぼんやり歩いているんだ〉

きょろきょろとあちこちを見ながら歩いていると、人にぶつかり、叱られてしま

〈ついてこいよ〉

士官が心配そうに振り返る。

〈ありがとう。ちゃんとついていく〉

こんな見知らぬ大きな街で迷ってしまっては大変なことになる。生きて日本に帰れないかもしれない。

聞多はポケットから手帳を取り出し、通りの様子を記録した。帰り道で迷わないようにするためだ。

「ええっと、角に野菜売りあり、そこを右に曲がる……」

ぶつぶつと言い、士官の後を追いつつ、慌てて通りの様子を記録する。

十五町（約一・六キロ）も歩いただろうか、士官はレストランの前で止まった。

〈着いたぞ〉

レストランは、小さな一軒家だ。中から賑やかな人の声が聞こえる。

聞多は、士官に案内されるまま、中に入り、席についた。

中では多くの客が、飲み、かつ食事を楽しんでいた。大変な賑わいだ。

〈食事は、私が選ぶが、それでいいか〉

士官が聞く。

〈お願いする〉

聞多は答えた。

メニュー表を見せられても何が書いてあるか分からない。士官に任せる他ない。

聞多は緊張して食事が運ばれてくるのを待った。あまりきょろきょろしては、日本人としての威厳が失われると思い、胸を張り、ゆったりとした風を装って椅子に座っていた。

頭の中を巡るのは、どうやったら西洋に追いつくことができるのかということ。そして英国公使館を焼き討ちし、この英国という国と戦争を始めようとしていた自分の愚かさへの後悔だった。

――このロンドンの素晴らしさを、早く殿に伝えねばならない。

焦りに似た思いが募ってくる。

食事が運ばれてきた。

塩漬けの豚肉、乾燥した麺包（パン）、半熟鶏卵。

〈さあ、食べろ〉

士官がナイフとフォークを使い、豚肉を切り、口に運ぶ。

聞多も食べる。

——見た目は粗末だが、なんと美味だろうか。まさに空腹に勝る美食なしだ。

〈頼みたいことがある〉

聞多は士官に言った。

〈なんだ〉

〈船で友人が待っている。彼のために、同じ物を持ち帰りたい〉

聞多は、食事を終えると、俊輔への持ち帰り分との合計額の支払いを済ませた。値段の高さに驚いたが、仕方がない。

〈一人で帰れるのか〉

士官が心配そうに聞いた。

〈大丈夫だと思う〉

聞多も表情を曇《くも》らせて答えた。

店を出ると、聞多は手帳を取り出し、来た道を逆にたどり始めた。しかし、街の喧騒《けんそう》に気持ちが翻弄《ほんろう》され、来た道と帰る道では全く景色が違って見える。京の町では間違えないのだが、と悔しい思いをしながら歩く。手には、俊輔の食事をぶら下げている。腹を空かせていることだろうから、早く持ち帰ってやらなければならない。

「ここは通ったかなぁ」

右に曲がればいいのか、左に行けばいいのか、手帳を見ても分からない。

〈うろうろするな〉

道行く人に怒鳴られる。その度に〈すまない〉と頭を下げる。

門がある。ふらふらと中に足を踏み入れる。

〈こら！　そこで何をしているんだ〉

男が現れた。

〈道に迷ってしまった。ここはどこだ〉

聞多は情けない顔で言った。

〈ここは税関だ。お前は中国人か〉

男は税関の役人だった。

〈いや、日本人だ。ペガサス号で来た。戻りたいのだが、道に迷ってしまった〉

〈日本人とは珍しい。初めて会った。ここで待っていろ。案内させるから〉

役人は聞多を待たせて、建物の方に消えた。

案内してくれるようだ。これで帰れると思うと、ほっとした気分だ。英国人は、なかなか親切ではないか。ますます攘夷の気分が消えていく。

役人が、若い男を伴って戻ってきた。

〈彼に、ペガサス号まで案内させる。ロンドンを楽しんでくれ〉

役人が右手を上げ、にこやかな笑みを浮かべた。

〈ありがとう〉

聞多は礼を言った。

若い男は、聞多に〈ついてこい〉と言うと、速足で歩き始めた。今度は迷ってはいけない。聞多は遅れないようについていく。

しばらくすると、見覚えのある景色が目の前に現れた。

〈あれがペガサス号だ〉

若い男が指で示す。

聞多が船を見ると、甲板で俊輔がこちらに向けて手を振っているのが見える。

〈ありがとう。もう大丈夫だ〉

聞多は若い男に礼を言った。若い男は笑みを浮かべて、〈いい旅を〉と返してきた。

聞多は、手に持った食事を高く上げ、ペガサス号へと走った。

タラップを上がり、甲板に立った。

「待ったぞ」

俊輔が、今にも泣きそうな顔で言った。

「悪い。少し迷ったのだ。そんなことより、食事だ」

聞多が食事の入った包みを俊輔に差し出した。

俊輔の相好《そうごう》が見事に崩れた。両手で包みを抱え込むと、甲板に座り込んだ。包みを解《ほど》き、中から食事を取り出すと、甲板に広げ、手づかみで食べ始めた。

「犬のようだぞ」

聞多がからかった。

「かまわん、かまわん。とにかく食う。もう辛抱《しんぼう》できん」

俊輔は、パンをちぎり口に放り込むと、まだ咀嚼《そしゃく》しきっていないのに半熟卵を齧《かじ》った。

「ああ、美味い。生き返った」

俊輔は涙を流さんばかりに喜んだ。

食事を終えると、聞多と俊輔は甲板に座り込み、ロンドンの様子を語り合った。

「弥吉たちは、今頃、どこにいるだろうか」

空腹が満たされた俊輔が言った。

「我々より遅く出発したから、まだ洋上だろう。無事であるといいがなぁ」

聞多が、海の方向を見て答えた。

「おっ、聞多、やっと迎えが来たようだぞ」

背広姿の男がタラップを上がってくる。

〈お迎えに参りました〉

男は、ジャーディン・マセソン商会の社員だった。

4

「俊輔と聞多は、無事なのだろうか」

庸三が心配そうに言った。

「我々の方が後から出発したのに先に到着するとは……。いったい、どうしたのかな」

弥吉も表情を曇らせた。

彼らは文久三年（一八六三）九月中旬にロンドンに着いた。到着してすぐに迎えに来たジャーディン・マセソン商会の社員の案内で汽車に乗り、アメリカン・スクエアという街に着いた。その街のホテルで、俊輔と聞多を待っていた。

「我々は、弥吉が交渉してくれたおかげで、船旅の後半は客扱いだったから良かったが、俊輔と聞多はちゃんと誤解を解いただろうか？」

謹助が眉根を寄せた。

「聞多さんは交渉力のある人ですから、なんとかするでしょう」

弥吉が自らを鼓舞《こぶ》するように言った。上海で、ジャーディン・マセソン商会の支配人から英国留学の目的を聞かれた際、聞多の「ナビゲーション」、すなわち「航海術」という返答を、なぜ「ネイビィ」、すなわち「海軍」と訂正しなかったのかという後悔がくすぶっている。

「何か、彼らの情報はないのか」

謹助が、弥吉に聞いた。

「全くない」

弥吉は首を横に振った。

すると、彼らが寛いでいる部屋のドアが開いた。ジャーディン・マセソン商会の社員が、笑みを浮かべて立っている。

〈お待ちかねの友達が到着したよ。ロビーで待っている〉

社員は言った。

「おおっ」

三人は一斉に喜びの声を上げ、部屋を出てロビーへと向かった。

「俊輔、聞多！」

庸三が階段の途中で、ロビーにいる二人を見つけて、両手を大きく振った。

俊輔と聞多が、その声に反応して、少し驚いたような顔で三人を見上げた。

「お前たち、先に着いていたんだなぁ。追い抜かれたのか」

俊輔が、やや疲れたような顔で叫んだ。声が掠《かす》れている。潮風で喉《のど》を痛めたのかもしれない。

「御無事でなによりでした」

弥吉は、俊輔と聞多の前に立つと、溢れ出る涙を抑えられなかった。

「あまりにも遅い。遅すぎる。一週間以上も待ったぞ」

庸三が泣いているのか、笑っているのか、分からないような顔になった。

「海の藻屑《もくず》になったかと心配しました」

謹助が言った。

「なにはともあれ全員無事で再会できた。本当に良かった」

聞多がうっすらと涙を浮かべて、両手を広げた。他の四人が、その広げた両手の中に入ると、全員が声を上げて泣き始めた。

「おい俊輔、泣くな」

聞多が泣きながら言った。

「お前こそ、泣いているではないか」

俊輔が答えた。

「男であっても、ここは泣いてもいいだろう」

　庸三も大粒の涙を流している。

「長い旅路だったなぁ」

　謹助も泣いている。

　彼らは、肩を抱き合いながら、ロビーのソファに腰を落とした。日本を出てから、四カ月以上にも及ぶ旅の話題に花が咲いた。

「そうだ。弥吉、お前のおかげで大変な目に遭ったぞ」

　俊輔が真面目な顔で言った。

「どうしましたか？」

　弥吉は聞いた。

「どうしましたかではない。俺のやつれ具合を見ろよ」俊輔は、顔を前に差し出した。

　聞多が笑いながら、「俺や俊輔は、船の横木に跨りながら糞をひったのだ。海に落ちそうになってハラハラしたぞ。毎日、毎日、甲板掃除に帆の上げ下ろし。腹が減っても塩漬け肉と歯が折れるほど固いビスケットだ。水さえろくに飲めなかったのだからな。ひどいものだった。弥吉が、ナビゲーションと言ったからだ」と弥吉を責めた。

「そうだ。弥吉の英語を信頼していたんだぞ。俺は……」

　俊輔が恨みがましく言った。

　弥吉は、両手を目の前で振り、「何を言うんですか。ナビゲーションと言ったのは聞多さんですよ。私じゃない」と強く否定した。

「そうだったかなぁ？」

　聞多がとぼけた。

「やっぱり心配した通り、航海中、ずっと冷遇されていたのか」

　謹助が笑いながら言った。

「そうだよ。弥吉が、聞多のナビゲーションをネイビィに訂正しなかったせいだ」

　俊輔が笑った。

「私の責任ですか」と弥吉は自分を指さし、「まいったなぁ」と頭をかいた。

「我々は、弥吉が交渉して旅の後半はちゃんと客扱いになった。ふわふわのベッドで寝て、美味い物を食い、横木に跨って糞などひらなかった」

　庸三が笑った。

〈皆さん、盛り上がっていますね〉

　すらりと背の高い、穏やかな笑みをたたえた英国人が彼らに近づいてきた。

　ジャーディン・マセソン商会ロンドン支配人のヒュー・マセソンだ。

〈マセソンさん、五人全員無事に集まることができました。感謝します〉

弥吉はソファから立ち上がると、ヒュー・マセソンに握手を求めた。

〈皆さん、ようこそロンドンへ。ロンドンは皆さんを歓迎します〉

マセソンは、他の四人とも親しげに握手をした。

「これから俺たちはどうなるのか聞いてくれよ」

俊輔が言った。余程、船旅がきつかったのか、痩せてしまったが、目だけはギラギラさせている。

弥吉はマセソンに向き直り、〈私たちは、これからどうすればいいでしょうか〉と聞いた。

〈私の友人でロンドン大学の化学教授であるアレキサンダー・W・ウィリアムソン氏が、あなた方のお世話をしてくださいます。彼の下で、まず英語を学び、その後に大学であなた方の望む学問を学んでください。ウィリアムソン教授は、英国学士院会員、ロンドン科学協会会長という英国化学界の重鎮であり、かつ非常に立派な紳士です〉

マセソンはにこやかに言った。

〈素晴らしい方をご紹介いただき、感謝します〉

弥吉はマセソンに感謝の意を伝え、俊輔たちに向かって、「非常に立派な大学教授をご紹介してくださり、その方のお世話になるようです」と伝えた。

「それは良かった。安心だ。ところで風呂にも入りたいし、この恰好はなんとかしたい」

聞多が、ほころびのある薄汚れた服を指先でつまんだ。

顔も汚れ、髭が生え、髪の毛も伸びている。靴はといえば、足のサイズに合っていないため、ぶかぶかな上に泥がついている。俊輔も同じだ。

弥吉、庸三、謹助は先にロンドンに着いたため、髪を整え、俊輔、聞多よりはいくらかこざっぱりしてはいるが、服装などは日本を出発した時のままだ。これではウィリアムソン教授に会うのが恥ずかしい。

〈皆さんがお揃いになったところですし、服や靴を新調しましょう。きれいな英国紳士の姿になってもらい、記念写真を撮りましょう〉

マセソンが両手を広げて、大げさに言った。

〈ありがとうございます。私たちもそれを望んでいました〉

弥吉は礼を言った。

「服などを新調してくれるのか。そう聞こえたぞ」

庸三は船旅中、船員を摑まえては話しかけ、辞書を食べてしまうほどの勢いで英語を学んでいた。だからマセソンの話を聞き取れたのだ。

「さっぱりとしたら皆で記念撮影をしようと言っています」

弥吉がマセソンの意向を伝えた。

「それはいい。写真を日本の兄に送りたい」

謹助が言った。

弥吉たちは、マセソンの世話で風呂で体をきれいに洗い、髪を整え、髭を剃《そ》り、さっぱりとしたところで服や靴を新調し、記念写真に臨んだ。

「どうだ、俺は、いい男になったか」

俊輔が嬉しそうだ。

「おお、馬子《まご》にも衣装だな」

聞多が笑いながら言う。

「なんだか夢のようだな」

謹助が、頭を撫《な》でた。ついこの間まで髷《まげ》を結っていたのが信じられないのだろう。

写真技師がやってきた。

「どのように並びましょうか?」

弥吉が皆に聞いた。

「五人が、力を合わせてロンドンにやってきた苦労が分かる並びが良い」

庸三が答えた。

弥吉が、写真技師に要望を伝えた。

写真技師は、彼らがはるか遠い日本という国から、ロンドンに学問を修めるためにやってきたことを事前に聞いていたようだ。

〈あなた方はすごい人たちだ。このロンドンでしっかり学んでほしい〉

写真技師は尊敬を込めて言い、弥吉たちに並びを指示した。

後列の左から謹助、真ん中に弥吉、その右隣に俊輔、前列左から聞多、庸三と並んだ。その姿は弥吉を中心に、五人が強く結ばれているように見えた。

「今からです。私たちは力を合わせて人間の器械にならねばなりません」

弥吉は、強い口調で言った。

「おう、見事な人間の器械になってみせようぞ」

俊輔たちが応え、写真機を睨みつけた。

5

〈ようこそロンドンへ〉

エマ・キャサリン夫人と共に弥吉たちを出迎えてくれたウィリアムソン教授は、

見るからに温厚な紳士だった。がっしりした体軀《たいく》に彫りの深い顔。そこにはたっぷりの口髭、顎鬚《あごひげ》をたくわえている。

〈お世話になります〉

弥吉は、どんな英国人の世話になるのだろうかと不安だった。東洋の小さな島国日本のことなど、この英国で知る人は少ない。文明の遅れた国として見下している人も多いに違いない。

しかし目の前にいるウィリアムソン教授には、そうした印象は全くない。弥吉は安心した。

ウィリアムソン教授は、にこやかに微笑《ほほえ》み、彼らと固い握手を交わした。

ところが、問題が起きた。ウィリアムソン教授の自宅は、五人が同居するには狭いのだ。

〈申し訳ないが、我が家は五人の若者を同居させることができない。二人は、アレキサンダー・M・クーパーの家に移ってほしい。彼は素晴らしい画家だ。もちろんあなた方の生活や勉強は、私が全面的に支援しますから、安心してほしい。彼の住まいは、ロンドン大学のすぐ近くだから勉強には好都合だ〉

ウィリアムソン教授は言った。

弥吉は〈承知いたしました〉と言い、俊輔らに「私たちのうち二人は別の家に住むことになります。場所は、ロンドン大学の近くで、勉学には適しているそうです。いかがしますか」と聞いた。

「五人一緒ではないのか」

庸三が言った。

「俺と聞多は同じ船で来たからな」

俊輔が、苦労を共にした聞多を見た。

「それじゃ私は別の家に移りましょう」

弥吉が言った。

「なら俺も移るか。大学が近いなら都合がいい」

庸三もそれに続く。

「聞多、俊輔、そして私がここに住まわせてもらい、庸三と弥吉が別に移るということでいいですね」

謹助が言った。

〈住む家は分かれても、皆さんはこの家をロンドンでの我が家と考えてくださいね。いつでも集まってサロンとして使っていただいていいですから。さあ、皆さんの英国生活の前途を祝福して、食事を用意しました〉

キャサリン夫人が優しい笑顔で言った。

「おい、飯か?」

聞多の目が輝いた。

「食事を用意してくださったようです」

弥吉が言った。

皆が、喜びに溢れる笑顔で食堂に行くと、テーブルの上には、こぼれんばかりの食事やワインが並べてあった。

「おお、ローストビーフじゃないか」

すっかり肉が大好物になった俊輔が歓声を上げた。

〈私のことをロンドンのお母さんと思ってくださいね〉

キャサリン夫人は、弥吉たちに言った。

彼らは、キャサリン夫人の手料理を堪能しつつ、ロンドン生活の成功を誓い合った。

その後、弥吉は庸三と共に、ガワー・ストリートのクーパーの家に移った。

クーパーも親切な男だった。弥吉は、英国はアジアやアフリカの多くの国を植民地にし、その国の人間を奴隷として使役する残忍な国だと思っていた。

しかしウィリアムソンもクーパーも非常に紳士的で、弥吉たちを差別的に扱うこともない。

弥吉は、ロンドンで多くのことを学びたいと思ったが、本物の紳士という生き方も学ばねばならないと思った。

「庸三、俺はやるぞ」

弥吉は庸三に言った。庸三も、大きく頷《うなず》いた。

6

弥吉と庸三は「まずは英語だ」と決意し、ロンドン大学の法文学部の聴講生となった。

そして二人で励まし合い、持参した英語辞書を頼りにして、英語を学んだ。

ウィリアムソンは彼らの英語教師として、多くのロンドン大学の学生を紹介した。中でもカンペントルという学生は、特に彼らに親切だった。

弥吉たち五人はカンペントルの案内で、ロンドン各地を訪ねた。各種官庁、博物館、新聞社、通信社、交通機関、議会、軍隊などを見学した彼らは、言葉を失うほど衝撃を受けた。

弥吉は、カンペントルに汽車に乗りたいと頼んだ。

カンペントルは、〈汽車ですか？〉と不思議そうに聞いた。移動のために何度か乗ったはずだからだ。

〈じっくりと鉄道を体験したいんだ〉

弥吉は頼んだ。

〈いいですよ。ロンドンからドーバー海峡方面のブライトンに向かう汽車に乗りましょうか？　鉄橋もあってなかなか楽しいです〉

カンペントルは言った。

弥吉は弾《はず》む気持ちを抑えることができなかった。早速、二人は馬車でロンドン駅に向かった。

〈イギリスは、鉄道のおかげで世界の第一等の国になりました〉カンペントルは馬車に揺られながら話した。

〈蒸気のエネルギーで物を動かす機関が発明され、それが蒸気機関車に応用されました。そして鉄道がイギリス全土に敷設《ふせつ》されました。その結果、それまで馬車でしか運べなかった綿花や鉄鉱石などの産業発展に必要な原材料を、大量に、早く運ぶことが可能になったのです。それがイギリスを発展させました〉

〈鉄道が国を発展させたのですね〉

〈私たちの生活が一変しましたからね。誰もが安い値段で、イギリス中をどこにで

も行くことができるんですよ。さあ、着きました〉

馬車を降りて、ロンドン駅に向かう。多くの人が駅舎に吸い込まれ、また吐き出されていく。駅舎の建物は、壮大で、まるで大理石で造られた宮殿のようだ。天井を見上げる。

「高い……。素晴らしい……」

圧倒される。天井ははるか高く、シャンデリアが輝き、天使や神が戯《たわむ》れる絵で壮麗に飾られている。

汽車の到着を待つ人々は、それぞれベンチに座り、新聞を読んだり、雑談にふけっている。

〈身分などに関係なく汽車に乗ることができます。料金による等級の差はありますが〉

カンペントルは自慢げに言った。

〈多くの人が国中を自由に移動できることは素晴らしいことです。日本にも、このような鉄道を敷設したいものです〉

弥吉は熱い気持ちを吐露《とろ》した。

〈さあ、乗ってみましょう〉

カンペントルに促され、弥吉は改札を抜け、汽車に乗り込んだ。

汽車は、高らかに汽笛を鳴らすと、ゆっくりと、それでいて力強く駅を離れていく。弥吉は、汽車の動きに体を揺らせながら、興奮を抑えられなかった。

弥吉が、カンペントルと別れてウィリアムソン家に帰ってくると、他の仲間たちが居間に集まっていた。

「弥吉、戻ってきたか」

俊輔が弥吉を見つけて、声をかけた。

「カンペントルさんに汽車に乗せてもらいました。すごいですね。感動しました」

弥吉は、興奮気味に言った。「皆さん、なんの議論ですか？」

「攘夷についてだ」

俊輔が眉根を寄せた。

――攘夷を続けるかどうかの議論か。そんなこと、答えは一つしかない。攘夷より西洋の文明を取り入れること。これしか日本を強くする方法はない。

弥吉は、議論に参加するべく俊輔の隣に座った。

「全員揃ったところで、俺は俊輔に改めて聞きたい。攘夷は是か非か。俺は非だ。上海で攘夷を捨てたが、今や攘夷への熱意は完全に冷めた。英国の進み方は尋常ではない。なあ、俊輔、もう攘夷は無理だ。この進んだ文明を急いで取り入れねばならない」

聞多が強調した。

「確かになぁ。俺も上海の時には、聞多の節操のなさをなじったがなぁ……。英国は何もかも進んでいる。物ばかりじゃなく、世の中の制度も見習うべきところばかりだ。あの議会というのは興味深い。武士の代表や商人の代表が、お互いの意見を戦わせているのは驚きだ。この国では、武士も商人も平等で、意見を言い合えるらしい」

武士だけが社会的に重視される日本との違いに、俊輔は関心を抱いたようだ。俊輔は、武士の中でも身分が低いため、英国の貴族や商人が平等な立場で意見を戦わせる議会制度には感激したのだろう。

「英国では、皆が力を合わせて国を造っている。だから強いのです。日本も武士だけが威張っているべきではない」

弥吉は俊輔に同意しながら、鉄道で日本を一つにまとめ上げれば国力が充実するという江藤新平《えとうしんぺい》の言葉を思い出した。

「俊輔、俺は攘夷を捨てる。小手先では西洋に勝てん。本気で文明を学ばねばならん」

一緒に攘夷運動を戦っていた庸三が、自らを鼓舞するように言った。

「どうする？　俊輔」

聞多が言った。

俊輔は腕組みをし、押し黙っている。

「私は、攘夷などより、一刻も早く西洋の技術を学ばないと、日本は大変なことになると思います」

弥吉が口を挟む。

「黙っていろ。今は俊輔に聞いているんだ。攘夷で人を斬ったこともない弥吉には、攘夷云々《うんぬん》を言う資格はない」

庸三が険悪な口調で言った。

「おい、庸三、今の言い方はないだろう。弥吉に謝れ」謹助が怒った。「弥吉も長州藩のため、日本のために努力していたのだぞ」

「すまない。興奮してしまった」庸三は弥吉に頭を下げた。「俺も悩んだ上の結論なのだ。英国はすごい。日本が太刀打ちできるはずがない。役所でも軍隊でも平民が、国のために規律正しく働いている。驚くべきことだ。俺たちは、武士が世の中を変えるのだと息まいていたが、そうではないのだ。普通の人が頑張る世の中を造らねばならない。そのためには、教育がまず第一だと思う」

庸三は言った。

弥吉は、先ほどの庸三の言葉に腹立ちを覚えたが、我慢した。

攘夷運動に命を懸けてきた俊輔、聞多、庸三には、弥吉には計り知れない思いがあるのだろう。

「俺も攘夷より、西洋文明を早期に取り入れることが重要だと思った。攘夷は止めだ。英国などと手を携えて、国内を統一せねばならない。英国民のように日本国民を育成せねばならない。長州だ、薩摩だ、会津だと言っていては、西洋の奴隷になってしまう。俺は、ロンドンで西洋技術を学ぶと同時に、この国の制度も勉強したい」

俊輔は言った。

〈皆さん、活発に議論されていますね〉

ウィリアムソン教授が彼らの前に現れた。

〈ロンドンでは初めて見るものばかりで、衝撃を受けています。日本の遅れを嘆いておりました〉

弥吉が言った。

〈嘆く必要はありません。あなた方が頑張ればいいのです〉

ウィリアムソン教授は、温かい笑みを浮かべて言った。

〈おっしゃる通りです。私たちは英国の進んだ文明を、一つでも多く日本に持ち帰りたいと願っています〉

聞多が答えた。

〈皆さん、お茶をどうぞ〉

キャサリン夫人が紅茶と菓子を運んできた。

〈これはかたじけない〉

聞多が礼を言った。

キャサリン夫人は、清楚《せいそ》な美人で弥吉たちにもまるで母のように優しい。弥吉たちの英語が上達するように、日常生活でもなにかと話しかけてきては英国の生活について説明した。弥吉たちの英語が急速に上達しているのは、キャサリン夫人の貢献が大きい。

ウィリアムソン教授とキャサリン夫人は恋愛結婚だった。しかしウィリアムソンの父親は、二人の結婚をなかなか認めなかった。自分に相談なく婚約したことに腹を立てたからだ。

二人が結婚したのは、婚約から一年も経って父親の怒りが解けてからのことだった。結婚するまでが大変だったためだろうか、二人はとても仲が良く、弥吉も微笑《ほほえ》ましく思っていた。

ウィリアムソン教授を囲んで、弥吉たちは紅茶を味わった。

〈私は大学で多くの学生を教えています。原理原則ばかりでなく、実際に工場など

を見学するなどして、学生に興味を持ってもらうように努めています〉

　ウィリアムソン教授は、「ウィリアムソン合成法」という世界的に知られるエーテル合成法を考え出した化学者としてばかりではなく、教育者としても優秀だった。

〈あなた方は英国の進んだ文明を貪欲《どんよく》に学びなさい。そのための援助を惜しみません〉

〈あなたは私たちのような東洋の国から来た若者に、どうしてこれだけ親切にしてくださるのですか〉

　弥吉は聞いた。

〈私は、『異質の調和』ということを考えています。あなた方によって東西の文化が融合することで、新しい世界が築かれることを期待しているのです〉

　ウィリアムソン教授は、日本という東洋の小国への偏見もなく、まっすぐな気持ちで彼ら五人の将来に期待をかけていた。

　弥吉は、英国に来て、これほど素晴らしい教育者の世話になることができた幸運を喜んだ。

〈あなた方の英語力も充実してきました。そろそろロンドン大学で正式に学ぶことをお勧めします。何を専攻されますか〉

ウィリアムソン教授が、弥吉たちを見つめながら聞いた。

〈海軍を学びたいんです〉

聞多が言った。

〈海軍を学ぶよりも、皆さんは科学を学んだ方が国のためになると思いますよ〉ウィリアムソン教授は優しく微笑みながら応える。〈私が教えている『分析化学』を取りなさい〉

〈どんなことを勉強するんですか〉

庸三が聞いた。

〈私の授業では、科学の基本原理を学びながら、実験や工場見学など実践の場を通じて皆さんの国の発展に役立つような技術や応用力を教えています〉

庸三の目が輝いた。俊輔や聞多と視線を合わせ、喜んでいる。英国の進んだ技術が学べる授業のようだからだ。

〈私は、鉄道を学びたいのですが〉

弥吉は言った。

鉄道を学ぶといっても、何から手をつけていいか分からない。

〈それなら地質学や鉱物学を学びなさい。鉄道を敷設するには、自然のことを知らねばならないからです〉

ウィリアムソン教授は、明確な目標を持っている弥吉を高く評価してくれていた。

　ウィリアムソン教授の勧めに従い、弥吉たちは分析化学の他に鉱物学や土木学、化学など多くの授業を選択した。

　弥吉は、聴講生として通うロンドン大学の壮麗な建物を思い浮かべた。あの大学の正式な学生になるのだと思うと、嬉しさと興奮で身震いがした。

　ロンドン大学の正門で姿勢正しく立つ門衛に挨拶《あいさつ》をして中に入ると、目の前には、真っ白な大理石で造られた建物が見える。屋根は丸くドーム型だ。その前に何本もの丸い柱が並ぶ。そして正面から左右に白い壁のような長い建物が続く。そこにはいくつもの教室があり、多くの学生が研鑽《けんさん》に励んでいる。

　目の前の景色は、長州とは全く違う。長州にも大きな建物はあるが、それは殿が住まわれる城だけだ。他は、木と紙と草で造った小さな家々だ。ロンドンの景色はすべてが大きい。どうやってこれらの建物を造ったのか、想像すらできない。そしてなにより驚くのは、大きく壮麗な建物に、自分のような異国の人間が自由に出入り可能なことだ。門衛が咎《とが》めることもない。身分の上下もない。学問をするという真摯《しんし》な姿勢さえあればいいのだ。

　――人間の器械になる。

弥吉は、強く心に誓った。

7

「弥吉、キャサリン夫人と言わなきゃだめだぞ。ママじゃ、母さん、母ちゃんじゃないか」

俊輔が笑いながら弥吉に言った。

「どうしてもママと言ってしまうんですよ」

弥吉が情けない表情になった。自分でも分かっているのに、キャサリン夫人の優しさに、母親を感じてしまうのだ。

「弥吉は一番年少だから、ホームシックになったのか」

庸三がからかう。

「何を言うんだ。庸三だって、ママと言っているじゃないか」

弥吉が反論した。

「俺も時々、ママと言ってしまうな」

聞多が言った。

「キャサリン夫人の呼び名を統一せねばならんかな」

謹助が真面目に言った。

弥吉と庸三の二人は、より大学に近いガワー・ストリートのクーパー家に住んでいるのだが、授業が終わると、クーパー家ではなくウィリアムソン家で過ごした。ウィリアムソン教授が、分析化学の授業で弥吉たちが理解できなかった箇所などを補講してくれるのだ。その他にも数学などの基礎的な学問を教えてくれた。

しかし弥吉たちがウィリアムソン家に集まるのは、それだけではなかった。キャサリン夫人の献身的で、まるで母親のような優しさに触れたいからだ。

キャサリン夫人の作るローストビーフやパイなどの料理は格別に美味《おい》しく、弥吉たちは夕食を毎日楽しみにするほどだった。

だからキャサリン夫人などとかしこまるより、ついつい「ママ」と呼んでしまう。

〈皆さん、ケーキが焼けましたよ。もうすぐしたら主人が帰ってきますからね〉

キャサリン夫人が、手作りのケーキと紅茶を運んできた。

ケーキというものを弥吉は、ここで初めて食べた。牛乳やチーズを練り込んだ粉で焼いた菓子だが、ふわふわと柔らかく、口の中に甘さが広がった瞬間に、思わず「ああ、美味い」という言葉が出た。

ロンドンは、学問ばかりでなく一般庶民の暮らしも、日本と比べると格段に進歩している。こんな甘い菓子など日本では日常的に口にすることはできない。郷里にいる父母に食べさせてやりたい。

弥吉たちは、取り分けられたケーキを食べ、紅茶を飲みながらキャサリン夫人と話をした。

お茶を飲みながら夫人と会話することで、彼らの英語力は目覚ましく向上した。これもキャサリン夫人の献身だった。

キャサリン夫人は、英国の国情や習慣などについて彼らに話すことが多かった。

〈英国には、王室があり、国民の誰もが王様や女王様を尊敬し、親しみを持っています。いざ戦いとなれば、王様や女王様のために命を惜しまないのが、英国の男です。日本には王室はありますか〉

キャサリン夫人が聞く。

〈日本には天皇陛下がいらっしゃいますが、今は徳川様が国を支配されています〉

俊輔が答えた。

〈王様が二人いるということなのでしょうか〉

キャサリン夫人が首を傾げる。

「おい、弥吉、どのようにお答えしたらいいのだろうか。確かに英国から見れば二人の王様がいるように思えるな」

俊輔は、最も英語力の高い弥吉に助けを求めた。

「日本には天皇陛下が君臨されておられましたが、徳川様が政治の実権を握られて二百六十年ほどになります。今、徳川様の支配が揺れていると正直に申し上げましょうか」

弥吉が言う。

「理解していただけるかな」

俊輔が心配そうな顔をした。

「まあ、やってみましょう」弥吉は俊輔に言い、キャサリン夫人に向き直ると、〈日本には天皇という王様がいましたが、長く徳川という武士が支配しています。いわば二人の王様がいるようなものです。今、それを天皇一人にしようとしています。ここにいる俊輔たちは、その運動を日本でしておりました〉と説明した。

心配だった。日本における複雑な尊王《そんのう》攘夷運動が、英国人にすんなりと理解されるはずがないだろう。

キャサリン夫人は、少しばかり考える様子を見せた。弥吉の言ったことを咀嚼しようとしている。

そして何度か頷いた。自分なりの理解に到達したという合図だ。

〈英国も、最初から今のように女王様を尊敬していたわけではありません。長く、厳しい戦いがありました。王様は、私たちを強い力で支配しようとしました。そこで人々は立ち上がり、憲法という法律の支配を確立し、その下で王様の存在を許し、国民統合の象徴としたのです。それ以来、王様と私たちの関係は安定しました〉

キャサリン夫人は優しい、自然な微笑みを浮かべた。

俊輔の目が光った。突然、体を乗り出したかと思うと、〈その憲法とやらは何でしょうか？　契約のようなものですか？〉と尋ねた。

〈そうですね……。私たち英国民の義務と権利を定めたものだと言っていいでしょう。英国民は、たとえ王様であっても法律に従わねばならないのです。その基本を決めたものが憲法です。国を成り立たせるためには、憲法が必要です〉

キャサリン夫人は、俊輔を見つめて言った。

俊輔は何も答えない。真剣な表情でキャサリン夫人の言葉を聞いていた。

「俊輔、我々の国にも憲法のようなものが必要かもしれないな。英国に追いつくためには……」

聞多が呟くと、俊輔が大きく頷いた。

玄関でベルが鳴った。ウィリアムソン教授が帰宅したのだ。

キャサリン夫人が、素早く玄関に向かった。

「私たちも出迎えに行きましょう」

弥吉が提案すると、全員立ち上がり、玄関へと急いだ。

〈いやぁ、皆さん、お揃いでお出迎えありがとうございます〉

ウィリアムソン教授は、顎鬚《あごひげ》を撫でつけながら笑いかける。

〈夫人に英国の国情などを教えてもらっておりました〉

弥吉が言った。

〈それはそれはいいことです。妻の授業は、私の授業より面白いでしょう?〉

ウィリアムソン教授がにんまりとした。

〈そんなことはありません〉

庸三が真顔で否定する。

〈教授の授業も、とても面白いです〉

謹助も同調した。

ウィリアムソン教授はにこやかに笑った後で、〈ありがとう、ありがとう。しかし、妻の授業はとても大切です。英国紳士になるために必要です。日本には、武士道という精神があると聞きました。英国には騎士道という精神があります。高貴な者は、多くの義務と責任を負い、国家のために尽くすという精神です。妻は騎士ではありませんが、そのことをよく知っています〉と真顔になった。

ウィリアムソン教授は、日本に強い関心を持っており、その精神性の高い文化を評価していた。

〈夫人には多くのことを教えていただいております〉

弥吉は、感謝の気持ちを伝えた。

ウィリアムソン教授と一緒に居間に移動すると、教授が話し始めた。

〈皆さんとは、色々な場所に行きましたね〉

弥吉たちは、授業の合間にウィリアムソン教授や学生の案内で各種製造工場や、造船所など英国産業の神髄というべき場所を見学していた。

〈明日、私は授業が休みですので、皆さんをとっておきの場所にご案内いたしましょう〉

ウィリアムソン教授が言った。

〈とっておきの場所とはどこでしょうか〉

聞多が聞いた。

〈イングランド銀行です〉

〈銀行ですか〉

〈銀行は経済の要《かなめ》です。特にイングランド銀行は、英国の銀行の中の銀行です。あらゆる経済活動をコントロールしています。日本の国造りを担う皆さんには、非常

に参考になるでしょう〉

ウィリアムソン教授は自信たっぷりに言った。

〈ぜひ見学したい〉

経済に強い関心がある聞多が意欲を見せた。

俊輔や聞多は英国の進んだ工業よりも、憲法や金融などの制度に関心を強めていた。ロンドンに来て、二カ月も経つと、五人の関心事がそれぞれの資質に応じて分かれ始めていた。

弥吉はといえば、クロカネの道で日本を変えるという志を強く持ち続けていた。

8

一八六四年一月の終わり、弥吉たちはウィリアムソン教授に連れられて、イングランド銀行を見学した。

「いやぁ、なんともすごい」

俊輔がイングランド銀行の建物を見上げて言った。

「言葉になりません」

弥吉は深いため息をついた。

聞多や庸三、謹助もあっけにとられたように口をあんぐりとあけている。

壮麗と言うべきか、荘厳と言うべきか、なんと表現していいのか。

弥吉たちの前にそびえるイングランド銀行の建物は、圧倒的な威圧感があった。

玄関には磨き抜かれた大理石の柱が何本も並び、天井を支えている。左右両翼に建物が続き、その屋上にもまた大きな建物がある。建物の外観には、華麗な装飾が施され、美しい。

「端から端まで見渡せないです」

あまりの大きさに、入り口に立っても左右の建物の端が見えない。

〈素晴らしいでしょう〉

ウィリアムソン教授は、誇らしげだ。

〈本当にすごいです。素晴らしいです〉

弥吉は興奮して言った。

日本の建物は基本的に木と紙で造られている。繊細ではあるが、重厚さはない。しかし英国の建物は、大理石だ。重厚で、それでいて壮麗だ。

「いつか日本にも、このような立派な建物を造りたいものだなぁ」

聞多がため息交じりに言った。

〈立派なのは、建物だけではありません〉ウィリアムソン教授は、弥吉たちを建物の中に案内する。〈イングランド銀行は英国経済の要です。多くの銀行の中心に位置し、ポンド通貨を発行し、その価値の維持にも努めています。国家が発展するための資金を調達したり、鉄道会社など、国家のためになる会社などにも融資をします〉

「銀行とは、両替商のようなものか」

謹助が弥吉に聞いた。

日本の両替商は、大きな商家が営み、両替や貸し付けを行う商売だ。

「私にも、まだよく理解はできません。ただ、国が発展するために絶対に必要なもののようです」

弥吉は答えた。

「これまたすごい」

俊輔が、大きな声で言った。銀行のロビーの真ん中で天井を見上げている。

銀行の中は、広く、天井は高い。天井にも装飾が施され、多くのシャンデリアが下がっている。圧倒されるような美しさだ。

〈通貨の価値が揺らぐと、国家の基盤も揺らぎます。誰もその通貨で商売をしてくれなくなります。イングランド銀行は、債券を発行し、資金を調達したり、色々な銀行や会社に融資もしますが、その通貨そのものを印刷、発行しているのです。そ

れを見てもらいたいと思います〉

ウィリアムソン教授はそう言うと、出迎えに来ていたイングランド銀行の行員のところにつかつかと歩みを進めた。

しばらくすると、ウィリアムソン教授は、銀行内部の様子に圧倒され、呆然《ぼうぜん》としている弥吉たちに向かって、〈こちらへ〉と言った。

ぞろぞろと誘われるままについていくと、地下室に案内された。そこでは大きな音を立て、機械が激しく動いていた。たくさんの男たちが働いている。

「いったい何を作っているのだろうか」

俊輔が弥吉に聞いた。

「どうもポンド紙幣を印刷しているようです」

弥吉は、働いている男の一人を指さした。彼は大きな紙の束を抱えていた。その紙には、弥吉たちが見慣れたポンド紙幣が何枚も印刷されている。男は、それを裁断機に運んでいる。

「面白いなぁ」

機械が動く様子を感激しながら見つめていたのは、謹助だった。

謹助は、危ないと制止されるほど機械の近くに寄り、印刷される様子を見つめていた。

「日本にも銀行が必要だな。そして通貨の安定を図らねばならない」

　聞多が言った。

「一度に数千枚もの紙幣を刷り上げる印刷機を、日本が独自で作れるようにならねばならない」

　庸三が真剣な表情になる。

〈さあ、皆さん、こっちへ来てください〉

　ウィリアムソン教授が皆に声をかける。

　弥吉たちが急いで集まると、机の上に一〇〇〇ポンド紙幣が置かれている。

〈これは記念用の紙幣です。使うことはできませんよ〉

　ウィリアムソン教授がいたずらっぽく笑う。

　その紙幣は、一般的なものよりもずっと大きく、長方形の紙幣の真ん中上部に「バンク・オブ・イングランド」と表示されていた。

〈ここに皆さんのサインをお願いします。はるばる遠い日本から、ここイングランド銀行にまで来られた向学心溢れる皆さんの記念です〉

　ウィリアムソン教授が、卓上に置かれていたペンを取り上げ、誰に渡そうかと彼らをひとしきり眺めていたが、〈あなたが最初にどうぞ〉とペンを差し出した。

　聞多だった。

「かたじけない」

聞多はウィリアムソン教授からペンを受け取ると、紙幣の真ん中から左寄りに「志道《しじ》聞多」と黒々と書いた。聞多は志道家に養子に入っていたが、英国に出発する時、養家に迷惑がかからぬように井上姓に戻している。しかしここでは志道家への感謝を込めて、「志道」と記入した。

「ほら」

聞多は、ペンを弥吉に渡した。

弥吉は、緊張しながらペンを受け取ると、紙幣の右下に「野村弥吉」と書いた。続いてその横に並んで庸三が「山尾庸三」と書き、弥吉の右隣に謹助が「遠藤謹助」と書いた。最後は、俊輔が庸三の右隣に「伊藤俊輔」と書いた。

俊輔がペンを置いた。

弥吉たちは、彼らのサインを記したインクが乾ききるまで、じっと眺めていた。銀行の案内係がサインを終えたのを確認して、紙幣の一番下の余白に「一人の大名と三人の日本人の友人たちが訪問する。一八六四年一月二十二日」と記した。

――大名とは誰のことだ？

ここには大名はいない。弥吉は疑問に思ったが、聞多だろうとすぐに気づいた。五人の最年長であり、サインを最も大きく書いたからだ。

——人数が、一人の大名と三人の日本人では四人ではないか。我らは五人だぞ……。

弥吉は、案内係に苦情を言おうと考えて止めた。サインはしっかり終えたし、こんなミスも愛嬌《あいきょう》の一つだ。目くじらを立てる必要はない。

それにしても、何もかもが英国は進んでいる。建物ばかりでなく、銀行や交通、造幣などありとあらゆる産業を支える仕組みが整っている。弥吉は、一〇〇〇ポンド紙幣を眺めながら大きくため息をついた。日本がこれから歩まねばならない、長い道のりを想像したのだった。

第三章　長州とロンドン

1

弥吉《やきち》たち五人は、ウィリアムソン教授宅の居間で紅茶を飲んでいた。

〈お客様ですよ〉

キャサリン夫人がにこやかな笑みを浮かべて居間に入ってきた。

小柄な夫人の後ろに立っている大柄な男は、ジャーディン・マセソン商会ロンドン支配人のヒュー・マセソンだ。

彼は、弥吉たちがロンドンに到着して以来、下宿先になるウィリアムソン教授を紹介するなど、なにかと力になってくれている。頻繁に弥吉たちに会いに来て、困ったことはないかと尋ねてくれる気配りを忘れない。性格は陽気で、英国人にありがちと言われる皮肉っぽさはない。

しかし今日はおかしい。表情がさえないのだ。弥吉は、マセソンにいつもの明るさがないことに気づいた。

〈皆さん、ニュースです〉

マセソンは、ロンドン・タイムズ紙を一番近くにいた弥吉に差し出した。

弥吉は新聞を受け取ると、それを覗《のぞ》き込んだ。

「あっ」

思わず声を上げた。

「弥吉、どうした？」

俊輔《しゅんすけ》が聞いた。

「これを」

弥吉は、強張《こわば》った表情で新聞のある記事を指さし、俊輔に見せた。

聞多《ぶんた》や庸三《ようぞう》、謹助《きんすけ》も記事を覗き込んだ。

〈その記事に書かれているように、薩摩藩が我が国の軍艦と砲火を交えました。多くの人々の家が焼かれたようです〉

マセソンは苦しそうに言った。

〈あら、どうしましょう。戦争ですの〉

マセソンに紅茶を運んできたキャサリン夫人の顔にも、不安が浮かんだ。

文久三年（一八六三）七月二日、英国は七隻《せき》の軍艦を率《ひき》いて薩摩湾に入り、鹿児島の町に砲撃をした。

これはその前年に起きた生麦《なまむぎ》事件と称される、英国人が薩摩藩士に斬り殺された事件の報復だった。

薩摩は、英国軍の上陸を阻止すべく、善戦し、撃退したのだが、鹿児島城下の十分の一を艦砲射撃で焼かれ、多くの一般人に犠牲《ぎせい》が出るなど、甚大《じんだい》な被害を受けた。

記事は戦争の内容を伝えるとともに、罪がない一般の人々に犠牲者が出たことに対して、ビクトリア女王が遺憾《いかん》の意を示すなど、自国の砲艦外交を批判する内容だった。

「薩摩と英国が砲火を交えたのは、去年の七月だぞ」

聞多が焦った様子で言った。

「ああ、何カ月も前のことだ」

俊輔も同様に焦りを見せた。

情報があまりにも遅い。日本が英国と遠く離れているために仕方がないことだと理解しているが、弥吉たちは長州のことを考えて不安を募らせていた。

「我が長州も、必ずや再び欧米列強と一戦交えるに違いない」

聞多が声を震わせた。

弥吉たちが横浜を出発する直前の文久三年五月に、長州は幕府の攘夷《じょうい》の命令に従い、下関（馬関《ばかん》）海峡を通るアメリカ商船やオランダ船、豊浦《とよら》沖航行中のフランス船に砲撃を加えた。

この攻撃は各国の怒りを買い、米国とフランスの軍艦が長州藩の砲台を攻撃し、甚大な被害を与えた。

「聞多の言う通りだ。我が長州はすでに米国やフランスと一戦交えている。それでも攘夷の姿勢を崩していない。必ずや米国など列強は、長州を征伐するために再び攻撃をするだろう」

俊輔が眉根を寄せた。

弥吉たちは長州のことが気になり、英国の新聞に情報がないか探し続け、断片的ながら長州を取り巻く情報を得ていた。

長州が米国商船などを砲撃し、報復されたにもかかわらず、未だに下関海峡を封鎖していることに対して、米国などが長州再攻撃を検討していること。

英国は、米国などの長州への攻撃には批判的なのだが、下関海峡封鎖による英国の経済的利益の損失は大きく、徐々に不満が募っている様子であること。

英国の懸念は、あくまで自国の経済的損失が膨《ふく》らむことだ。仮に幕府が外国人排《はい》斥《せき》、攘夷の機運に押されて開国政策を後退させるようであれば、さらに英国の経済的損失が膨らむことが予想され、それは回避したいと考えていること。

こうしたことから英国も徐々に長州討つべし、先進国の力を見せつけるべしという機運に変わりつつあること。

米国などは当然ながら文明国のリーダーである英国の、この主張に賛成しているというのが長州を取り巻く情勢だった。

「もしも英国や米国が本気になって長州を攻撃したら、長州は必ず滅びる。我々がこの地で人間の器械となるべく学問の修得に励んでも、そんなものは役に立たん。国あっての学問だ。国が滅びてしまっては学問もなにもありゃせん」

聞多が悲痛な表情を見せた。

〈これ以上、問題が大きくならないことを望みます。グッド・ラック〉

マセソンは、新聞をその場に置いたまま立ち去った。キャサリン夫人もいつの間にかいなくなっていた。彼らは彼らなりに弥吉たちを気遣ったのだろう。

「これまで英国は、米国などと比べて長州とは関係が悪くありませんでした。前回の下関海峡攻撃にも参加しなかったほどです。今回の薩摩との戦《いくさ》でも、女王陛下が遺憾の意を表されている。英国が長州を攻撃するということはないのではないか。ここは冷静になりましょう」

弥吉は言った。聞多があまりにも悲壮感を滲《にじ》ませていることに、ある懸念を覚えていた。

「弥吉は、甘い」

聞多が激しく言った。

「何が甘いのですか。聞多さんこそ悲観的すぎる」

弥吉は反論した。

「弥吉が甘いかどうかは別にして、この薩摩と英国の戦が、英国を中心とした列強の長州征伐につながる危険性は十分にある」謹助が神妙な顔つきで言った。「私は江戸詰めで英国人らとの付き合いもあったから、彼ら欧米列強が自国の利害に非常に敏感なことを理解しているつもりだが、英国が薩摩の攘夷行動への報復戦争を仕掛けた理由はなんだと思うか」

「今さらそれを問うか。当然ながら、生麦で自国民が殺された報復、復讐《ふくしゅう》だろう」

庸三が謹助の質問に答えた。

「勿論《もちろん》それが第一だが、英国は日本の攘夷運動を止《や》めさせたいと思っているのだ。それは英国の経済的利益にならないからだ。もし長州を攻撃することで攘夷運動を止めさせられると判断したなら、英国は躊躇《ちゅうちょ》なく長州を攻撃するだろう」

謹助が冷静に言った。

普段、謙虚で物静かな謹助が淡々と分析したことに、弥吉は目を瞠った。

「謹助の言う通りだ。英国に来て分かったが、彼らは我々と違って合理的に行動する面が非常に強い。攘夷を止めさせることが経済的合理性であるなら、そうするだろう」

聞多が言った。

「長州は、まだ攘夷派が優勢なのでしょうね」

弥吉が言った。

「当然だろう。この英国の発展の状況を知らないのだから。周布《すふ》様や村田様のような英米に関心のある方は、まだ少ない。まことに残念だ」

庸三が怒ったような口ぶりで言った。庸三もいつしか攘夷派から開国派に転じていた。

「ああ、藩の重臣たちにこの英国の発展した様子を見せてやれないものか」

謹助が頭を抱えた。

「俺は、帰るぞ。ここにいて長州が滅びるのを座して待つわけにはいかん。英国は必ず長州を攻撃する。なんとかしなくてはならん」

聞多が、急に立ち上がった。

「待ってください。気持ちは分かります。しかし、我々は周布様から人間の器械になれと言われております。ここで帰国すれば命令に反します。死罪になります」

弥吉は、なんでも性急に結論を出そうとする傾向にある聞多をいさめた。

「なんのなんの、死罪など恐れはしない。もともと国のために捨てた命だ。たとえ周布様の命で器械になったとしても、それを動かし、役立たせる国がなくなっては無意味ではないか」

聞多が激しく反論した。

「私は聞多に賛成だ。我々はここにいてはいけない。帰国するべきだ」

庸三が聞多に賛成した。

「私も同じだ。帰国すべきだ。藩の重臣たちに英国の事情を話すべきだ。もはや攘夷の時代ではないとな」

謹助までもが、帰国を主張した。

弥吉の心は揺れ動いた。

ここにいる誰にも負けないほど長州を愛している。もし長州が米国や英国などと戦うことになり、焼け野原になってしまえば父や母は、養父や養母は、いったいどうなるのか。できることなら今すぐにでも帰国し、切腹を覚悟で藩の重臣たちに無謀な戦争に踏み切らないよう説得したい。

しかし一方で、長年にわたって望んでいた英国で進んだ学問を学ぶという夢を、道半ばで諦めたくはない。

ロンドンに来てから、まだ数カ月しか経っていない。器械どころか、部品にさえなれていない。

これでは間違いなく君命に反する。武器を調達するための藩の金をまるで横領するかのように使い、遠く英国にまでやってきたのだ。中途半端な状態で、どのような顔をして長州に帰れるというのか。

「皆の気持ちは分かります。しかし、国に尽くすのが武士ではないでしょうか。英国の進んだ学問を身につけるという道半ばで、それを放棄《ほうき》してもいいのですか。ちょっと帰ってくるでは済まない距離なのです。英国へ来る時でさえ、命懸けでした。無事にロンドンに着くことさえ叶うかどうか分かりませんでした。無事に到着できたのは、神や仏のおかげであり、国元の人々の思いのおかげでしょう。それを……。今から帰国するとしても、たやすいことではありません。途中で命を落としかねない。我々に人間の器械になれと希望を託された、殿や周布様の期待を裏切ってもいいのですか」弥吉は、涙を流さんばかりに言った。「それに無事に帰国できたとしても、攘夷派の藩の幹部に殺されるか、切腹を命じられるに違いない。犬死《いぬじに》になる」

弥吉は、なんとしても帰国に傾く皆の気持ちを留めたいと思った。長州へ帰りたいのは同じだ。長州が滅びるのを救いたいという思いは強い。

しかし、ここで帰ってはならない。英国の進んだ学問、技術を学べというのが、我々を送り出した者たちの強い希望だ。それを裏切ることはできない。

「弥吉の意見に賛成だ」

それまで一言も言葉を発しなかった俊輔が、ぼそりと言った。

弥吉は明るい気持ちになった。やはり俊輔だ。帰国に反対なのだ。

「しかし今、長州は、いや日本そのものが危急存亡の時だ。誰かが攘夷が無謀であることを殿に知らせ、説得しなければ、我々の学んだことを生かすことができない」俊輔は弥吉を見つめた。「しかし、弥吉が言うことも、もっともだ。英国の進んだ学問を学ぶということを、道半ばで断念するわけにはいかない」

「では俊輔、どうするつもりなのだ。残るのか、帰るのか」

聞多が詰め寄った。

「五人のうち、帰国して藩内の意見を開国へと舵《かじ》を切らせる役目を担う者と、残って学問を続ける者とに分けるのが良いと思う」

俊輔は、弥吉たちを見渡した。

「俺は帰国組だ」

聞多は自らを指さした。

「私も帰る」

庸三が言った。

「私もだ」

謹助も同調する。

弥吉は、逡巡《しゅんじゅん》したが、「私も帰国して藩内の説得にあたります」と答えた。

やむを得ない。荒波を越えて英国まで来た仲間と離れてまで、英国に残る意味があるだろうか。生死を共にしてきた仲間ではないか。

「それじゃあ、だめだ。全員帰国することになる。無事に帰れたとしても、五人全員が死を免《まぬか》れないだろう。攘夷派に殺されるか、殿の命に反した罪を着せられて切腹か、どちらかだ」

俊輔が笑みを浮かべた。

「どうするんだ」

聞多が聞いた。

「先ほど聞多が、英国人は合理的に行動すると言ったな」

俊輔が聞多を一瞥《いちべつ》した。聞多が、真剣な顔で頷《うなず》いた。

「俺たちも合理的に考えようじゃないか。五人のうち二人だけ帰国するということだ。あとは残って学問に励む。もし二人が帰国途中で遭難死しようが、帰国してすぐに殺されようが、とにかく三人は残る。これで英国に派遣された君命には、ぎりぎり反しないだろう」

俊輔は、納得しろと言わんばかりに弥吉らを睨《にら》みつけるようにして言った。

「俊輔の案は納得がいく。三人は残るということだな」

庸三が言った。

「長州は緊急事態だ。やむを得ない」

　俊輔は言った。

「帰国する二人は、君公を説得し、藩論を開国に変える役割を担わねばならない。当然、切腹は覚悟だぞ。俺は、その一人になる」

　聞多が名乗りを上げた。

「帰国する二人は、聞多と俺だ」

　俊輔が、語気強く言った。

「なぜ俊輔さんと聞多さんなのですか」

　弥吉は、身を乗り出すようにして聞いた。

「俺はずっと攘夷で活動してきた。それで有為な人材を死に追いやったこともある。英国公使館焼き討ちにも参加した。散々なことをやった。それがこの英国に来て、開国派に変わった。聞多のようにすぐには変わることはできなかったが、この英国と我が長州、いや日本との差を考えると、空恐ろしいものがある。未来永劫《えいごう》、追いつくことはできないのではないかと絶望的な気持ちにもなる。そんな俺の正直な思いを、一緒に戦ってきた攘夷派の仲間や重臣たちに話したい。悔しいけれど攘夷は無意味だとな。それより今は、欧米と手を組むことが重要だと伝えたい。聞多も攘夷に身を捧《ささ》げてきた男だ。それに聞多は士分で身分が高い。俺の説得が足らないところは、聞多が助けてくれるだろう」

俊輔は聞多を見つめた。

聞多が満足そうに頷いた。

「俊輔と聞多が帰国して、攘夷派を転向させるというんだな」

庸三がやや興奮気味に言った。

「不満か？」

俊輔が聞いた。

「どうして俺じゃないんだ。俊輔とは一緒に戦ってきたじゃないか。お前が死ぬ気で帰国するなら、俺も一緒に死ぬ気だ」

庸三が強い口調で言った。

「庸三、お前は残らねばならない。お前は、早いうちから西洋の技術に関心があった。お前は英国の技術や学問を学ぶに相応《ふさわ》しい男だ。まだ死ぬには惜しい。死ぬのは俺と聞多で良い。頼む、残ってくれ。五人が帰国し、五人が死罪になれば、俺たちが苦労して英国までやってきたことが無意味になってしまう。頼む。重ねて言う。残ってくれ」

俊輔が庸三に頭を下げた。

「うおぉぉ」

庸三は、唇《くちびる》を固く閉じ、呻《うめ》くような声を発した。

「絶対に無事でいてください。死んではなりません」

謹助が言った。

「ああ、無駄死にはせんよ。だが、藩論を変えるためには、腹を切ることも辞さん」

俊輔が真剣な表情になり、唇を引き締めた。

「残った君たちが安心して学問に励めるように、命を懸ける」

聞多が、まるで楽しい旅にでも出かけるように笑みを浮かべた。

人をまとめることができる俊輔と、ちょっと軽率だが、打たれ強く明るい聞多。この二人なら藩論を開国に変えてくれるだろう。

これで決まった。五人の合意は成った。俊輔と聞多が帰国。弥吉、庸三、謹助がこのまま残って学問を続けるのだ。

弥吉は、複雑な思いだった。道半ばで、英国の進んだ学問を放棄せざるを得ない俊輔と聞多のことを思ったからだ。

帰国するにしても、無事に日本に着くことができる保証はどこにもない。途中で海の藻屑《もくず》と化すやもしれぬ。そうなれば全くの犬死だ。生きてきた証《あかし》も残せない。

自分は残っていいのかという罪悪感さえ、感じてしまう。

「もしっ」弥吉は声を荒らげた。

俊輔と聞多が、何事かと弥吉の顔をまじまじと見つめた。

「もしっ、お二人が藩論を覆《くつがえ》すことができなければ、私たちがその役目を必ずや引き継ぎます。安心して帰国してください。朗報をお待ちしています」

弥吉の目から涙が、止めようもなく流れる。両手で拭《ぬぐ》っても拭っても、止まらない。

俊輔と聞多が涙を堪えている。庸三と謹助の目にも涙が溢れていた。

＊

弥吉たちは、マセソンに手紙を書いた。

内容は、国の危機を救うために伊藤俊輔と井上聞多の二人が帰国することに、我々五人が同意した。帰国のために支援を願いたいというものだ。五人の署名を添えた。

マセソンは、手紙を握りしめてウィリアムソン教授宅に飛び込むように駆け込んできた。

その場には、ウィリアムソン教授とキャサリン夫人もいた。

〈帰国は中止しなさい〉

マセソンは真剣な表情で言った。

〈私も帰国には反対だ〉

ウィリアムソン教授が、額に深く皺《しわ》を刻んだ。たっぷりと蓄えた顎鬚《あごひげ》をしきりに撫《な》でている。落ち着かない様子だ。

〈今、皆さんのお国は大変なご様子です。本当に心配です〉

キャサリン夫人が表情を曇《くも》らせた。

〈あなた方は命を懸けて英国に来て、将来、国の役に立つために学問をしている。新聞によると今、日本では外国人排斥の運動が盛んに行われているようだ。帰国すると、あなた方の命が危ない。絶対に避けるべきだ。いずれ帰国できる日が来る。それまで支援を惜しまない。なんならずっと英国に留まっていたって構わないんだ。なあ、キャサリン〉

ウィリアムソン教授は、キャサリン夫人に目を向けた。

〈ええ、勿論ですよ。いつまでもここに居ていいわ。私、あなた方の母親になるから〉

キャサリン夫人が俊輔の手を取った。

〈ウィリアムソン教授も、こうおっしゃっているんだ。危ない目をして帰国せず

に、ここに留まるべきだと思うのだが、考え直さないかね〉

マセソンは俊輔と聞多に優しく語り掛けた。

〈ありがとうございます〉俊輔が頭を下げた。〈しかし、もう五人で決めたことです。私と聞多は帰国します。道半ばで断腸の思いでありますが、国が安定しましたら、必ず英国に戻ってきたいと思います〉

〈私どもが国に帰り、必ずや英国やフランスなどとの戦争を回避してみせます〉

聞多が胸を張った。

マセソンとウィリアムソン教授が顔を見合わせ、なんとも言えない寂しい表情になった。

〈仕方ありません。皆さんのお考えを理解いたします。残られた三人のお方は、今まで以上に学問に励んでください〉

マセソンはほろ苦い笑みを浮かべた。

〈引き続き私たち夫婦は、残られた方を支援します。しかし今まで以上に厳しく指導しますよ〉

ウィリアムソン教授が微笑《ほほえ》んだ。

〈よろしくお願いします〉

弥吉は深々と頭を下げた。それに倣《なら》って庸三と謹助も頭を下げた。

2

俊輔と聞多はマセソンの斡旋《あっせん》で、ジャーディン・マセソン商会の船でロンドンを出発した。蒸気船なら早く帰国できるが、資金不足で帆船《はんせん》を利用した。元治《げんじ》元年（一八六四）三月のことだった。往きとは同じコースを逆回りに、アフリカ大陸南端喜望峰《きぼうほう》を回り、インド洋を北上するルートだ。順調な航海を願うばかりだが、横浜に到着するのは、早くても四月末。天候等によっては、六月にもなるだろう。それまでに長州と、英国や米国など列強国との間で戦端が開かれないことを望むだけだ。

命を賭《と》して帰国に踏み切った俊輔と聞多には、とにかく間に合ってほしい。それだけを弥吉は願っていた。

弥吉は、なんとなく寂しくなった。俊輔の落ち着いた声、聞多のやや賑《にぎ》やかな声が聞こえない。

これまで以上に勉学に励んだが、問題はさらに酒を飲むようになったことだ。

俊輔、聞多がいなくなった寂しさを紛らわすためでもあったのだが、弥吉は生来、酒が強かった。大きな体に吸い込まれるように、いくらでも酒が入っていった。

留学費用は決して潤沢《じゅんたく》ではなかったが、少しでも余ると、弥吉は酒を飲み、ロンドン大学の学生仲間相手に議論をふっかけた。

時には学問について、時には日本や世界情勢について、弥吉は熱く語った。いつしか弥吉には「ノムラン」というあだ名がつけられた。野村弥吉の「ノムラ」が、呑兵衛《のんべえ》を意味する「ノムラン」となったわけである。

いかにロンドン大学の学生たちの間で、弥吉が受け入れられていたかを示すエピソードだ。

俊輔と聞多が出発して二カ月ほど過ぎた頃、弥吉たちのところに来客があった。キャサリン夫人が案内してきた人物は、英国の外交官、レジナルド・ラッセルと名乗った。

「私は三年ほど前に、一等書記官ローレンス・オリファントの随行員として日本に行ったことがあります。日本語の通訳です。二年ほど日本で暮らしました。大変美しい国でした」

レジナルドはにこやかに言った。詰まりながらも十分に意図が通じる日本語だった。

「野村弥吉と申します。日本語がお上手ですね」

弥吉も日本語で返しながら、笑みを浮かべて握手を求めた。

「山尾庸三です。よろしくお願いします」

「遠藤謹助です。初めまして、よろしくお願いします」

庸三と謹助も、レジナルドと握手を交わした。

「本日、皆さまをお訪ねした目的は、長州藩の考え方をお伺《うかが》いしたいのです。実は、駐日公使オールコックより、長州藩の外国人排斥の動きを止めさせるために下関砲台などを攻撃するべく、米国、フランス、オランダと協議しているとの報告がありました。これに対して我が外相ラッセル卿《きょう》は、否定的な見解をお持ちなのです。そこでロンドン大学に長州藩からの留学生がおられると聞き、皆さま方のご見解を聞くべく参上いたしました」

弥吉は、緊張した。突然訪問してきて、長州藩の考え方を聞きたいとは……。

庸三、謹助と顔を見合わせると、二人とも、表情が強張っている。

相手は英国の正式な外交官だ。間違った情報……というよりも長州藩主流の考え方が、未だに攘夷、すなわち外国人排斥であることを伝えれば、英国は即座に他国と連携して長州藩に攻撃を加えるだろう。

俊輔と聞多は、まだ洋上にあるだろう。彼らの開国への説得が間に合っているはずがない。

どうしたら良いか、と弥吉は目で庸三と謹助に問いかける。

二人も弥吉と同様の考えに陥《おちい》っているようで、小さく頷き返した。

弥吉は、レジナルドの目をまっすぐに見返して、「長州藩が欧米の艦船に砲撃を加えましたのは、欧米諸国に敵対する考えからではございません」と話し始めた。

庸三と謹助が、ごくりと唾《つば》を飲み込む音が聞こえてきた。二人の緊張が弥《いや》が上にも伝わってくる。

〈ホワイ?〉レジナルドは困惑したような表情だ。「それではなぜですか?」

弥吉は少し息を吐き、気持ちを落ち着かせると、「長州藩が欧米の艦船を砲撃しましたのは、幕府を倒すきっかけを作りたいと思ったからです。幕府は、未だに十分な開国に踏み切ろうとしておりません。古い秩序にしがみついたままであります。長州藩は、幕府を倒し、政治権力を天皇に取り戻すことで、日本に天皇を中心とした新しい秩序を作り、平和を回復することを目的に行動しております」と答えた。

「なぜ幕府を倒すきっかけになるのですか」

「欧米の艦船に対する長州藩の砲撃への非難は、幕府に向けるべきものです。あくまで攘夷、外国人排斥は幕府の方針であり、長州藩はそれに従ったまで。欧米の非難が幕府に集中すれば、実効支配力を失っている幕府は弱り切って、瓦解《がかい》寸前となり、政治権力を投げ出すでしょう。その時、長州藩は、天皇を中心とした政治権力を打ち立て、日本に秩序と平和をもたらす考えなのです」

「欧米の艦船への砲撃の非難は、長州藩ではなく幕府にいくべきだ、とおっしゃるのですね」

レジナルドは、鋭い視線を弥吉に向けた。

「その通りです」弥吉は臆《おく》することなく答えた。「長州藩が天皇を中心とした政治権力を樹立した暁《あかつき》には、外国人の安全と利益は保障され、日本との自由貿易も進み、内乱は収まり、平和と統一した秩序がもたらされるでしょう」

「では、我々は長州藩を攻撃するべきではないとおっしゃるのですね」

「今、欧米列強が採るべき行動は、長州藩を攻撃することではありません。幕府を非難することであり、さらに京都朝廷に出向き、天皇と直接に貿易条約を結ぶことであろうと思います。そうすることで幕府の持つ貿易独占権が排除され、外交と貿易の利益が国民全体にあまねく行き渡ることになるでしょう」

「彼の意見に、あなた方も同意ですか」

レジナルドは庸三と謹助に視線を向けた。

「勿論です。長州藩は欧米列強と対立する考えは持っておりません」

庸三は堂々と答えた。

「長州藩は、欧米列強と良き関係を結ぶためにも私たちを貴国に派遣したのです。幕府の命に背く行為ですが、果敢《かかん》に留学を実行いたしました」

謹助も援護する。

「あなた方に与えられた使命は、どんなことですか？」

「私たちは、英国で科学的な考え方や日本国民に役立つ技術を学ぶこと、加えて欧米言語を習得することを命じられております」

謹助が続けて答えた。

「皆さまの学問修得は、順調に進んでおりますか？」

レジナルドの口調が柔らかい調子に変わった。

理解してくれたのだろうか。弥吉は、気を緩めた。

「ええ、順調です。日々、英国の進んだ工業技術に驚いております」

庸三もにこやかに答えた。

「ところで」レジナルドの視線が再び鋭くなった。「留学生は五人と伺っておりましたが、二人少ないですね。いったいどうなされたのですか」

レジナルドの質問に、弥吉は一瞬、表情を変えた。緊張したのだ。それを悟《さと》られてはいけないと思えば思うほど、顔が強張ってくる。

俊輔と聞多の二人が、長州藩の攘夷派の考えを変えるために帰国したなどとは口が裂けても言えない。まさかレジナルドは、そのことを知った上でここにやってきているのではないだろうか。

俊輔と聞多が帰国の決断をした際、国を憂《うれ》う真剣な思いをマセソンやウィリアムソン教授に話したことを弥吉は思い出していた。

「彼らは帰国しました。理由は、私たちが英国に来て見聞致しました様々なこと、街の様子、発展した工業、人々の親切などを藩主に説明し、多くの藩士を英国や欧州に派遣するよう要請するためであります」

弥吉は、落ち着いて答えた。

「よく分かりました。長州藩は、私たちに敵対していないわけですね」

レジナルドが立ち上がった。

弥吉は、ほっとして庸三と勤助を見た。二人も安心したような表情になっている。

「今日は、皆さま方にお時間をいただき、申し訳ありませんでした。あなた方の考えをラッセル外相にお話しし、長州藩と英国が争いにならないようにしたいと思います。また雑談をしに、参るかもしれません」

レジナルドは、穏やかに話し、握手を求めてきた。弥吉たちは順番に、その手を握った。

「おい、あれで大丈夫だったかなぁ」

レジナルドが帰った後、庸三が不安げに言った。

「二人はもう、藩主に会って攘夷が無謀であることを伝えただろうか」

勤助が呟《つぶや》くように言った。

「まだ日本には着いていないのではないかなぁ」

弥吉は、二人の航海が無事であることを祈った。

レジナルドという英国の外交官が、長州藩の様子を聞きに弥吉たちを訪ねてくるということは、かなり緊張が高まっているということだろう。

英国としては、長州藩との戦争はしたくないという思いはあるのだが、日本にいる駐日公使オールコックは、強硬な態度を変えないのではないか。戦闘開始の期限が刻一刻と近づいている気がして、弥吉は不安にならざるを得なかった。

「とにかく二人が間に合って、戦を止めてもらいたいものだ」

弥吉の言葉に、庸三と勤助が深く頷いた。

3

「着いたぞ」

俊輔が富士山を見て、声を上げた。

「おお、やはり日本はいい。早く横浜に入港しないかな」

聞多が今にも泣き出しそうな顔で富士山を見つめた。

彼らは航海の途中、マダガスカル島近辺で大嵐に遭遇し、乗船している船が転覆《てんぷく》しそうになった。もはや、これまでと覚悟を決めたことが思い出され、無事に富士山を眺めることができた喜びも一入《ひとしお》だった。

「聞多、感慨にばかりふけってはおられんぞ。一刻を争う。しかし、我らは国禁を破っている密航者だということに注意して横浜に入らんとな」

「また石炭槽にでも隠れるか」

聞多が、渡英時の様子を思い出して笑った。

「今回は、そこまでせぬとも大丈夫だろう。ジャーディン・マセソン商会の随員ということになっているからな」

「横浜の通関士は、書類さえきちんと整っていれば、多少、不思議な日本人らしき人物が乗っていても素通りさせてくれるだろう」

聞多が言った。

「それよりも」俊輔が表情を曇らせた。「英国領事のジェームス・ガワーに会えるかどうか」

「ガワーは俺のことを信用しているから、大丈夫だ。マセソンが手配してくれているから、すぐに会えるだろう。港に着いたら、領事館に直行だ」

聞多は、ガワーに留学費用が用意できるまでの担保として、自分の愛用の刀を差し出したことがあった。そのことで聞多はガワーの心を摑《つか》んでいるという自信があった。

「とにかくまずは英国公使に会い、長州藩攻撃を止めさせねばならない」

俊輔が強い口調で言った。

「ああ、その使命を果たさねば、留学を途中で切り上げてきた意味がない。切腹ものだ」

聞多も厳しい表情に変わった。

元治元年（一八六四）六月十日、俊輔と聞多を乗せた帆船は無事に横浜港に入港し、二人は、通関を潜《くぐ》り抜け、英国領事館に飛び込んだ。

ガワーはすぐに二人の前に現れた。

〈どうしたのですか〉

ガワーは、俊輔と聞多の突然の来訪に驚いた。

〈時間がない。ガワーさん、駐日公使オールコック氏に至急会わせてほしい〉

俊輔はガワーに迫った。

〈オールコックに?〉

〈英国は、米国などと組んで長州藩を攻撃しようとしていると聞いた。攘夷の考えを変えさせるためだ。我々は長州藩と英国の戦争を止めるために、急遽《きゅうきょ》、帰国してきたのだ〉

聞多はガワーに帰国の理由を説明した。

〈そうでしたか〉ガワーは、声を落とした。〈実は、英国、米国、フランス、オランダの四カ国は長州藩の下関砲台を攻撃しようとしているのです。攘夷が無意味だと悟らせるためだそうです。そんなことになれば長州藩は大変な損害を被《こうむ》ることになります。私も心を痛めておりました〉

〈やはりそうか〉

俊輔は聞多と顔を見合わせた。まだ間に合うかもしれないという安堵《あんど》の思いが、お互いの顔に浮かんでいた。

〈あなた方二人が、長州藩を説得するというのですね〉

〈その通りです。その自信があるので帰国してきたのです〉

俊輔が言った。

ガワーは、二人の熱意に応えるべく、すぐに行動し、英国公使館通訳官のアーネスト・サトウに連絡を取り、駐日公使オールコックとの面会を依頼した。

アーネスト・サトウは一八四三年生まれで二十一歳の若い通訳官だが、日本に憧《あこが》れと強い関心を持っている人物だった。

ガワーの紹介で、俊輔と聞多はサトウと会った。サトウは、国を憂え、命懸けで帰国してきた二人に尊敬の念を抱き、すぐにオールコック公使との会見を手配してくれた。

これ以降、俊輔、聞多はサトウと文通を始めるなど、極めて親密になり、彼らが政治的に成功していく過程においてもサトウのアドバイスを求めるようになっていく。

ラザフォード・オールコックは一八〇九年生まれ、五十五歳のベテラン外交官で、清国に十五年の勤務経験があるアジア通だった。医師の資格を持っているという異色な面もあった。

オールコックに面会した俊輔と聞多は、自分たちが英国など欧州の進んだ文明について藩主・毛利《もうり》敬親《たかちか》に説明すれば、必ずや攘夷から開国に藩論を変える自信がある、と強調した。

〈あなた方は、攘夷の方針を変えることができるというのですね〉

オールコックは、特徴のある頰髯《ほおひげ》を撫でた。

〈必ず変えてみせます〉

俊輔と聞多は、オールコックを必死の思いで見つめた。

〈実は、私も外相のラッセル卿から長州攻撃を思いとどまるようにと言われている。だが最近は攘夷の機運激しく、米国などはかなり強硬だ。私も英国民を守るために長州藩を攻撃せざるを得ない立場にあるが、本国との関係で悩んでいたところだ〉

オールコックは率直に言った。

俊輔と聞多は知らないが、英国に残った弥吉たちが英国外交官レジナルドに、長州藩には攘夷の意思なしと伝えていたことが、オールコックの判断にいささかでも影響を与えていたのだろう。

俊輔と聞多は、〈必ず説得する。時間をいただきたい〉と深く低頭し、ひたすら頼んだ。

オールコックは二人の熱意に動かされ、二人を英国軍艦バロッサ号に乗せ、藩主宛の書簡を託し、長州へと向かわせた。

書簡には、攘夷が無謀であること、幕府の貿易独占権を廃し、自由な交易を保証すれば内政には干渉せずと書かれていた。

通訳官サトウも同行した。サトウは二人の説得が成功するように励ましてくれ、俊輔や聞多との友情をはぐくむことになった。

軍艦バロッサ号は、国東《くにさき》半島沖の姫島《ひめじま》に着き、ここで俊輔と聞多は下船し、オールコックの書簡を携えて山口に向かった。

オールコックには十二日間の猶予《ゆうよ》をもらった。

六月中旬に山口に着いた二人は、休む間もなく藩の重臣たちに会い、英国の発展した様子、欧米列強の考え方、攘夷を捨て、開国に踏み切った方が得策であることなどを説いた。

長州藩の政治を決める政事堂で、藩主・毛利敬親にオールコックの書簡を献上し、必死で攘夷方針の転換を説いた。

しかし藩論は覆らなかった。むしろ攘夷派から開国派に転じた俊輔や聞多を裏切り者として、暗殺しようとする動きさえあった。

長州藩の出した最終結論は、オールコックへの回答を四カ月も延期するというものだった。

結論の先延ばしである。俊輔らの留学を支援してくれた周布政之助《まさのすけ》らは開国に理解を示してくれたのだが、どうにもならなかった。

俊輔と聞多は、絶望的な気持ちになった。このままでは長州藩は滅びてしまうと自分たちの力不足を嘆き、英国に残った弥吉たちに心から詫《わ》びたのだった。

七月五日、俊輔と聞多は姫島に停泊する軍艦バロッサ号に戻り、長州藩の結論を伝えた。

〈結局、私たちの意向は受け入れられないということですね〉

オールコックは、頑迷《がんめい》な長州藩の態度に怒りをあらわにした。

〈四カ月、待ってくれということです。なにとぞ攻撃はお待ちください。私たちがもう一度説得します〉

俊輔と聞多は、必死でオールコックに長州藩攻撃を思いとどまるようにと説得した。藩の説得に失敗した以上、今度はオールコックの説得しか道は残されていない。

サトウも二人を援《たす》けてくれたが、オールコックは〈やはり武力をもってしか、長州藩を変えることはできないでしょう〉と、自分の結論を変えることはなかった。

元治元年八月初め、ついに英国、米国、フランス、オランダの四国連合艦隊が下関砲台を攻撃した。長州藩は、その圧倒的な武力の前に、たった四日間で陥落《かんらく》してしまった。

四国連合艦隊は軍艦十七隻、兵士約五千人。対する長州藩は軍艦四隻、兵士約二千人。七月中旬に起きた禁門《きんもん》の変の影響で、長州藩の主力部隊を欠いていたことも敗北の原因だった。

禁門の変とは、朝廷が公武合体派である薩摩藩、会津藩の意向を受け、強硬に攘夷を主張する長州藩を京都から追放したことで起きた武力衝突だ。

六月に起きた池田屋事件で、京都守護職である会津藩配下の新選組に多くの長州藩士が殺された。これによって長州藩では、会津藩への憎悪が一気に燃え上がったのである。

長州藩は主力部隊を京都に派遣し、京都御所を守る薩摩藩と会津藩に攻撃を加えた。戦闘は、京都市街を焼く、激しいものとなったが、長州藩は敗北し、甚大な被害を受けてしまう。多くの有為な藩士を失った上に、以後、朝敵とされてしまったのだ。

攘夷の熱に浮かされていると言ってもいい長州藩において、俊輔と聞多のような若者が開国に踏み切るよう説得を試みても、無理な状況ではあった。

一方、禁門の変で長州藩に大打撃を与えた薩摩藩は、前年の七月に勃発《ぼっぱつ》した英国との戦闘、すなわち薩英戦争をきっかけに、藩として開国に大きく舵を切った。留学生を派遣する協議を始めるなど、英国との関係を深めようとしていた。

時代は、俊輔や聞多が考える以上に確実に、しかも激しく動いていた。

しかし英国にいる弥吉、庸三、謹助の三人には日本の激変は伝わりにくい。はるか離れた母国の激動を詳しく知ることなく、学問に打ち込んでいたのである。

4

「その恰好《かっこう》はなんだ」

庸三が驚いた顔で弥吉を見た。

長袖のシャツに黒の作業ズボン。足には丈の長いブーツを履き、スコップを抱えている。

よく見ると、長袖のシャツはごわごわとした厚い生地で作られ、白かったはずが、かなり土色に汚れている。黒の作業ズボンもブーツも砂埃《すなぼこり》まみれだ。

「いいだろう」

弥吉は声を上げて笑った。

〈あらあら、早く脱ぎなさい。すぐに洗いましょう〉

居合わせたキャサリン夫人が、あきれ顔で言った。

「何をしていたんだ」

庸三が訝《いぶか》しげ《ふせつ》に聞いた。

「鉄道敷設の現場があったから、頼み込んで一緒に作業していたんだ」

弥吉はスコップを肩まで持ち上げた。

「鉄道敷設の現場だって？」

「ロンドン駅に通じる線路の補修をしていたのを、以前から見ていたんだ。どうやって補修するのかを実際に体験したくなってさ、現場監督に頼み込んだところ、意外にもオーケーが出たんだ。それでこの恰好さ」

「ばかばかしい」

「学問は教室ばかりじゃない。私は、日本中に鉄道を敷設したいと思っている。あんな便利なものはない。庸三も英国に来て、実感しただろう」

「しかし、俺は弥吉と考え方が少し違う。まずは人材だ。日本に必要なのは産業を担う人材だ。俺は理論と実践を学んで人材を育成したい」

「まあ、お互い日本のために素晴らしい器械になろう。それにしても鉄道というものは素晴らしい。私は、英国に渡る前に佐賀の江藤新平《えとうしんぺい》殿から鉄道模型を見学させてもらった。その時、確信したんだ。日本中にこの鉄道、クロカネの道を敷設しようとね」

「そんなことがあったのか……」

庸三は、弥吉が英国に渡る前から鉄道に関心があったことに、意表を衝《つ》かれたようだ。

「俺は、開国とは、外国に国を開くだけじゃないと思っているんだ」

弥吉が、スコップを支えに胸を張った。自分の思いを庸三に伝えたいという意思が、その態度から見えた。

「どういうことだ？」

庸三が首を傾《かし》げた。

「日本は、未だに長州だ、薩摩だと、日本の中で小さな国が鎖国をしているのと同じだ。これを打ち破るのは鉄道しかない。日本は、確かに山は高く、谷は深い。人々の移動は、基本的に足しかない。船も幕府が大きな船を作らせなかったから、せいぜい千石船しかない。駕籠《かご》なんて窮屈《きゅうくつ》なものは乗り物とは言えない。河には橋がなく、渡し守が人を肩車して渡す始末だ。河が荒れていれば、何日も両岸で待たねばならない。しかし幕府は、これを国を治める道具に使っている。各地に関所を設け、人々の往来を禁止している。自分たちを守るためだ。同様に藩主たちも自分の領地に他国人を入れようとせず、往来の監視を強めている。こんなことをしていて欧米に追いつき、勝てるわけがない。日本も英国のように一般庶民が、どこにでも自由に旅行に出かけることができ、どこにでも重い荷物を運ぶことができれば、人々は自由になり、交流が深まり、争いもなくなる。また各地の産物が、日本全国津々浦々にまで運ばれていけば産業は発展し、人々は豊かになるだろう」

弥吉は、床をスコップでトンと突いた。

庸三は、「国内の鎖国を破る道具に鉄道とは、考えたな」としきりに感心した。

キャサリン夫人が籠を抱えてやってきた。

〈ミスター・ノムラ、演説はそれくらいにしてさっさと風呂に入りなさい。汚れた服は、すぐに洗濯しますから脱いでください。風呂に籠を置いておきますので、汚れものはこれに入れること。それからそのスコップは物置にしまってください〉

キャサリン夫人は弥吉に言い、籠を風呂に置きに行った。

〈申し訳ありません。すぐに着替えます〉

弥吉は、スコップを物置に片づけ、風呂で汗を流して居間に戻ってきた。

謹助が慌てた様子で居間に飛び込んできた。手にはロンドン・タイムズ紙を握りしめている。

「大変だ、大変だ」

「どうした？　何があった？」

弥吉は、頭髪の水気をタオルで拭っていた。謹助の顔は青ざめ、息は荒く、尋常ではない。

「これだ、これ」

謹助がロンドン・タイムズ紙を振りかざした。

「貸してみろ」

庸三が、ロンドン・タイムズ紙を奪うようにして摑んだ。

「クラスメイトと教室で化学の授業の復習をしていたんだ。すると一人がこの新聞を机に広げて、ミスター・エンドウ、君の国と僕の国とが戦争したみたいだって悲しそうに言うんだ。アイム・ソーリーってね。俺は、もう腰が抜けるほどびっくりしてさ、新聞を『見せてくれ』って取り上げたんだ。英国、米国、フランス、オランダの四カ国艦隊が、下関を砲撃した。長州藩はすぐに降伏したようだ」

謹助が説明した。

「やったのか」

弥吉は、庸三が広げているロンドン・タイムズを覗き込んだ。

そこには英国、米国、フランス、オランダの四カ国の艦隊が、下関海峡を黒煙を上げて航行する写真と共に、四国連合艦隊の砲撃に長州藩はすぐに降伏し、和睦《わぼく》を結んだ。これによって英国の貿易における利益は守られることになるなどと書かれていた。

「俊輔や聞多のことは、何も記述はないのか」

弥吉は謹助を見た。

「ない。長州藩が敗れたことだけが書かれている」

謹助が無念そうに答えた。

「ということは、俊輔も聞多も藩主や藩の重臣への説得に失敗したというのか。なんということだろうか」

弥吉は、力が抜け、持っていたタオルを床に落としてしまった。

「まさか説得できなかった責任をとって、腹を切ったようなことはないだろうな」

庸三がロンドン・タイムズ紙をテーブルに置いた。

「そんな無意味なことはしないだろう。きっと生きているはずだ」

弥吉は下唇を痛いほど嚙みしめた。

「しかしなぁ、これほどまで我が藩は攘夷派が強いのか」

謹助も暗い表情になった。

「遠い……、いかにも遠い。日本は遠いなぁ。何も情報がないのか」

弥吉は天を仰《あお》いだ。

俊輔の優しい中にも凜《りん》とした顔、聞多の明るく勢いのある顔がしきりに思い出される。

生きていてほしい、それだけを強く願った。

「マセソンのところにならば、何か情報が入っていないか」

庸三が、希望を取り戻したように表情を明るくした。

「彼のところには電信もある。情報は速いぞ」

「マセソンのところへ行こう。今すぐに」

謹助の言葉に、弥吉が応える。

〈皆さん、お待ちかねのマセソンさんが来られましたよ〉

キャサリン夫人が、茶の用意をして彼らのいる居間に入ってきた。

「なんだって、マセソンさんが来てくれたのか」

弥吉は、玄関の方向に向かって開かれた居間のドアを見た。

そこから勢いよく床を鳴らす靴音が聞こえてくる。大柄のマセソンが走っているのだろう。

庸三と謹助がドアの方に駆け寄った。弥吉も続く。

〈皆さん、大変です〉

マセソンが居間に入ってきた。額が汗で光っている。余程急いで走ってきたのだろう。

〈長州藩と英国などが砲火を交えたことだろう〉

弥吉が言った。

〈もう知ってましたか〉

マセソンが驚いた。

〈あれで知った〉

謹助がテーブルのロンドン・タイムズ紙を指さした。

〈さすがです〉マセソンはようやく笑みを浮かべた。〈キャサリン夫人から連絡がありました。早く日本の情報を教えてあげなさいとね〉

マセソンが、テーブルにティーカップを並べているキャサリン夫人を見た。

〈キャサリン夫人の連絡でここに来たのですか〉弥吉は、キャサリン夫人を見て、〈ありがとうございます〉と言った。

〈私も俊輔や聞多のことが心配ですからね〉キャサリン夫人は柔らかく微笑んだ。

〈さあ、お茶が用意できましたよ〉

弥吉たちは、マセソンを囲んでテーブルに着いた。

マセソンは、四国連合艦隊による下関砲台攻撃の模様を語った。〈連合艦隊は陸戦隊を上陸させ、たちまち砲台を占拠してしまったそうだ〉

マセソンが眉根を寄せた。英国人だが、目の前にいる長州藩留学生に気を遣っているのが見て取れた。

〈長引かずに良かった……〉

庸三が本音を漏らした。戦闘が長引けば、長州藩の被害は相当に上ったことだろう。

〈俊輔や聞多の情報はないのですか〉

弥吉はすがるような思いで聞いた。

〈俊輔と聞多は終戦処理にあたっているようだ。高杉晋作《たかすぎしんさく》という人物を知っているか〉

マセソンは聞いた。

〈勿論。長州藩の有能な士だ〉

庸三が答えた。

高杉晋作は、吉田松陰《しょういん》主宰の松下村塾《しょうかそん》の四天王と言われた。

清国が英国など欧米列強に支配されている状況を見て、過激な尊王攘夷行動を繰り返していた。俊輔らと共に、英国公使館焼き討ちを敢行したこともある人物だ。

〈彼が、講和大使として四国連合軍と交渉している。俊輔と聞多が通訳として交渉に随行しているとの情報がある〉

マセソンが言った。

「生きていたんだ」

弥吉は思わず顔をほころばせた。

「良かった……」

庸三と謹助が同時に呟き、安心した表情になった。

〈彼らは英国に来た成果を生かしているようだ〉

マセソンが誇らしげに言った。

「交渉は上手くいくのだろうか？」

庸三が眉を曇らせた。「俺も交渉の役に立ちたい。俊輔と聞多で大丈夫だろうか。高杉は根っからの攘夷派だからなぁ」

「聞多は、少々せっかちなところがあるが、俊輔はああ見えて交渉上手だ。クラスでも授業より英国人と話をするのに熱心だったじゃないか」

弥吉が、庸三の心配を吹き飛ばすように言った。

〈交渉は順調に進んでいるらしい。これからは英国などが下関を航行する際、攻撃されるという心配はなくなるだろう。英国と貴国との関係は良くなるに違いない〉

マセソンは、大きく手を振り上げ、弥吉たち一人一人と握手を交わした。

〈日本の諺《ことわざ》に〝雨降って地固まる〟というのがあるが、これをきっかけに本当に英国との関係改善が実現すれば嬉しいことだ〉

弥吉は言った。

〈薩摩藩は、去年の英国との戦争の後、関係改善が一気に進み、今、こちらに多くの留学生を派遣する交渉を進めつつある。三十名ほどやってくることになりそうだよ。彼らが英国に来れば、私が世話をすることになる〉

マセソンが嬉しそうに言った。

「薩摩がそれだけの大人数の留学生を派遣するということは、完全に開国派になったということだろう」

　謹助が言った。

「ああ、そうに違いない。もはや幕府の鎖国政策は崩れ、攘夷派の力も衰《おとろ》えるだろう。長州藩も変わるに違いない。俊輔と聞多に期待しよう。彼らが講和の交渉にあたっているのだから」

　庸三が言った。

〈私たちも二人の活躍に期待している。ところで薩摩からの留学生が到着したら、ぜひ私たちに引き合わせてほしい〉

　弥吉はマセソンに頼んだ。

〈勿論だ。日本人同士、切磋琢磨《せっさたくま》して勉学に勤《いそ》しんでほしい。できるだけの支援をするつもりだ。日本の将来は、あなた方の双肩《そうけん》にかかっているんだ〉

　マセソンが大きな手で弥吉の肩を摑んだ。

　――日本は大きく動き始めている。

　弥吉は、早く英国の進んだ技術を身につけて、日本の役に立ちたいと強く願った。

5

弥吉は、長州藩が四国連合艦隊と戦い、敗れたという事実は当然だと思った。なぜそんな暴挙とも言えることをしたのか。

俊輔と聞多が間に合わなかったのか。それとも彼らの説得に誰も耳を貸さなかったのか。

しかしマセソンによると、聞多と俊輔が四カ国との講和交渉で活躍しているらしい。それなら長州藩が攘夷から開国に踏み切ったということになるのだろうか。

いずれにしても、長州藩は混乱しているに違いない。

――留学費用を節約しなければならない。

弥吉は今さらながら心に誓った。

留学費用が不足したからといっても、おいそれと長州藩に支援を求めるわけにはいかないだろう。

弥吉の心配した通り、長州藩は混乱の渦中《かちゅう》にあった。

禁門の変では四百名ほどの藩士を失った。その中には、久坂玄瑞《くさかげんずい》や入江《いりえ》九一《くいち》ら将来の長州藩を担う若手人材も含まれていた。

一方、俊輔と聞多は、やむなく四国連合艦隊との戦いに参加し、敗北した後は、高杉晋作講和大使の通訳として四カ国との講和条約締結に奔走《ほんそう》していた。

元治元年（一八六四）八月中旬、長州藩と四国連合艦隊の間に講和条約が成立した。下関海峡を渡る外国船に対する攻撃はしないこと、薪炭、食料などを提供することなどが取り決められたが、賠償金《ばいしょうきん》については幕府に請求するように求めた。もともと幕府の命により攻撃したものであること、長州藩には賠償金を支出する財政的余裕がないことなどが理由だった。後日、幕府は四カ国に賠償金三〇〇万ドルを支払う契約に調印した。

だが、長州藩の混乱は収まらなかった。藩内は、幕府に従うべきだとする俗論派と、幕府を倒すべきだとする、尊王《そんのう》攘夷派の流れをくむ正義派とに分かれ対立し始めた。対立の結果、俗論派が藩内では優勢になり、弥吉たちを英国に留学させてくれた周布政之助が自刃《じじん》する事態にまで追い込まれることとなった。

俊輔と聞多は絶望感に苛《さいな》まれていた。なぜ長州藩は時代遅れの考え方から目覚めないのだと、ふつふつと湧き起こる怒りを抑えることができないでいた。

これでは英国にいる弥吉たちに申し訳ない。彼らが学問を修めて帰国しても、役立たせることができないではないか。俊輔と聞多は、なんとか藩を動かさねばならないと思った。

た。

「俺はやるぞ」

聞多は、戦闘で自分が指揮した第四大隊と力士隊で、俗論派を討とうと計画した。

力士隊とは、長州藩お抱えの相撲取りたちで組織された軍隊だ。

ところが計画は発覚し、聞多は同年九月二十五日の夜、山口の政事堂から帰宅途中、俗論派に急襲され、瀕死《ひんし》の重傷を負ってしまう。

見舞いに来た俊輔に聞多は、「俊輔、お前は生き残れ。もう、俺は死ぬかもしれんが……」と息も絶え絶えに言った。

「何を言うか。生きるも死ぬるも一緒だ」

「お前と俺と、二人とも死んだら、藩は闇に沈む。いや、日本が闇に覆《おお》われる。藩内は俗論派ばかりだ。お前は下関に逃れてくれ」

聞多の必死の頼みを受け入れ、俊輔は力士隊と共に下関に向かった。

幕府の方は、禁門の変を起こした長州藩に対する処罰の意味もあり、十二月初めを長州征伐決行の日と定める。長州藩は、幕府に恭順の意を示すため、三人の家老を切腹させ、藩主・毛利敬親父子も蟄居《ちっきょ》した。長州藩は、実質的に戦わずして敗れた。

これに怒った高杉晋作は、もはやこれまでと思い定め、俗論派を倒すべく、長《ちょう》府《ふ》の功山寺《こうざんじ》で奇兵隊を率いて挙兵した。

奇兵隊とは、高杉が編成した有志を集めた部隊で、武士ばかりではなく農民や商人なども多く加わっていた。

この挙兵は、成功を危ぶまれていたのだが、高杉の求めに応じて俊輔は力士隊と共に参戦した。高杉は俊輔と聞多の説得に応じ、攘夷の無謀さを理解してくれた数少ない同志の一人だったからだ。

高杉と俊輔の決起軍が戦いを進めるうちに山県有朋《やまがたありとも》らの仲間が加わり、ついに元治二年（一八六五）三月に高杉、俊輔らは俗論派を打ち破り、長州藩の支配権を握ることになった。

「これからどうする……」

傷が癒《い》えた聞多に、俊輔が眉間《みけん》に皺を寄せて話しかけた。

藩内の俗論派は一掃したものの、俊輔や聞多の意見に耳を傾けてくれていた何人かの藩の重臣たちは、俗論派との対立で死に追いやられてしまい、誰も残っていない。絶望的な気分だった。俊輔や聞多、高杉らの若い藩士だけで藩政を牛耳《ぎゆうじ》ったとしても、長州藩の未来は見えない。俊輔たちは出石《いずし》（兵庫県豊岡市）に潜伏中の木戸孝允《きどたかよし》（桂小五郎）を呼び戻すことにした。

弥吉たちは、ウィリアムソン教授宅に集まって、分析化学の復習をしていた。三人ともロンドン大学では優秀な学生との評判だった。

学問は順調に進捗《しんちょく》していたが、彼らの気持ちは沈みがちだった。というのは、長州藩の情報が途切れてしまったからだ。

英国の新聞のどこを探しても、長州藩の記事はない。

「どうなっているんだろうな」

庸三が情けない顔をしている。

「四国連合艦隊と戦闘して敗れた後、俊輔や聞多が生き残って、講和に尽力していることまでしか分からない。あれから随分時間が経ったが、藩は落ち着いたのだろうか」

謹助が暗い表情で呟くように言った。

「マセソンさんに聞いても、何も情報がないようですからね」

弥吉は眉根を寄せた。

「そろそろマセソンさんが来るんじゃないかな」

庸三が玄関の方に視線を向けた。

マセソンは、最低でも週に一、二回は、弥吉たちの様子を見に、ウィリアムソン教授宅を訪ねてきてくれる。その度に長州藩の情報を提供してくれてはいるのだが、最近はその情報が途切れている。マセソンも、日本支社から長州藩の情報がないことに不安を隠しきれないでいるようなのだが……。

〈皆さん〉

マセソンが久しぶりに顔を出した。

弥吉たちの顔が急に明るくなった。マセソンの表情が生き生きしているからだ。きっと良い情報があるに違いない。

「噂をすれば影の諺通りだな」

庸三が嬉しそうに言った。

〈マセソンさん、いらっしゃい。何かいいことがありそうな顔ですね〉

弥吉はにこやかに話しかける。

〈いい知らせです。皆さん、今から日本の友達に会いに行きましょう〉

「日本の友達？　誰のことだ？」

庸三が首を傾げた。このロンドンで日本の友人がいるわけがない。

〈ひょっとして……〉弥吉がマセソンに聞いた。〈薩摩から留学生が来たのですか〉

〈その通りです。ベイズウォーター通りのアパートにいます。会いに行きましょう。向こうも会いたがっています〉

マセソンはすぐにでも出かけるよう、弥吉たちを急がせた。

マセソンによると、薩摩からの留学生や視察員など十九名がロンドンに到着したのは、慶応元年（一八六五）五月二十八日。今は、集中的に英語を学習しているという。

〈彼らは初の英国留学生だと思っていたようですが、長州藩からすでに留学生が来ていると教えてやると、もうびっくりしましたよ〉

マセソンは、両手を上にあげて、驚いた様子をまねた。

〈それは痛快だ〉

謹助が笑った。

〈会わせてください。色々話をしたい〉

弥吉はすぐに出発しようとした。すると庸三が、「待て、薩摩は我が長州藩と敵対しているのではなかったか？」と弥吉を止めた。

庸三の言うことは当たっていた。禁門の変や長州征伐などで薩摩藩は長州藩を攻撃していた。多くの藩士が薩摩藩に殺されたという情報は、弥吉たちの耳にも届いていた。

〈ここは英国です。日本ではありません〉

マセソンが、庸三の言葉を理解して諭すように言った。

「マセソンさんの言う通りだ。ここは英国。長州も薩摩もない。高い志を抱いて、海を渡ってきた者同士、話すことはいっぱいある。それに長州藩の情報も得たい」

弥吉は言った。

「俺は、行くぞ。薩摩藩の連中に会いたい」

謹助も言った。

「こんな遠くに来て、長州だ、薩摩だとこだわるのは、ばかばかしい。みんなで力を合わせて日本を作り変えればいいんだからな」

庸三が語気強く言った。

〈では皆さん、よろしいですね。外に馬車を待たせています。行きましょう〉

マセソンは、足早に外に出て行った。弥吉たちも急いで彼の後を追った。

6

薩摩藩からの留学生との出会いは楽しく、時間を忘れるほどだった。

薩摩藩は、十五名の留学生と四名の視察員という大所帯だった。幕府の許可を得ていないとはいえ、藩の正式な留学生として藩の重臣などを視察員として従えての、いわば大名留学だ。

当然、船では弥吉たちのように水夫同然に扱われることはなかった。

留学生は、下は十三歳から上は二十七歳までの精鋭揃いだった。

弥吉たちは、英国留学の先輩として勉学の状況や暮らしぶりなどの話をした。彼らは熱心に耳を傾けた。全員で英語を集中的に勉強しているようだが、まだまだ授業についていけるだけの実力はなく、不安が顔に滲《にじ》み出ていた。弥吉たちは、心配することはない。すぐに上手くなると言い、励ました。自分たちも英国に来た時は、外で食事することさえままならなかったと説明したら、彼らは少し安心したような表情に変わった。

弥吉は、最初は五人で留学したのだが、俊輔と聞多が藩の危機を救うために帰国したことも話した。そして何か長州藩の情報がないかどうか、あればどんな些細《ささい》なことでも提供してくれと頼んだ。

彼らによると、長州藩は内乱状態であったようだ。

藩内は、倒幕を目指す正義派と幕府に恭順の意を示す俗論派に分かれ、対立。正義派の高杉晋作が挙兵するまでに至った。そこには俊輔も参加したという。聞多は、俗論派に斬られたが、命に別状なく、今は俊輔らと共に活躍している。内乱は、正義派の勝利となり、今は木戸孝允、大村益次郎《ますじろう》らが藩政の中心となっている。俊輔と聞多はその下で活躍している。しかし禁門の変、四国連合艦隊との戦争、そして内乱と続き、長州藩では相当な数の有為な人材が亡くなり、藩の財政は窮乏《きゅうぼう》しつつある。

聞多が斬られたと聞いた時、弥吉たちは一瞬、青ざめたが、無事だと聞き、胸を撫でおろした。

一人の重臣が、これは内密だがと断って重大な情報を提供してくれた。

幕府は再度、長州征伐を命じた。薩摩藩は表向き幕府に従う振りをしているが、実は土佐藩の坂本龍馬などの斡旋で、長州藩と提携し、薩長同盟が成立している。彼によると、長州藩と薩摩藩で幕府を倒す同盟だという。

これには同席していた薩摩藩の留学生たちも驚いた様子だった。

この話を聞いた時、弥吉は、体全体にぞくぞくと震えのようなものを感じた。寒気が走ったのではない。いわゆる武者震いというものだろう。何かが始まると思った瞬間に、弥吉の体の芯が反応したのだ。

交流は深夜に及び、弥吉たちは再会を約束して別れた。

「薩摩藩が羨《うらや》ましいなぁ」

薩摩藩の留学生たちと別れ、帰宅途中で庸三がぽつりと言った。

「そうだな」

謹助が呟いた。

弥吉も、庸三と謹助の思いを共有していた。

薩摩藩の留学生たちも、幕府に極秘で挙行された密航であることは弥吉たちと同じだ。

しかし同じ密航でも藩を挙げての全面支援の下で行われたものと、弥吉たちのように藩の一部の支援者の理解によって行われたものとでは大きな違いがあるのだ。特に生活費などの金銭面や本国からの情報などについては、圧倒的な差を感じた。

「学問に励もう。それしかない」

弥吉は言った。

「それは当然だ。だが長州藩がこれからどうなっていくのか、気にはならないか」

庸三が弥吉に食って掛かるように言った。

「気にはなる。しかし、どうしようもないだろう」

弥吉は反論した。

「人間の器械になれたとしても、長州藩に使ってくれる人が残っているといいのだがなぁ」

謹助が弱々しく呟いた。

長州藩がどうなっているのか、どうなろうとしているのか、一切の情報がない。それが弥吉たちの鬱屈《うっくつ》の原因だった。

「薩摩藩は、お目付役まで一緒に来ているんだ。留学は藩を挙げての事業だ。それに比べて俺たちはどうだ。まるで逃げてきたようじゃないか。留学生じゃない、逃亡者だ。藩の危急存亡の時にも何もしないでこんな離れた国にいるんだぞ。弥吉、情けないと思わんか。何もできないんだぞ」

庸三が怒気を含んだ声で言った。

「仕方がないだろう。俊輔さんたちと一緒に帰国していたら良かったというのか。俺たちは残るという選択をしたんだ。残った者の責任を果たす以外にないじゃないか」

弥吉は腹が立った。英国に残ると決断したのは、自分たちだ。それを今さら悔やんでも仕方がない。

「ああ、俺は帰国したかった。しかし俊輔が残れと言うから残った。残らずにあいつらと一緒に戦いたかった。俺がいれば聞多は斬られなかったかもしれない」

庸三が悔しそうに言った。

「もう止《よ》そう、この話は。長州藩がどうなるかは俊輔と聞多に任せよう。それしかない。長州藩が落ち着けば、何か言ってくるだろう」

謹助が、弥吉と庸三の論争に中に割って入った。

「くそっ、どうなるんだ、俺たちは」

庸三が天を仰いだ。弥吉も顔を上げた。そこには星一つない真っ暗な空が広がっていた。長州なら、この季節はまるで宝石を散らしたように輝く銀河が見えるだろう。天を見上げる目にじわりと涙が滲んできた。弱気になるな、弥吉は自分に言い聞かせた。

数日後、ウィリアムソン教授から誘われて、弥吉たちはロンドン郊外のベッドフォードにあるブリタニア鉄工所を見学に行った。最新式の農業機械を製造している工場だった。

この見学会は、薩摩藩の留学生たちがロンドン大学に入学する前の準備教育として企画されたものだった。

工場見学の後は、市長との会食、農園で実際に農機具を動かす体験などが続いた。

英国の新聞に弥吉たちの様子が記事となって掲載されたが、そこには「薩摩侯から派遣された日本人の一団」と紹介されており、長州という名は一言も記載されていなかった。弥吉たちは、薩摩藩の留学生として扱われていたのだ。見学会は、楽しく有意義だったが、弥吉はその記事に一抹《いちまつ》の寂しさを覚えた。

慶応二年（一八六六）春、謹助が帰国した。肺結核の兆候が現れたためだ。体調がすぐれず、授業に出るのも困難になってきた。

この頃、弥吉たちは留学費用の枯渇《こかつ》に苦しんでいた。長州藩からの支援が途絶えていたためだ。

持参してきた資金を絶やさぬように、必死で節約して暮らしていた。そのような生活では謹助の健康が回復するわけがない。

ウィリアムソン教授やキャサリン夫人は、本当の父母以上に弥吉たちの世話を焼いてくれたのだが、彼らは資産家というわけではなかった。大学の給料でつつましく暮らしている市井《しせい》の人であり、養うべき子どもたちもいる。弥吉たちが、金銭面などでどっぷりと依存するわけにはいかない。謹助の帰国はやむを得ない判断だった。

「グラスゴーに行く」

朝食を食べている時、庸三が突然切り出した。

「えっ」

弥吉は、食べていたパンを思わず落とした。

庸三が、弥吉を見つめている。

「スコットランドのグラスゴーか?」

グラスゴーはスコットランドの中心地だが、ロンドンからは遠く、北に約四八〇キロも離れている。弥吉は当然、行ったこともない。

「そうだ。そこのネピア造船所で見習工として働きながら、技術を覚える。夜はアンダーソンズ大学に通うつもりだ。そこで理論ばかりじゃなくて、実学を学ぶつもりだ」

「ウィリアムソン教授には相談したのか」

「ああ」庸三は頷いた。「その造船所も学校も、教授の紹介だ」

アンダーソンズ大学は、グラスゴー大学の物理学教授・アンダーソンの基金によって一七九六年に創立された大学だ。教育目標は「頭と手をもって」ということで、実学を重視したため、夜間には商人や工場労働者なども多く通うことで名高い。工業技術を実地で学びたいという庸三の希望にはうってつけの大学として、ウィリアムソン教授は紹介したのだろう。

「どうして何も言ってくれなかったのだ」

寝耳に水のことに、弥吉は少し腹立たしさを覚えた。

庸三は困った顔をして、「謹助も帰国したからな。言い出しにくかった」と答えた。

五人でやってきた英国だったが、滞在三年を過ぎ、庸三と弥吉の二人だけになっていた。ウィリアムソン教授宅に一緒に住んでいたが、微妙に気が合わなくなっていた。

理由ははっきりとしない。関心のある分野が同じ工業分野であることが影響しているのかもしれない。同じ関心を抱いていれば、気が合うというものではない。競い合う気持ちが強くなることもある。

庸三は、頻繁に薩摩藩の留学生の下宿に訪ねて行き、交誼《こうぎ》を結んでいるようだ。彼らとは留学に関して一日《いちじつ》の長があるからだろう。彼らは留学の先輩として庸三を遇してくれている。しかし弥吉との関係においては、年上として振る舞えない。弥吉が、庸三を同輩とみなしているからだ。弥吉は、猪突猛進侍《ちょとつもうしん》と言われるくらい何事も率直に振る舞う。ある意味で実力主義を徹底していると言えるだろう。年上だからというだけでは容赦《ようしゃ》ない。尊敬もしない。学問において意見が対立しても、庸三を論破することもしばしばだ。

庸三には、俊輔たちと攘夷運動に命を懸けたという自負がある。弥吉は、攘夷運動に加わっていないではないか、それなのに偉そうにするなという思いもある。なによりも庸三が時折漏らす言葉に、弥吉が不快感を示すことに原因があったかもしれない。

それは庸三が、「俊輔と聞多と一緒に帰国して、戦いに身を投じれば良かったかもしれない」と後悔の念を滲ませることだった。

弥吉も似た思いを抱いていたが、言葉に出すことはなかった。出せば庸三と同じように、後悔の念を止めることができないからだ。

弥吉と庸三は、長州藩から見捨てられているのではないかという不安に苛まれることがあった。薩摩藩の待遇との差を知れば知るほど、その思いが強くなっていた。不安になるたびに弥吉は、それを払拭《ふっしょく》するように学問に励んだ。庸三も同じだが、それでも時折、弱音を洩らすことがあった。それが弥吉には腹立たしく、庸三に不快だと言い募ることがあった。こうした小さな行き違いが、知らず知らずに二人の間に溝《みぞ》を作っていたのだろうか。

「もう決めたんだな。行くんだな」

弥吉は厳しい表情になった。

「ああ、もう決めたことだ」

庸三は大きく一つ頷いた。

「金は、どうする？　旅費もかかるだろう」

スコットランドに行くのにも、向こうで下宿するのにも、先立つものは金だ。余分な金はない。

「薩摩藩の連中に借りた」

庸三はぽつりと言い、目を伏せた。

「なんだって」

弥吉は驚いて、それ以上、言葉が出なかった。

「仕方がないだろう。金がないし、藩に頼むわけにもいかない。今、どういう状態か分からないからな」

「しかし、よりによって薩摩藩に頼むことはないだろう。マセソンに頼めばなんとかしてくれたかもしれないじゃないか」

「それも考えたが、あまり英国人にばかり頼むのも潔くないと思ってな。マセソンには、金の相談はしなかったが、グラスゴーでの下宿先などの相談はしている。薩摩の大目付の町田久成《まちだひさなり》様に相談した。連中は、藩の金を長州の俺に貸すわけにはいかないと言ってな……」

庸三は薄笑いを浮かべた。

「当たり前だ」

弥吉は憤慨《ふんがい》した。庸三の自負心が許さなかったのかもしれないが、マセソンは長州藩から依頼を受け、我々の生活を支援するように言われている。確かに与えられた予算内のことではあるが、庸三がどうしてもグラスゴーで学びたいと言えば、資金面でも支援してくれたはずに違いない。しかし庸三は、あえてそれを避けたのだろう。

「彼らは、自分たちで一ポンドずつ出し合ってくれて、合計十六ポンドを貸してくれた。それで当面なんとかする。昼間は造船所で働くので、いくらかの給金はもらえることになっている。それで頑張ってみる」

庸三が唇を固く結んだ。

「寂しくなるな。この家に俺一人か……」

弥吉は室内を見渡した。

「なあ、弥吉、俺はな、日本はものすごい勢いで工業化しなくてはいけないと考えている。そのためにはロンドンじゃなくて、産業革命の中心地であるグラスゴーに行かなければならないと思ったのだ。そこで実際に造船技術を学ぶんだ。日本に帰った時にすぐ応用できるようにな」

庸三は目を輝かせた。

グラスゴーは、豊富な石炭を利用して、綿工業をはじめ、製鉄、機械製造、ソーダといった化学工業などの多くの工場が操業し、活気溢れる工業都市として発展していた。

「理論と実践が重要なことは俺も感じていた。俺はロンドンに残って勉強する。庸三、体に気をつけてお互い頑張ろう」

弥吉は、庸三と固く握手を交わした。

そして庸三は、グラスゴーへと旅立って行った。

庸三を乗せた列車がロンドン駅から見えなくなるまで、弥吉は、ホームに佇《たたず》んでいた。

〈とうとう行ってしまいましたね〉

傍らにはキャサリン夫人がいた。彼女は、庸三に手を振りながら、そっとハンカチを目に当てた。

〈庸三なら、しっかり勉強すると思います〉

〈でもグラスゴーは空気が悪いから、心配だわね〉

キャサリン夫人の表情が曇った。

グラスゴーは、「百般の工場が立ち並ぶ都市」と言われ、空は昼でも暗いほどの黒煙に覆われていた。工場から排出される煤煙《ばいえん》を吸い込み、体を悪くする人も多くいた。キャサリン夫人が心配するのも当然だった。

〈弥吉は、一人になったけど、私たちの家族同然だから〉

キャサリン夫人が優しく微笑んだ。

「俺も、もっともっと人間の器械として磨きをかける……」

弥吉は、自分に言い聞かせるように呟いた。

7

長州藩の混乱はまだ続いているように弥吉には思えた。

謹助の体調が思わしくなく帰国を検討している最中、無謀にも、二人の留学生を送り込んできていたのだ。慶応元年（一八六五）の暮れのことだった。

南《みなみ》貞助《ていすけ》（十八歳）、山崎小三郎（二十一歳）の二人で、山崎は海軍士官、南は高杉晋作の従弟《いとこ》だった。

何が無謀かと言えば、彼らはほとんど資金の手当てなく英国に来ていた。長州藩が与えた留学費用は二人に対してたった千両だったという。

弥吉たちでさえ一人千両要したのに、二人で千両では完全に不足していた。まして上海《シャンハイ》までは三人の留学生がいたというから、三人で千両だったのだ。

南と山崎はロンドンに着いたものの、生活費にも事欠く始末だった。二人は、住まいだけは確保したが、朝夕の食事、また衣服さえもままならぬほど困窮《こんきゅう》していた。

ロンドンの冬は寒い。石炭や薪さえ買うことができず、栄養不良と寒さの中で学問どころではなかった。生きることに必死だった。

ついに山崎が結核に倒れた。見るに見かねた弥吉は、ウィリアムソン教授に山崎の世話を頼んだ。

ウィリアムソン教授は、快諾し、山崎を自宅に引き取り、キャサリン夫人に看病させた。しかしその甲斐なく山崎は翌年三月、肺結核で死亡した。二十二歳の若さだった。

弥吉は、山崎の死を俊輔に手紙で知らせた。

「山崎小三郎、南貞助が、両人とも無金の状態で英国に着いた。大いに困窮し、朝夕の食事も満足にとれず、衣服もままならぬ状態で、昼夜とも同じ服で過ごし、かつ住まいに暖炉《だんろ》もなく、寒い冬を過ごしていた。まことに見ていられぬほど困窮していた。その結果、山崎は肺を患《わずら》い、ことの外《ほか》、難儀していたのでウィリアムソン教授が見るに見かねて自宅に引き取ってくださり、キャサリン夫人が必死に看病してくださった。しかしその甲斐なく山崎は帰らぬ人となってしまった。まことに残念無念。これからは英国など外国に人を派遣する際にはまず資金の準備を十分にした上でなければ、安易に派遣せぬようにしてもらいたい」

弥吉が俊輔に出した手紙は、山崎の死を知らせると共に、庸三もグラスゴーに移るのに際して薩摩藩の留学生から資金を借りるなど、弥吉たち長州藩の留学生の窮状を暗に示唆《しさ》していた。

しかしこの手紙に俊輔からの返事はなく、勿論、長州藩からの資金援助が追加されることもなかった。

弥吉は、生活費の節約に努めながらも勉学に励んだ。鉱業、造船、鉄道などの技術面についても経験を積んだ。弥吉は、ウィリアムソン教授に勧められ、義勇軍の部隊にも入隊し、小銃などの扱いも学んだ。もし日本で戦闘が起きた際にもすぐに役立つと思い、弥吉は軍事についても熱心に取り組んだ。

慶応三年（一八六七）十月、弥吉は長州藩の重臣・木戸孝允から帰国を促す手紙を受け取った。

そこには幕府が倒れ、新政府が成立したことが書かれていた。

木戸は、早く帰国し、新しく出発した日本のために尽くしてほしいと懇願していた。

――幕府が倒れた……。

弥吉は事態が十分に呑み込めぬまま、手紙を握りしめていた。

第四章

新しい国を造る

1

弥吉《やきち》と庸三《ようぞう》を乗せた蒸気船が、波の静かな海を滑るように走る。

徐々に日の光が空を紅色に染めていく。それが薄れるにつれて澄み切った青い色が広がっていく。

弥吉は、甲板に立ち、微動だにしない。

冬の冷たい風が陸の香りを運んでくる。数カ月の間、嗅《か》ぎ続けた潮の香りではない。土の、木々の、故郷の香りだ。思い切り深呼吸をする。懐かしさに心が躍《おど》る。

針路前方、左手に雪を抱いた富士山が迫ってくる。冠雪《かんせつ》が空の色を映し、紅色に染まっていたかと思うと、陽が昇るにつれて、白さを取り戻していく。なだらかに延びた美しい稜線《りょうせん》。山裾《やますそ》辺りは、雲が薄くたなびき、まるで白絹の衣裳をまとっているかのようだ。

美しい……。

思わずため息がこぼれる。留学先のロンドン、そして英国各地を巡ったが、こんなにも美しい山はない。旅立つ前には、この山にこれほどの感動を覚えただろうか。何度もこの山の近くを通り、江戸と長州を往復したのにもかかわらず、美しさに気づかずにいた。

しかし五年半の歳月を経たおかげで、富士山の美しさを理解した。体の奥から感動で震えが来る。

今なら富士山が人々の信仰の対象であり、神が宿る山と言われる由縁を心底理解できる。

――この山を眺めながら列車の旅ができたら、さぞ楽しいことだろう。

弥吉はふと、想像に心を弾《はず》ませた。

――これは私の夢だ。

蒸気船はもうすぐ横浜港に入る。かつて夜陰に紛れ、小船でこの港を抜け出したことを思えば、時代は大きく変わった。

――もう密航の罪には問われないだろう。

ロンドンへの留学は、幕府の許可を得ない密航だった。発覚すれば死罪は免《まぬか》れない重罪。しかし五年半を経て帰国する今は、自分を罪に問う幕府は雲散霧消してしまった。

留学前の倒幕運動、尊王攘夷《そんのうじょうい》運動の激しさを思い起こせば、幕府が倒れたのも不思議なことではない。しかし、いざ本当に幕府が倒れたと知っても、弥吉には何やら現実感が乏《とぼ》しい気がしていた。

——あれほど権勢を欲しい儘《まま》にしていた幕府が倒れるとは……。

蒸気船が着く日本は、いったいどんな国になっているのだろうか。想像すると、一抹《いちまつ》の不安がある。今まで経験したことのない世の中を見ることになるのだろうか。

弥吉が得た情報によると、長州藩は密かに薩摩藩と手を結び、倒幕に立ち上がったという。

幕府は、長州藩を攻め滅ぼそうとしたが叶わず、一気に権威を失った。そこで将軍徳川慶喜《とくがわよしのぶ》は、勝海舟《かつかいしゅう》らの働きにより、大政《たいせい》を奉還《ほうかん》して、幕府による統治に幕を引いた。

倒幕の中心となった薩長らは、王政復古の大号令を発し、天皇の下で日本を治めることとした。

これに抵抗する旧幕府軍を、鳥羽伏見《とばふしみ》の戦いなどで破った。

新しい時代、明治が始まり、江戸は東京と改称され、都として定められた。

「木戸《きど》様は強引《ひき》だったなぁ」

長州藩を率い、かつ新政府の要職に就いた木戸孝允《たかよし》は、再三にわたり弥吉に帰国を促した。

新しい政府が発足したとはいえ、人材不足は甚《はなは》だしく、英国で最新の知識を学んでいる弥吉に、すぐにでも帰国してほしいと願っていた。

新政府ではどれだけ多くの人材を擁《よう》しているかが、権力掌握《しょうあく》の決め手となる。

新政府の中心は、長州藩と薩摩藩だが、残念ながら長州藩は明治維新に至るまでに有為の人材を多く失ってしまった。藩内での争い、禁門《きんもん》の変、四国艦隊砲撃、そして戊辰戦争など多くの戦《いくさ》が続いたからだ。

これは弥吉の想像だが、木戸は、新政府内で長州藩が権力を掌握するために、一人でも多くの人材を確保する必要があると考えたに違いない。それで執拗《しつよう》に弥吉に帰国を促したのだろう。

弥吉が耳を澄ますと、蒸気船が波をかき分ける音が聞こえる。もう横浜港は目の前だ。

弥吉は期待と不安で胸が締めつけられ、少々息苦しい。

――少々、無体な態度をとってしまったかもしれない。まさか木戸様は、無礼な奴だと思っておいでではないだろうな。

弥吉は、再三にわたる木戸からの帰国の催促に、「帰国を十カ月ほど待ってほしい。今帰国して、これまでの苦労を水泡《すいほう》に帰《き》したくはない」と返事をした。山尾庸《やまお》三も同じだろうと、彼の考えまで代弁して帰国を固辞したのである。

庸三は、英国の工業都市グラスゴーにあるロベルトアンドサンズ会社のネピア造船所で働きながら、アンダーソンズ大学で工学を学んでいた。また、見習工として実際に工具を持ち、働いた。昼間は少年のような見習工たちと一緒に汗や油にまみれて仕事をし、夜間は造船の技術などの学習に取り組んでいたのだ。

その後も長州藩からの帰国の要請を受けたが、二人で相談した結果、まだまだ学び足りないという結論に達した。

一日でも早く帰国し、新国家建設に尽力したい。しかし、俊輔《しゅんすけ》、聞多《ぶんた》が早々に帰国し、謹助《きんすけ》も健康を害して帰国した今、密航仲間で英国に残っているのは二人だけである。なんとしても立派な生きた器械にならねばならない。

「なかなか事は意のままにならぬものだ。道半ばでの帰国は残念だ」

弥吉は、ロンドン大学の地質学試験で全学第三位という優秀な成績を修めた。その後、実際の技術を学ぶために、イギリス北東部の工業都市ニューカッスルの鉱山で働くことになっていた。鉱山技術習得の目的だが、最低でも一年の学習期間を要する。

しかし木戸の数度にわたる帰国要請に応えるには、この実地研修を断念しなければならない。

慶応四年（一八六八）閏《うるう》四月、長州藩の支藩である徳山藩の世子《せいし》、毛利元功《もうりもといさ》が家臣たちとロンドンに到着した。

元功は、砲術を学ぶために英国に来たのだが、弥吉と庸三は元功から、「木戸の要請に応えて、帰国し、学んだことを新国家建設に生かしてほしい」と訥々《とつとつ》と説諭されてしまったのである。

「あれには参ったな。道半ばではあるけれど、許された年限の五年は過ぎている。わがままは許されないと観念した」

弥吉は、目の前に迫った横浜港を見つめながら、ひとりごちた。

ウィリアムソン教授からは、英国に残るようにとの助言があったが、弥吉は帰国する道を選択する。ロンドン大学は無事、優秀な成績で卒業した。その証書には「ミスターノムラン」と表記された。酒を酌《く》み交わし、学友と議論に励《はげ》んだ弥吉は、「ノムラン」とあだ名で呼ばれていたのである。

弥吉は、帰国にあたって母とも慕うキャサリン夫人に、モダンデザインの父と評価の高いウィリアム・モリスのタペストリー『英国の蝶々』を贈った。

〈一生、大事にするわね〉

キャサリン夫人は、弥吉に礼を言い、別れの涙を流した。

彼女は生涯、そのタペストリーを大事にし、遺書には「Enoye Masaru」が一八六八年に英国を去るにあたって贈ってくれたものだと記した。

蒸気船の周りに艀《はしけ》が集まり始めた。いよいよ上陸だ。

「おい、弥吉」

庸三が声をかけてくる。

「庸三か。もうすぐ下船だ」

弥吉は振り向いて、答えた。

「長かったが、短くもあったな。英国で学んだことを国造りに生かしたい」

庸三が興奮で顔を赤らめている。

「幕府が倒れ、いったいどんな世の中になっているのだろうか。早く仕事がしたい。うずうずする」

弥吉は、多少の不安を感じつつも武者震いに体を震わせた。

帰国に際して、野村弥吉から井上勝《まさる》に改名した。

密航という形で英国に渡った弥吉の行動で、養家野村家に迷惑がかかってはいけないと考えた父勝行が、長男である勝一の嗣子《しし》（養子）としたためだ。

明治元年（一八六八）十一月十七日、弥吉と庸三は横浜港に上陸した。

2

井上勝《まさる》（以下、野村弥吉改め井上勝とする）は庸三と連名で、頼りにする木戸孝允に手紙をしたためた。
　七、八日は横浜に滞在するが、早めに会って、今後の身の振り方を相談したいという内容である。
　勝と庸三は、横浜本町四丁目の中蔦屋半兵衛方に身を寄せていた。

　木戸からは、すぐに東京に出てくるようにと言ってきた。

　二人は十一月二十一日に、木戸宅にて面会を果たした。

「おお、二人ともよく無事に帰国してくれた。ご苦労であった」

　木戸は、喜びに涙を流さんばかりで、その夜は、宴《うたげ》が遅くまで続いた。

　勝と庸三は、英国の状況、かの地で学んだことなどを話し、木戸は幕府との戦い、新政府の樹立などについて語り、話題は尽きることがない。勝は、木戸の話を聞いて想像以上に時代が変わったことに驚いた。

　しばらく木戸の家に逗留《とうりゅう》した後、勝と庸三は、長州藩に戻った。

「ただいま帰りました」

　勝は、父勝行に帰国の挨拶《あいさつ》を行った。

「務めを果たして、よく無事に帰国してくれた」

　勝行は勝の顔を見て、顔をほころばせる。

「ご心配をおかけしました。英国で学んだことを新しい国造りに生かしたいと思います」

「期待しているぞ。お前が国禁を犯した罪は、幕府が倒れたことで不問に付された。お前が顔を見せたら、すぐに藩庁にまかり出るようにとのお達しだ」

勝行は、満足そうに言った。

勝は、実家に腰を落ち着ける間もなく藩庁に出仕し、「鉱業管理の職」を命じられた。英国で鉱山学を学んでいたからだ。

実家に戻った勝は、勝行に藩庁での役職を報告した。

勝行は、勝が藩庁の仕事に就いたことを素直に喜んだ。

「まずはなによりだ」

「父上、私は早く東京に行き、新政府の仕事をしたいと思っております。特に鉄道の敷設《ふせつ》をやりたいのです。これで新しい国の形を造りたいと思っています」

「鉄道とな?」

「英国国内には縦横に鉄道が敷設され、人々は自由に移動し、物資が大量に運ばれ、生活を豊かにしています。ぜひ我が国も同じようにしたいと考えています」

「どのようなことでも良い。とにもかくにも、国のために尽くしてほしい」

勝行は、頼もしくなった我が子に目を細めた。

勝は藩庁で仕事をしながら、木戸がいつ東京に呼び出してくれるか、一日千秋《いちじつせんしゅう》の思いで待っていた。焦る気持ちが募る。

先に帰国した俊輔は、伊藤博文《いとうひろぶみ》と名乗り、明治元年（一八六八）に兵庫県知事、翌年には会計官権判事《ごんはんじ》、七月には大蔵少輔《おおくらしょうゆう》になっている。

また井上聞多改め井上馨《かおる》は、造幣頭《ぞうへいのかみ》を経て民部大丞《みんぶだいじょう》兼大蔵大丞、そして遠藤謹助は通商権正《つうしょうごんのかみ》となって、それぞれ活躍の場を得ている。

明治の官位は煩雑《はんざつ》だが、現在に合わせるとそれぞれの役職は各省庁の次官の下の審議官、課長クラスではないだろうか。羨《うらや》ましくないと言えば嘘になる。

勝は早く中央に出たいと願っていた。目的はただ一つ。全国に鉄道を敷設したいからだ。そのためにはどうしても政府の仕事に就かねばならない。人間の器械となって鉄道事業に従事しなければ、苦労して英国で学問を修めてきた甲斐がない。

庸三は、藩庁の海軍の教授方助手だ。藩が英国から購入した蒸気船丁卯丸《ていぼうまる》の修理などに従事し、グラスゴーで実地に学んだ技術を藩士に教えている。

ある日、庸三がひょっこり勝を訪ねてきた。

二人は、料亭で酒を酌み交わした。

「まだまだ世情は落ち着かぬなぁ」

庸三が、酒を飲みながら言う。

「脱隊兵のことだな」

長州藩では、庶民らで組織された奇兵隊の再編成に不満な者たちが、千八百名も脱退した。

彼らは翌明治三年（一八七〇）一月に山口藩庁を包囲する暴動を起こし、庸三はその鎮圧に当たることになる。

「そうだ。新しい世の中に対応できず不満を抱えた者が多い。実際、新政府といっても薩摩長州らでなんとかしているだけで、まだまだ旧態依然としている者も多いからな」

実際、庸三の言う通りで、せっかく英国から最先端の技術や学問を学び、習得してきたにもかかわらず、藩庁では若手の一役人に過ぎない。なかなか思うに任せない。不満を飲み込むように勝は、ぐいっと酒を呷《あお》った。

「何か言ってきたか」

庸三が探るような目で見つめた。

「木戸様からか」

勝は庸三の考えがすぐに分かった。木戸が、中央への登用を打診してきたかということだ。

「いや、何も」

勝は、手酌《てじゃく》で酒を飲む。

「博文も馨も謹助も、重要な職に就いている。五年の留学を全《まっと》うして修了証書をもらった俺たち二人を新政府に登用しないのは、如何《いかが》なものか」

庸三は露骨に憤慨《ふんがい》する。

「木戸様が何かを考えてくださっているとは思うが、私も同感だ。これなら俊輔や聞多と一緒に帰国すれば良かったと、ふと思うことがある。腕をふるいたくてむずむずするぞ。もう帰国して一年近くになるからなぁ」

勝は、図らずも伊藤博文や井上馨の旧名を挙げてしまった。

「そんなことを考えてはいけないのだが、彼らの活躍を見ていると、ついなぁ」

庸三も手酌だ。

「庸三、もし新政府に登用されたら、何をやる?」

「そうだな」庸三は、にやりと不敵な笑みを浮かべた。「教育だ。工業教育だ」

「工業教育?」

勝が聞き返す。

「俺は、教育は国家百年の計だと思う。国造りは、人造りだ。俺たちがロンドンに行ったのは、長州藩のために技術を学びに行ったわけだ。その学んだものを俺は今、藩士たちに教えている。俺一人が、二人にも三人にもなるわけだ。彼らはロンドンに行かなくても、ここで俺の工業技術を学び、俺と同じことを身につけることができる。英国には、誰でも学びたい者が学べる学校がいくつもあった。仕事をしながらでも学べるんだ、俺のようにな。そんな学校を作りたい。それが俺の夢だ」

庸三は、少し照れた。

教育は、国家百年の計……。庸三はいいことを考えている。勝は、尊敬に満ちた目で庸三を見た。

「勝は、鉄道か？」

「勿論《もちろん》だ。その思いは変わっていない。クロカネの道を全国に敷設する。鉄道がこの国を形造ると思っている。鉄道で全国の産物を自由に売買する。人々が自由に動く。そこからこの国は一つになっていくんだ」

勝は目を閉じた。瞼《まぶた》の裏には煙を噴き上げ、力強く走る蒸気機関車の姿が映っている。

「俺も鉄道について考えてみた。勝の考えに賛成だ。鉄道は工業技術の粋《すい》を集めたものだ。鉄道を発展させることで、工業技術者も養成することができるだろう。お前の夢に協力する」

庸三が徳利《とつくり》を差し出す。

「その時は、頼んだぞ」

勝が杯で受けた。

「約束する。勝が日本中に鉄道を敷くのを支援するぞ。それにしても、そういう日が来るのを待つしかないのか」

庸三が自分に言い聞かせるように呟《つぶや》く。

「あまり待たせるようなら、我ら二人で中央へ乗り込んで行こう」

勝は力強く言った。

勝と庸三は、最後まで英国に残り、ロンドン大学を優秀な成績で修了した。君命に対して忠実だった。

正直なところ、二人の間には諍《いさか》いも少なくはない。勝の方は、年下にもかかわらず直情径行な性格が災いして、庸三のプライドを傷つけた。また庸三の方は、攘夷運動などで命を懸けたという自負が強く出すぎて、勝を単なる若造と見下げるような態度をとり、勝を苛立《いらだ》たせたこともあった。

しかし今は二人の間に、何かしら強い絆《きずな》というものが芽生えていた。共に厳しい留学生活を全《まっと》うしたという誇りだろうか。

「お互い新しい国を造るために命を惜しまず、働こうではないか」

庸三が杯を高く上げた。

「勿論だ。新しい日本のために」

勝も杯を上げた。

ついにその日が来た。勝に東京へ出てこいと木戸から指示があった。

藩庁は、勝を手放すのに難色を示した。若くて優秀な人材がすべて新政府に召し上げられるのは、嬉しいはずがない。

しかし勝は、早く東京に行き活躍の場を得たい。藩庁に、木戸の申し入れを受けるようにと直談判《じかだんぱん》へと乗り込んだ。

木戸も藩庁に対して、「井上勝のような新しい知識を持っている者を、一地方に埋もらせておくのはもったいない。新政府で働かせて、日本のために尽くさせるべきだ」と強く説得する。

藩庁もようやく納得し、勝は明治二年（一八六九）十一月十三日、大蔵省造幣寮造幣頭兼民部省鉱山司《こうざんし》鉱山正《しょう》に任命された。

勝は上京し、一時的に東京築地《つきじ》西本願寺脇の伊藤博文の屋敷に身を寄せる。そのすぐ近くには大隈重信《おおくましげのぶ》邸があり、多くの人が出入りし、築地梁山泊《りょうざんぱく》と呼ばれた。

奇《く》しくも生涯を通じて関係を続けることになる伊藤と大隈の、すぐ近くに起居することになったのである。

3

「薩摩者はどうも性に合わん。彼らは古すぎる。我々が新政府の方針を決めねば欧米に追いつけない」

木戸が思い切り顔をしかめる。

「彼らはまだ、藩とか藩主とかにこだわっておるんでしょう」

大隈重信も怒りに任せて、妻の綾子《あやこ》にぐいと杯を差し出した。

「おやおや、そんなに怒ってお酒を召し上がると、体に悪うございますよ」

綾子は笑みを浮かべ、やんわりとたしなめた。

「これが怒らずにおられようかの。伊藤さん」

木戸の傍《そば》には伊藤博文が静かに座り、綾子手作りの料理に箸を伸ばしていた。

「せっかく幕府を倒したのに、また幕府と同じようなものを作っては、英国などの欧米列強には太刀打ちできません」

伊藤は答えた。

「だが、ようやく木戸様のおかげで、我々が財政と行政の実務を握りましたゆえ、改革は一気に進みますぞ」

井上馨は自信ありげに言った。

木戸孝允、大隈重信、伊藤博文、そして井上馨らは新政府内で、木戸派の急進改革派官僚と呼ばれていた。

彼らは新政府において、何かにつけて薩摩藩の大久保利通《おおくぼとしみち》らと対立していた。

例えば版籍奉還《はんせきほうかん》という、旧藩主が朝廷に人民や領地を返還するという中央集権化に向けた改革において、木戸らは藩主をそのまま知事にしたり、それを世襲《せしゅう》することに反対した。すると大久保らは急進的すぎると、藩主の知事世襲を認める決定をするという具合だ。

あくまでこれに反対する木戸派の伊藤や井上は辞職を懸けた抗議を行い、なんとか世襲の文字を除くことに成功した。

木戸たちはイギリスやアメリカなど欧米列強のような上院、下院という議会制度を導入し、門閥《もんばつ》に囚《とら》われない人材登用を行おうとしていたのだが、大久保たちは、まだそこまで踏み切ることはできなかった。

改革を急ぐ木戸は、同じ改革派で佐賀藩の中心人物である大隈を参議（参与）にしようと画策したが、失敗。これも大久保らに阻《はば》まれたのだ。木戸は、これに対し露骨《ろこつ》に反発し、病気休養を申し出たこともあった。

しかしその後、気力を取り戻し、木戸は大隈を大蔵兼民部大輔、伊藤を同少輔、井上を同大丞という重要ポストに就けることに成功した。

大蔵、民部という財政、行政の実務を木戸派で握ることができたのだ。

木戸たちは、大隈邸で綾子の手料理を囲み、大久保たちへの不満を肴《さかな》に酒を酌み交わしていた。口では憤慨しながらも意気は上がっている。

「今日は、また一人、改革派の仲間を紹介したい」

木戸は、「入れ」と背後の襖《ふすま》に声をかけた。

襖が開いた。

「失礼します」

勝《まさる》は、やや緊張した表情で木戸たちの前に出る。

「弥吉、いや今は井上勝になったんだな。よく上京してきてくれた」

伊藤が心底嬉しそうに表情を崩した。

「ご存知の井上勝君だ。やっと説得して上京してきてもらった。当面は、馨君の後任として造幣頭をやってもらう。得意分野である鉱山正も兼ねてもらうがね。我が木戸派の重要な戦力になってくれるだろう」

木戸も相好《そうごう》を崩す。

「失礼します。井上勝です。よろしくお願いします」

勝は大柄な体を窮屈《きゅうくつ》そうにして頭を下げた。

「堅い挨拶は抜きだ。勝は、大いに飲めるんだから、こっちに座って飲もうじゃないか」

井上馨が明るい笑みを浮かべ、手招きした。

勝は、馨に招かれるままその隣に座った。

井上馨と会うのは、彼が伊藤と共に急遽《きゆうきよ》、帰国して以来だから、四年半ぶりではないだろうか。

馨が攘夷派に斬られたと聞いて心配をしたこともあったが、目の前にいるのは、全く昔と変わらぬ前向きで、陽気な男だ。

ただし勝は、時代が大きく変わったと馨と伊藤を見て実感していた。

幕府が健在であった時は、井上馨は武士の身分だったが、伊藤博文は足軽であり、士分に取り立ててもらえるかどうかという低い身分だった。

身分制度が絶対であった幕府体制下では、伊藤にどれだけ才能があろうとも、井上馨の地位を伊藤が逆転することはあり得ない。

しかし明治になり、二人の地位は逆転した。伊藤の方が、馨よりも上になっている。馨が、そのことを気にしているように見えないのは安心だが、才能と努力次第で、いくらでも出世できる時代が来たということか、と勝は感慨深く思う。

自分はどうであろうか。幸い木戸からも期待されている。また伊藤とも関係は良い。努力次第で出世できるのだろうか。

それにしても……、勝は思わず口に出そうになる。

伊藤と馨の出世ぶりには驚く。二人とも新政府の中で重要な地位を占め、中心人物である木戸の腹心の地位を獲得している。

堂々たる風格を身につけ、六年前に逃亡同然で、未来も判然としないまま波に揺られて英国に渡った頃とは大違いだ。

二人は、長州が攘夷にのめり込むのを食い止めるために、留学を中断して帰国した。それは、死を覚悟しての決断だった。その目的は達成することはできなかったが、その後の幕府との戦い、新政府樹立の際に、木戸の下で大きな働きがあったのだろう。

もしあの時、自分が帰国していたら……。ふと、勝は想像した。伊藤や馨と同じ活躍をしたであろうか。

勝は、薄く笑みをこぼした。自分は、残って英国の最先端の技術を学び、人間の器械になる道を選択したのだ。そのことに後悔をすれば、自分自身を否定することになる。伊藤や馨に嫉妬しても詮《せん》なきことだ。

五年半の英国暮らしで、浦島太郎のように時代の変化に置き去りにされたのではないかと恨めしく思ってはいけない。

先ほどから彼らの話を聞いていると、新政府内も派閥争いでなかなか面倒なようだ。

そんなことに巻き込まれ、貴重な時間を費やしたくはない。私は、良い仕事をしたい。人間の器械となって後世に残るような仕事をしたい。自分の仕事をするのだ。出世は、後からついてくる。出世を目的に働くのではない。

他人の出世を羨むより、自分の仕事をしなければならない。それが自分で選択した道である。

「勝は、私と違い、ロンドンでちゃんと勉強をしてきました。彼ほど新しい技術を習得した人間はいないと、私は高く評価しています。新政府でも大いに活躍してくれるでしょう。勝、決意を語ってくれ」

伊藤が目を細めた。

「私、井上勝は、君命によりロンドン大学において鉱山学、化学など多くのことを学び、実際の技術等も習得いたしました。新政府においても存分に働かせていただく所存であります。ぜひともこの井上勝という器械を、よく使いこなしていただけますようにお願い申し上げます」

勝は伊藤に促されるまま、一同に自分の決意を披瀝《ひれき》した。人間の器械になる。これこそが、これからの自分の生き方だ。

「勝のような猪突猛進《ちょとつもうしん》の猪《いのしし》侍を使いこなすのは、なかなか苦労なことだ」

井上馨が、明るく笑う。

「確かに猪侍かもしれませんが、馨さんのように刀を担保に留学するようなまねはできませぬ」

勝は、馨がジャーディン・マセソン商会のガワーに対して、自分の刀を担保として交渉し、留学への支援を勝ち取った逸話《いつわ》を紹介して、笑いを誘った。

「猪突猛進では、どっちもどっちだな」

木戸は大きく笑った。

「一度、お会いしたことがありますね」

大隈が、勝を見て尋ねた。

「はい、江藤新平《えとうしんぺい》殿に佐賀で鉄道を見せていただきました際、ご一緒させていただきました」

勝は答えた。

「ああ、あの時の……。一緒に列車の模型が走るのを見ましたね」

「そうです。あれ以来、私は鉄道に魅《み》せられました。ところで江藤殿はお元気でしょうか」

勝は聞いた。

「元気、元気、大変な元気だ。新平は佐賀随一《ずいいち》の男である。藩政を改革した後、太政官府《だじょうかんふ》で中弁《ちゅうべん》に任命された。太政官府は、政策立案の中枢。そこで大いに働いている」

大隈は嬉しそうに話した。同じ佐賀藩出身の江藤の活躍が自慢なのだろう。

太政官府は、今の内閣府のようなもの。そこの中弁とは各省の少輔（次官）に相当する官位だが、大弁《だいべん》を長官とするなら江藤は次官だ。

実は江藤は、大弁への就任を乞《こ》われたのだが、身分制度の残滓《ざんし》か、大弁には通常、家格の高い公家が就任することになっており、辞退したらしい。しかし大弁よりも中弁の方が、身軽で動きやすいと考えたのではないだろうか。

「あの江藤は、切れ者だわ。しかし大久保が呼び寄せたのだが、一方で切れすぎて警戒もされているぞ。江藤にあまり急ぐでないと注意された方がいい」

木戸が大隈を見て、眉根を寄せた。

「江藤は聞かないでしょう。改革派の上を行く、急進派とでも申すのが、江藤です。しかし江藤の考えは新しい国造りに絶対に必要であり、木戸様にもぜひ支援していただきたい」

大隈は丁寧に頭を下げた。

「私も江藤殿の鉄道に関する卓見に感激し、英国では可能な限り鉄道に関する知識や技術を学んできました。帰国しましたからには、江藤殿にもぜひお会いして英国の鉄道事情をご報告したいと願っております」

勝は木戸に言った。

「ほほう、勝は鉄道に関心があるのか」

木戸は表情を緩めた。

「江藤殿は、私に鉄道模型が動くところを見せ、東京と京都の間を鉄道で結び、それを全国に広げれば、日本は一つになると申されました。クロカネの道が、人々の暮らしを豊かにすると言われたのです。私は、煙を吐いて動く鉄道模型を見ながら、すごいことをおっしゃる人だと感心しましたが、英国に行き、そのことを実感しました。英国は国中に鉄道が敷かれ、多くの人が自由に行き来し、各地の産物の交易が盛んに行われています。一方で我が国では、例えば東北で米が足りなくなれば、飢饉《ききん》になるのが現状です。しかし余っているところから米を鉄道で送れば、飢饉から人々は救われます。是が非でも新政府では鉄道を全国に敷設するべきです。その仕事を私に果たさせていただきたいと願っています」

強い口調で、勝は言った。

「勝は以前から鉄道の夢を語っていたな」

伊藤が何度も頷《うなず》く。勝の意気込みに感銘を受けたのだ。

「いい人材を得ましたな。鉄道にこれだけの意欲を持ってくれるとは。私たちも鉄道敷設には大いに関心を持っている。ぜひ進めたいと思っているのだが……」

大隈の表情が曇《くも》った。

「実はな、鉄道に関しては困った問題が起きているのだ」

木戸は勝を見つめた。

4

話はさかのぼるが、慶応《けいおう》三年（一八六七）十月十四日に、将軍徳川慶喜は天皇に大政奉還し、約二百六十年も続いた徳川幕府は倒れ、天皇を中心とした新しい時代が始まった。

ところが同じ年の十二月に幕府は、アメリカに江戸（東京）―横浜間の鉄道建設を許可する。

幕府老中《ろうじゆう》小笠原壱岐守長行《おがさわらいきのかみながみち》が、アメリカ公使館書記官アントン・ポートマンからの、蒸気機関車を走らせたいとの要望に対して認可したのである。

条件は、着工後三年以内に完成すること、もし五年以内に着手しなければ認可は無効になること、さらには後日、日本政府が鉄道を買い上げる際の条件なども決められた。

ポートマンは、新政府にこの認可の継続を求めてきた。政権が明治政府に移った以上、契約を再確認し、継続することは当然だというのが彼の主張である。

鉄道敷設の認可を与えた時には、すでに幕府は倒れているため、そもそも小笠原壱岐守に鉄道敷設の認可権限はない。そのことを説明し、認可は無効だと主張してもポートマンは承知しない。

彼は明治維新で新政府が発足したことは、単なる政権交代だと考えていた。よしんば革命と認めたとしても、幕府が行った認可の無効を簡単に認めるわけにはいかない。他国も日本の鉄道敷設に参入すべく、新政府に必死で働きかけているからだ。アメリカとしたら、一度摑《つか》んだ鉄道敷設の権利を手放すことは絶対にできない。

「こんな認可があることは寝耳に水だった。拒否してもいいのだが、相手はアメリカだ。無下《むげ》に断るわけにはいかない。それで悩んでいるのだ」

木戸は表情を歪《ゆが》めた。

「勝《まさる》、これが認可書だ。これを読んで、意見を聞かせてくれないか」

伊藤は勝に認可書を見せた。それには鮮やかな朱色の小笠原壱岐守の花押《かおう》が押されている。

勝は、伊藤から認可書を受け取ると、すぐに目を通した。

そして読み終えると、伊藤たちの顔を見つめて、「鉄道事業は私たち日本人の手でやるべきです。外国人の手で作られ、外国人の手で経営されるということは、植民地になるのと同じです」と、強い口調で言い切った。

大隈と馨が、同時に「おおっ」と小さく驚きの声を上げた。

伊藤は、我が意を得たりとでもいうように、満足そうに頷いた。

「できるか」

木戸が冷静に、勝に質《ただ》した。

勝は、まっすぐに木戸を見つめた。

「できるかと迷うより先に、やるべきです。鉄道が誕生した英国では、鉄道の発達が産業革命を推し進め、世界一の工業国となりました。日本も同様に鉄道敷設が契機となり、産業革命が起き、世界の工業国へ仲間入りをすることができるでしょう。鉄道敷設の技術、蒸気機関車など多くのものは、まだ外国に頼らざるを得ません。しかし我が国の力で敷設し、運行することが重要です。国民は歓喜し、自信を持ち、新政府への信頼が増すことになるでしょう。ポートマンへの認可は破棄《はき》するべきです。そして鉄道敷設を、可能ならば私にやらせていただきたい」

勝は、自信に満ちた表情で話し終えた。

鉄道敷設は、私の夢だ。幕府が鉄道敷設を考えていたとは驚きだが、新政府もその重要性は認識している。これを自分の手でやりたい。勝は強く願った。

「我々の意見が一致しましたな。迷わず自国管轄方針で行きましょう。自ら敷設するのです」

大隈が言った。

「実際、東京の米価格高騰《こうとう》を抑《おさ》えることができれば、新政府への国民の信頼は大きくなるはずです」

伊藤が深刻な表情を浮かべた。

「東北、九州の米どころは不作。一方で越後では豊作。越後の米を東京に運ぶことができたら、どれほど助かるでしょうか」

馨も表情を曇らせる。

「各地の産物が鉄道によって自由に運べるようになれば、国民の生活は豊かになるでしょう。新政府がまずやるべきは鉄道の敷設です」

勝は、自信を漲《みなぎ》らせた。

東京の米の高騰を招いているのは、東北、九州の米の不作が第一の要因ではあるが、輸送手段が限られていることも大きい。

「ははは」伊藤が笑った。「勝は、パークスと同じことを言うな。さすがはイギリス帰りだ」

「パークスとは、イギリス駐日公使のパークス氏ですか？」

勝は聞いた。

「パークスは、アメリカの申し入れは断り、日本が自ら鉄道敷設をするべきだと言っている。技術や資本面で、イギリスは全面的に支援するとも申し出てきている。パークスは、アメリカの言いなりに鉄道を作れば、勝の言う通り植民地になるだろうと警告している」

伊藤は答えた。

「さすがイギリスですね。たいした商売人です。新政府が、幕府が結んだ契約を破棄すると予想しているのでしょう」

勝は笑みを浮かべた。

「イギリスは鉄道発祥の国だ。そのノウハウを提供すると言っている。アメリカが主張するように、何もかも向こうに任せるのは得策ではないと思う。しかし政府内にも色々な意見があり、迷っていたが、勝の意見で腹が決まった」

伊藤が満足げに言った。

「イギリスには世話になった。鉄道敷設を相談するに相応《ふさわ》しい国だろう」

馨が言った。

「アメリカ政府の抵抗は強いでしょう。しかし、我が国の自立のためです。断固として謝絶することに決します」

木戸が全員を見渡し、硬い表情で言った。勝は、新政府の中で自分のなすべき仕事が見つかったという期待感で、胸を震わせていた。

アメリカとの認可契約破棄の交渉は難航を極めた。しかし勝にとって、交渉の難航は好都合だ。活躍の場が増えるからだ。

新政府は改めて、アメリカに対し、日本人が自力で鉄道を敷設・運営するので認可を取り消す旨《むね》を伝えた。

さっそくアメリカ公使チャールズ・デロングが、待っていたように抗議書を送りつけてきた。

すでに測量や建設に関わる人員、資材などを準備し終えている。もし認可を取り消すなら、損害賠償請求も辞さない。また当然ながら、日米両国の友好関係に亀裂《きれつ》が入るだろう。

抗議書にはアメリカの憤激が満ちている。

これに対して大隈たちは、アメリカに交付した鉄道敷設の認可書は、新政府に政権が移った後に、幕府老中小笠原壱岐守が独断で交付したものであり、新政府が継承すべきものではないと、明治三年（一八七〇）一月六日付で回答した。

アメリカはさらに態度を硬化させ、「新政府は、慶応四年（一八六八）一月十日付公文にて幕府時代の対外義務をすべて引き受けると申していたではないか。したがってアメリカに交付した認可書は有効である」と主張してきた。

「困った、困った」

大隈は、アメリカ公使デロングの予想していた以上の強い抗議に頭を悩ませていた。

「なかなか納得しませんな」

伊藤も苦渋《くじゅう》の色を滲《にじ》ませている。

「弱気にならず、なんとか今日の交渉でまとめるように努力しましょう」

勝は、デロングとの交渉の通訳を任されている。

「しっかりと通訳を頼むぞ」

大隈は勝の肩を叩いた。

三人は、会見の場に臨んだ。

デロングは、すでに通訳を隣に座らせ待っていた。ポートマンもいる。自分が獲得した認可書が反故《ほご》にされ、情報によると英国が代わりに新政府と手を組む可能性がある。これは許すことができない。絶対に認可を継続してやるという決意に満ち満ちた顔を、こちらに向けている。熱気が通訳する勝にまで伝わり、圧倒されそうになるのをぐっと耐える。

〈さあ、始めましょう〉

デロングがゴングを鳴らした。

「日本政府は、自国で鉄道を敷設することに決めました。したがってアメリカへの、鉄道の敷設並びに運行を任せるという認可は取り消します。この考えは変わらない」

大隈がいきなりストレートなパンチを繰り出す。

勝は大隈の勢いのまま通訳をする。

〈君たちは、国際法の常識を知らない。契約は政府が変わっても有効なのだ。契約を反故にするような政府では、国際的な信用は得られない。我がアメリカ政府も君たちを信用しない。これは大きな損失であろう。我々との契約を反故にするなら、今後一切、アメリカ政府は君たちを支援しない〉

デロングはひるまず打ち返す。もともと強気で知られた政治家だ。大隈や伊藤ごときにやられてたまるか、という顔をしている。

勝は、相手方の通訳が正確かどうかを注意深く聞いている。

大隈が勝に視線を送る。通訳の正確性を確認しているのだ。勝が、頷く。デロングの怒りは本物だ、と黙して合図を送る。

「私たちは日本人の手で鉄道を作り、それを運行する道を選択します。それが新しい国造りには絶対に必要です。アメリカ政府は大きな心で、ここは一旦、矛《ほこ》を収めていただきたい。そうすることで長く友好的な関係を築けるものと確信します」

伊藤が冷静な口調で発言する。勝は、伊藤の言葉をそのまま通訳するのではなく、最後に「我が国との良好な関係は、アメリカにとってもメリットが大きい」と付け加えた。伊藤が、勝の意図を見抜き、笑みを浮かべた。

デロングとの交渉は、平行線をたどった。双方が自分の考えを主張するだけで、妥協点を見出すことを拒否しているからだ。

大隈や伊藤は、ポートマンに与えた認可書は小笠原壱岐守が独断で行ったものであり、幕府が正式に関与していない以上、新政府が継承する義務はないと主張し続けた。

勝は、必死で通訳する。交渉が決裂しないように努力したが、デロングは、まるで全身の血液を顔に集めたような赤ら顔になり、怒りの言葉を発し続ける。

〈君たちにはほとほと失望した。我が方は、諦めない。いかなる手段を講じても、この認可が新政府においても有効であるとの姿勢を崩すことはない〉

デロングは椅子を蹴って立ち上がった。

「我が方も、譲る気はない」

大隈も立ち上がり、毅然《きぜん》と言い放った。

勝の通訳も必然的に激しい口調となり、これで交渉決裂かと思ったが……。あっと驚いた。デロングが勝に近づき、握手を求めてきたのだ。

勝もそれに応じて手を差し出す。その手をデロングが強く握りしめた。

〈あなたの通訳は素晴らしい。問題の解決に至らなかったのは残念だが、あなたのように英語を話すことができる人材が日本にいると知ったことは、非常に意義深いことです〉

デロングは怒りの表情を解き、笑みを浮かべた。

〈恐縮です。私は、ロンドンに五年もおりましたので、なんとか英語を身につけることができました。あなたも長く日本に踏みとどまってください。きっと日本語を流暢《りゅうちょう》に話されるようになるでしょう。そしてぜひとも、この国の発展をご支援ください〉

勝も笑みで答えた。

〈大隈さん、伊藤さん、貴国は人材が豊富ですな。あなどることなく、今後とも我が国は心して対処します〉

デロングはにやりとした。勝は通訳すべきか迷った。しかし大隈も伊藤もデロングの意図を十分に理解したのか、薄く微笑《ほほえ》み、〈サンキュウ〉とだけ返事をした。

アメリカとは交渉決裂したが、同時に大隈たちはイギリスと交渉を始めていた。

アメリカへの認可は取り消したものの、新政府としては、鉄道敷設を最優先の課題と考えていたのだ。勝の活躍の場は一層、広がっていく。

5

勝《まさる》は、さらに通訳としての活躍の場を与えられた。

明治二年（一八六九）十月、伊藤博文邸でイギリス人のホレシオ・ネルソン・レイと、大隈、伊藤との間で鉄道敷設に関する会談が行われた。

鉄道敷設を急ぐ新政府は、イギリス駐日公使パークスの紹介するレイと、具体的な協議に入ることを決めたのだ。

伊藤邸に寄宿していた勝は、当然のこととして伊藤から通訳を依頼された。

アメリカ公使デロングとの交渉に続き、勝に通訳の仕事が任されたのは、大隈や伊藤の信頼が厚いことの証《あかし》である。

——それにしても伊藤はすごい。新政府の意思決定という重責を担っている。

勝には、伊藤の輝きがまぶしい。

——やはりあの時、英国に残るか否かで、これだけの違いが出てしまったのだろうか。

伊藤を羨ましく思わないでもない。勝は、大きく頭を振り、邪念《じゃねん》を払った。

伊藤は、最初の出会いの時から優秀な人材で、勝は兄とも慕っていた。命懸けで国事に奔走《ほんそう》した成果が、今の重責なのだ。

一方、勝は、イギリスで人間の器械となるべく努力を続けてきた。今がその成果を見せる時ではないか。すべてはここから始まるのだ。

伊藤は、幸いにも鉄道敷設に大いに意欲を見せている。日本中にクロカネの道を作るという夢を果たすには、新政府内で活躍する伊藤の支持が絶対に必要だ。夢を叶えるためには伊藤に信頼されることが最も近道、有効な道だ。

「勝、今回も素晴らしい通訳を頼むぞ」

伊藤は、勝の肩をぽんと叩いた。

「お任せください」

勝は、不敵な笑みを浮かべた。

レイは一八三二年、ロンドン生まれ。清国《しんこく》で通訳官などを経て、総税務司として関税部門の実権を握ったこともある。清国で鉄道事業を企《くわだ》てたが、上手くいかず、日本でそれを実現したいと考えていた。

レイは、たっぷりとした顎鬚《あごひげ》を右手で撫《な》でながら、席についた。濃い眉《まゆ》をぴくぴくと動かし、いかにも食えない交渉上手という風貌の人物だ。清国で長く暮らし、百戦錬磨《ひゃくせんれんま》の商人や官僚たちを相手にしてきただけのことはある。

〈私は、駐日公使パークスと非常に親しくしております。この度、日本政府が鉄道敷設するにあたり、私の経験が役に立つだろうと申されまして、まかり越しました〉

レイは、挨拶もそこそこに話し始めた。自信に溢れた口調であり、鉄道が如何《いか》に新政府にとって有効な統治手段であるかを、滔々《とうとう》と説明した。

――なかなか山っ気のある人物だな。

勝は思った。英国人とは多く付き合ったが、たいていは謙虚《けんきょ》で慎み深い人が多かったからだ。

〈東京を中心にして鉄道を全国に普及させれば、人、物の流れが活発になり、その結果、人心までが一つになり、統一国家に近づくことができるでしょう。私の考えでは、まず東京と京都という東西の両都を結び、その次は東京―横浜間、そして西では敦賀《つるが》と琵琶湖《びわこ》、神戸、大阪を考えています。それぞれ人および物流の拠点同士を結びつけるのです〉

勝は、なるほどと思った。レイという人物は、日本の事情について知悉《ちしつ》しているようだ。

「旧幕府の人間がアメリカとの間で認可書を勝手に取り交わし、その破棄に苦労しております」

伊藤の発言を勝が通訳した。

〈その情報は得ております。アメリカの提案を受け入れてはいけません。経営はあくまで、日本政府の手で行うべきであります。これを外国人に任せたら、政府の権威を失わしめることになるでしょう。もし我が国の支援を受けることになれば、アメリカは色々と言ってくるでしょうが、新政府として突っぱねればよろしい。既成事実を積み重ねれば、アメリカはおとなしくなります〉

レイは強気で言った。

日本の鉄道敷設を巡ってアメリカが先行していたのを逆転する使命を、パークスやレイは担っているのだろう。

「清国では、なぜあなたの提案は上手くいかなかったのですか」

大隈が聞く。

〈清国はダメですな。英国に良い感情を抱《いだ》いていない。だから私の提案に聞く耳を持たない。鉄道から得られる収入を担保にして公債を発行し、それをイギリスの銀行が引き受けるとの提案をしたのですが、まとまらなかった。私にお任せいただけ

れば、鉄道敷設の資金から人材、資材など、何もかも準備します。ご安心ください〉

清国は一八四〇年に勃発《ぼっぱつ》したアヘン戦争で、英国に手ひどい敗北を喫した。そのため、鉄道敷設を任せるなどという考えに至らなかったのだろうか。

〈資金も人材も準備していただけるのですか。お任せしても大丈夫なのですか〉

伊藤は身を乗り出して、自ら英語で話した。

早期に鉄道敷設を実行に移したいという強い思いに突き動かされている伊藤の琴線に、レイの強気が大きく共鳴したのだろう。

勝は、やや危うさを感じた。アメリカへの認可は日本の独立性を侵すものだから論外とはいえ、英国にすべて任せるのも五十歩百歩ではないか。

勝は、じりじりとした焦りにも似た思いに囚われた。

鉄道敷設に関わる通訳を任されてはいるが、政府内での役職は鉱山正である。鉄道には関与できない。このままでは、英国の思い通りの鉄道が作られてしまう。鉄道敷設や運行技術を日本で育てるためには、日本人の手で鉄道を敷設しなければならない。そのためには一日でも早く、自分自身が鉄道の責任者になるべきだと強く決意していた。

〈お任せください。私がすべて手配します。素晴らしい鉄道を、日本のために用意

します〉

レイは自信溢れる様子で、ほくそ笑んだ。

レイとの交渉の後、明治二年（一八六九）十一月十日に鉄道を東京―京都間、東京―横浜間、琵琶湖―敦賀間、京都―神戸間に敷設することを、廟議《びょうぎ》で正式決定した。

資金調達に関しては、「英国より金銀借入方条約取結の全権を委任する」旨が、民部兼大蔵卿伊達宗城《だてむねなり》、民部兼大蔵大輔大隈重信、民部兼大蔵少輔伊藤博文の三人に通達された。実質的には大隈と伊藤が中心となった。

伊藤らはレイとの間で、全費用三〇〇万ポンドのうち一〇〇万ポンドの調達について、関税と鉄道収入を見返りに私募債を発行することで合意した。金利は一二%。また技師や職工、資材など、鉄道敷設に関わる一切をレイに一任した。

「なにもかもレイに任せて大丈夫でしょうか」

勝は、伊藤に懸念を伝えた。

「心配するな。レイは日本のことをよく知っている。信用できるだろう」

伊藤は、なによりも早期着手を優先していた。

政府内には、早急な鉄道敷設に反対する勢力がある。

特に監察機関である弾正台《だんじょうだい》や西郷隆盛《さいごうたかもり》、黒田清隆《くろだきよたか》などの反対は強く、大隈や伊藤としても無視できなかった。

「国力を省みないで外国の盛大をいたずらに羨み、みだりに事を急いではいけない。ついには本体が疲弊《ひへい》し、立ち行かなくなる恐れがある。今は、蒸気仕掛け鉄道を敷設するなどということはせず、国家の根本を固くし、兵勢の充実に努めねばならないのではないか。鉄道など不要不急の事業に冗費を費やすのではなく、軍艦などを建造し、国家統一を進めるべきであろう」

西郷隆盛は、鉄道敷設を進めようとする改革派の木戸や大隈、伊藤を責めた。

また同じ薩摩の黒田清隆は、「鉄道を作るなんてもっての外《ほか》だ。そんなものを作れば、日本は危ない。国を誤ることになる。鉄道に乗って敵が攻めて来たらどうなると思っているんだ」と、大隈や伊藤の名を挙げて奸臣《かんしん》と罵《ののし》った。

鉄道敷設に名を借りた、薩摩閥と長州閥との派閥争いと言えるかもしれない。

薩摩側は鉄道敷設に反対していたが、それ以上に英国から資金を借りることは断じて許さないと主張していた。英国の植民地同然になると主張した。

「西郷殿などが強く反対されていると聞きますが」

勝は伊藤に言った。

「外の空気を吸ったことがある者とない者との差だ。いずれお分かりいただけるだろう」

伊藤は厳しい表情で言った。

「黒田殿などは、伊藤さんや大隈さんを斬れとまで言われているように聞いています。御一新の世になったというのに、まだ旧幕府時代のおつもりなのでしょうか。腹立たしい限りです。伊藤さん、ぜひとも慎重にお願いします。とりあえず英国に任せるにしても、早期に私に鉄道をお任せください」

勝は思い切って伊藤に申し出た。

伊藤は、我が意を得たりと薄く微笑んで、「弥吉の気持ちはちゃんと分かっている。任せろ」と、留学時代の名前で親しみを込めて呼んだ。

勝の懸念通り、レイとの間で問題が発生する。

ロンドン・タイムズ紙に、日本帝国国債の公募増資の記事が掲載された。それを見た大隈と伊藤は激怒した。

レイには何度も、公募ではなく私募であることを念押ししていた。ところが公募になっていたのだ。

これで、イギリスから資金を借りることを秘密にしていたのが、政府内で公になってしまった。西郷たちの非難がさらに強まるだろう。

関税や鉄道収入を担保にするという条件が表面化してしまったことで、日本の財産を勝手に担保に差し出すのかと攻撃してくるに違いない。また国際社会からも、関税を担保にするとは、日本の財政状況が想像以上に厳しいのではないかと勘繰《かんぐ》られてしまう。

それよりなにより許せないのは、日本側に金利一二％で貸し付けながら、レイが募集した公募債は九％だということだ。レイが、三％を中間マージンとして利益を得ているのだ。

「許せん」

伊藤は、すぐに行動した。なんとか解決しなければ、鉄道敷設が夢と消えるばかりではなく、政府部内で大隈、伊藤の失策だと攻撃され、失脚して二度と復活できないだろう。

「すぐにレイとの契約を解除すべきです」

勝は、伊藤に具申した。

伊藤は、大隈と諮《はか》り、レイに対して契約解除を通知し、彼の権限を横浜に支店があるイギリスの東洋（オリエンタル）銀行に移譲した。

レイが実施した公募に応じた人に返金、または証券の買い上げを行い、この処理が終了すれば一人、ないしは数人に対して三〇〇万ポンドを上限に私募起債することを東洋銀行に依頼したのだ。

さらに政府はこの問題の解決のために、大蔵大丞上野《うえの》景範《かげのり》を正使、租税権正《ごんのかみ》前島密《じまひそか》を副使としてイギリスに派遣し、レイとの問題解決に当たらせた。

伊藤の素早い行動には、勝も目を瞠った。さすが維新の激動を駆け抜けてきただけのことはある。あとは、レイが納得するかどうかだけだ。

勝は、伊藤を手助けしたいと考えたが、静観するしかないのが悔しい。

レイは納得しない。契約不履行ではないと憤《いきどお》る。

一〇〇万ポンドもの金額を私募で集めるのは困難であり、公募もやむを得ない。金利九％で資金が集められるのなら、差額の三％を手数料として得ることは当然である。関税担保の件を公表しないとは、日本政府と約束していない。レイは強く主張する。

レイに全面的に任せた伊藤の責任だと非難する声が、勝の耳にも入ってくる。

ある時、勝が伊藤と話しているところに、鉄道敷設反対派である黒田清隆がやってきた。欧米視察に出発する挨拶だった。

「難しくなっていますな。鉄道なんか急いで作ろうとするからですよ」

黒田は鼻を鳴らしてせせら笑った。

勝は、かっと怒りがこみ上げてきた。猪侍の真骨頂《しんこっちょう》だ。しかし相手は、今や薩摩閥の重鎮である。勝の言動次第では薩長の争いに発展しかねない。

「いよいよ海を渡られるようですね。海で良かったじゃないですか。陸なら鉄道がなければ、どんなに遠くても歩いて行かねばなりませんからね」

　勝は皮肉たっぷりに言った。

「つまらんことを言うな。船を利用すべきところは利用する。歩くところは歩く。鉄道敷設にうつつを抜かしている暇はない。今、この国のためにやるべきことはいくらでもある。貴公らのように焦って契約を進めるから、騙《だま》されるんだ」

　黒田はみるみる険しい表情になり、今にも殴りかからんばかりだ。

「鉄道は日本のために最優先で進めるべき事業です。黒田殿のような考え方が間違っています」

　勝は、負けじと黒田を睨《にら》みつけた。

「なんだと、この外国かぶれめ！」

　黒田が唾《つば》を飛ばして怒《ど》鳴《な》った。

「ようくその目を見開いて欧米を見てきてください。鉄道にも乗ってきてください。議論はそれからにしましょう」

　勝も声を荒らげた。

「勝、もういい。黒田殿と議論するのは、それくらいにしろ」伊藤が間に入った。そして黒田に向かって、「欧米をとくと見聞してきてください。帰国されるまでにはこの問題も解決しているでしょう」と言い、静かに低頭した。

「外国に日本の魂を売るようなことだけは、しないでもらいたい。私は、何があっても貴公らのように外国かぶれにはならん」

黒田は吐き捨てるように言い、その場を去って行った。

「伊藤さん、黒田殿はどうしようもない人ですね」

勝は、まだ興奮が収まらない。

「捨て置け。ああいう人に限って、欧米から帰って来ると我々以上に欧米に感化されているものだ。そう相場が決まっている」

伊藤が口角を引き上げ、笑みを浮かべたように見えたが、目は少しも笑ってはいない。

「レイの問題はどうなりますか。アメリカのデロング公使も引き続き、色々文句を言ってきています」

勝は顔を歪めた。

「レイの方は、解決金などを支払って決着するように、イギリスに行っている上野公にお願いした。デロング公使の方は時間が解決するだろう。そう案じるでない」

「私に何もできることがないのを、歯がゆく思っております」

「そんなことはない。勝に力を発揮してもらう舞台は考えている。おお、そうだ」

伊藤は何かに気づいたような表情になった。「今度、庸三も新政府に迎え入れることにした。庸三には、工業方面をやってもらうことにする。あいつの望み通りにな」

明治三年(一八七〇)、庸三は民部省民部権大丞となった。

「それは楽しみです。いよいよ密航組五人全員が、新政府の人間の器械となる時が来たのですね」

勝は高揚した気持ちになり、頬《ほお》が火照《ほて》るような感動を覚えた。

「ああ、その器械がこの国を動かすんだ」

伊藤は力を込めて言った。

6

明治三年(一八七〇)三月九日、エドモンド・モレルが来日した。

レイが雇った鉄道建築技師である。レイとの鉄道敷設に関わる契約は解除したが、彼が雇った技師らは採用することにしたのだ。

モレルは、イギリスのロンドンに生まれ、キングスカレッジスクールなどで物理、化学などを、ドイツやパリの工業学校で技術を学び、習得したという。

卒業後は英国土木学会の準会員に認められたというから、成績は優秀だったのだろう。

その後、オーストラリアやニュージーランド、ボルネオのラブアンなどで鉄道建設に従事した経験がある。

鉄道技師を探していたレイとセイロン（現スリランカ）のガレで面談し、直《ただ》ちに日本に行くよう要請された。モレルは、夫人ハリエット同伴で来日した。

伊藤はモレルの経歴書を見て、「誠実な人物のようだ。鉄道建設には十分な経験があるとは言えないが、日本の鉄道敷設には不足はないだろう」と思い、技師長として採用することにした。

ところがモレルは、伊藤の想像以上の人物だったのである。

「おい、勝、モレルはすごいぞ」

勝《まさる》の部屋に伊藤が飛び込んできた。非常に興奮している。

「どうしましたか。何かいいことでもありましたか」

勝は聞いた。

帰国以来、伊藤邸に寄宿させてもらっている。伊藤を通じて国家の重要事項に接することができるのはいいのだが、そろそろ自分の家を持ちたい。何かあるたびに伊藤が部屋に飛び込んでくるのは、考えものだ。

「レイには、色々苦労させられたが、モレルは掘り出し物だ」伊藤は勢い込んで言い、「これを読んでみろ」と書類を差し出した。

「モレルが我が国の工業化政策について提言したものだ。内容がすこぶるいい」

勝は、書類に目を通した。

モレルは、一つの官庁で鉄道、道路、港湾、灯台、鉱山などを管轄し、責任ある長官の下で工業行政を一本化すべきで、加えて日本人技術者養成のため、東京、または大阪に技術学校を創設すべきだと提言している。

「今、我々は製鉄や鉱山など、小さな局に分かれて仕事をしている。やむを得んことだ。それぞれの事業が先行して始まっているわけだからな」

伊藤の言う通り、新政府ではまず事業ありきだ。事業を担いたいという人物に任せている。たとえば、鉱山を発掘したいと誰かが言えば、鉱山局が出来、そこが管轄するというような具合だ。

今度、鉄道を敷設することになれば、鉄道局が出来ることになるだろう。各局が大きな方針なしに、ばらばらに動いている。

勝も伊藤も、このような状態はなんとか改善したいと考えていたが、事業は一旦、動き出すと、そこには利権めいたものが生まれ、容易に改革し難《がた》い。

「モレルは、欧州には公共土木に独立の官庁が設置されていると書いていますね。

このモレルの提言を受けて、改革を進めようというのですか」

「私はかねてから、日本の工業化推進のためには全体を統轄する官庁が必要であり、かつ学校など教育機関も必要だと主張していたんだ。これには庸三も強く賛成してくれていた」

勝は、庸三の名前が伊藤の口から出てきたことに驚いた。

庸三が工業教育のための学校を作りたいと希望していたことは、何度も聞いたことがある。庸三も新政府で重きをなしている伊藤の助けを借りて、自分の夢を実現しようとしているのだろう。

「庸三は、私に『工部省』を作り、その下に一本化して日本の工業化政策を進めねばならないと、しつこく言ってきていたんだ。このモレルの提言は渡りに船だ。ところが、大久保利通殿や岩倉具視《いわくらともみ》公は、まだ時期尚早と渋っておられる。自分たちの力が分散することを嫌っておられるのと、なにかと利権が絡《から》んでいるからな」

「モレルを招いて、色々と話を聞いたらどうですか。その話次第で、モレルの力も借りて伊藤さんの構想を実現しましょう」

勝は、伊藤に提案した。

伊藤の表情が、さらに笑みで緩んだ。

「よし、早速、招待しよう。勝、同席してくれ」

モレルは、ハリエット夫人と共に伊藤邸にやってきた。

一八四〇年生まれというから二十九歳なのだが、すらりとした体軀《たいく》で頭髪は見事に禿《は》げ、濃い髭を蓄えた堂々とした人物である。

モレルは、日本料理を前にして慣れない手つきで箸を使った。

伊藤が、スプーンやフォークを用意しようとしたが、それを断り、〈何事も郷に入れば、郷に従う、です〉と苦笑した。

勝も伊藤も、モレルの態度に好感を持った。

会話の中で、モレルがロンドンで勝や伊藤が世話になったウィリアムソン博士と知り合いであることも分かった。勝はモレルに信頼を寄せ、この人物と共に鉄道を作りたいと強く願った。

料理と酒が進むにつれ、モレルは雄弁に、日本の工業化を進めるためには統一した官庁、そして学校が必要であることを改めて主張する。

「あなたの提言をぜひ実現します」

伊藤はモレルに約束し、すみやかに工部省設置に動いた。大久保らの抵抗を退け、明治三年（一八七〇）閏十月十九日に工部省の設置が決まった。

日本の工業化を日本人の手で推し進めていくためには、強力な官庁が必要であるとの伊藤の主張が受け入れられたのである。

伊藤邸に勝と庸三が招集された。

「工部省は作ったが、中身はこれからだ。勝、庸三、二人で充実させてくれ」

伊藤は二人に頼んだ。

勝と庸三は顔を見合わせた。二人とも体の内から溢れる喜びに上気していた。いよいよ本格的に活躍する場を得ることができたのである。勝は庸三の手を強く握りしめ、「やるぞ」と決意を込めて言った。

二人は工部省権大丞（局長級）に任じられた。まだ大輔（長官）、少輔（次官）も欠く形での出発であり、実質的には勝と庸三が責任者だった。

工部省は、その後、明治四年（一八七一）六月二十八日、後藤象二郎《しょうじろう》が大輔（長官）に就任し、鉱山や鉄道、電信、造船、土木などの十の局が集められた。

7

モレルは、早速、鉄道敷設計画に取り組み始めた。

勝《まさる》は、正式には鉄道担当の辞令を受けていないが、政府内に鉄道のことを知っている人間がいないため、伊藤や大隈からモレルと一緒に鉄道敷設にあたるように命じられていた。勝にとっては望むところだ。

勝は、英国で着用していた作業服を着、足にはゲートルを巻き、革のブーツという工夫然とした姿でモレルの前に現れた。

〈井上さん、その恰好はどうされたのですか〉

モレルは勝のことを、英国留学を成し遂げたエリート官僚だと思っていた。ロンドン大学を優秀な成績で卒業しており、学歴だけならモレルより上だと言えるかもしれない。そんな勝の、今にもスコップ、ツルハシを抱えて飛び出しそうな姿に驚愕したのだ。

〈私も一緒に、東京—横浜間の測量に参ろうと思っています〉

〈あなたもやるのですか〉

〈英国留学中にこの姿で工事現場で汗を流しました。私が英国で学んだのは、学問だけではありません。実に大切なものを学びました〉勝は、どんと胸を叩いた。

〈心です〉

〈心?〉

意外な言葉にモレルが首を傾《かし》げた。

〈日本は、長い間、武士が支配していました。そして士農工商という身分制度で、武士は何もしないで農民や商人などの稼ぎの上に胡坐《あぐら》をかいてきました。この体質を日本は変えねばなりません。英国で暮らして一番驚いたのは、それぞれの人々が自分の仕事に誇りを持っていることです。貴族も政治家も商人も農民も、それぞれの立場で、自分の役割に誇りを持ち、力を合わせて国を発展させています。これこそ日本のこれからの姿です。政府の役人が幕府の武士のように偉ぶって、国民の上に胡坐をかいているようではいけません。役人が率先して汗を流し、手を汚さないといい国になりません。私はそう思います〉

勝はモレルを真剣に見つめた。

〈勝、私はあなたと上手くやれそうだ〉

モレルは勝の手を強く握った。

日本最初の鉄道着工は、東京―横浜間に決まった。

政府内では東京―京都間の幹線、東京―横浜間、敦賀―琵琶湖間などの鉄道敷設を決定していた。

しかし東京―京都間に関しては、大工事になることに加え、東海道にするか、中《なか》山道《せんどう》にするかが決まっていなかった。

なによりもモレルが、「東京―横浜間は日本の中心と貿易の中心を結ぶという点で、最も経済効果が高い。これを優先すべきだ」と主張したことも大きい。

〈ところで、ゲージの問題はどうしますか〉

勝が聞いた。

ゲージとは線路の幅、すなわち軌道間隔のことだ。

〈私は、日本では三フィート六インチ幅（一〇六七ミリメートル）の狭軌《きょうき》がいいのではないかと考えております。レイからもそのように聞いており、枕木などの資材もそれに合わせて準備しました〉

レイとの鉄道敷設に関わる契約は解除されたが、レイはモレルなどの人材や鉄材、枕木などの資材を、すでに手配していたのだ。それが三フィート六インチの狭軌に合わせてあるという。

〈英国は主に四フィート八・五インチ（一四三五ミリメートル）の標準軌ではありませんか。狭軌では輸送力などに問題が出るのではありませんか〉

勝は懸念を示した。

〈インドでは狭軌を採用していますが、特段の不便はありません。日本は、まだまだ輸送量もさほど多くありません。費用の面などを考えると、狭軌でいいのではないかと考えます。輸送量が増えてきた段階で、標準軌に変えていけばいいでしょう〉

モレルの意見に勝は、まだ納得がいかなかった。

〈一旦、狭軌で敷設してしまうと、標準軌に直すのは容易でないでしょう〉

勝は、モレルに問いかけた。

〈勿論そうですが……〉

モレルは、どこか体調がすぐれないかのように青白い顔をしている。勝の問いにどのように答えたらいいのか考えていると、ますます青白さが際立ってくる。

〈ゲージの問題は、私一人では決められません。大隈さんや伊藤さんと相談する必要があります。鉄道は百年の計でしょうから〉

勝は真剣な顔つきで言った。

〈日本は、山がちで峻険《しゅんけん》な場所も多い。標準軌だと工事が困難です。狭軌の方が日本に相応しい〉

〈モレルさんの考えも分かりますが……〉

勝は、渋面を作った。

モレルが急に、今までにないほど真剣に勝を見つめてくる。

〈マサル、なんとか狭軌でまとめてくれませんか。私は、一日でも早く日本に鉄道を敷設したいのです〉

モレルは、強く言う。彼は鉄道技師で、日本を指導する立場にある。もっと尊大でもいいはずなのに、まるで逆だ。勝の方が優位にあるようにさえ思える。

〈私だって同じです。早く鉄道を敷設し、クロカネの道に蒸気機関車を走らせた

い〉

〈だったら狭軌で、大隈さんや伊藤さんを説得してほしい。いつでも工事にかかれる準備が整っている。私には時間がないんです。鉄道をこの東の国に敷設することは、私の人生の最大の事業になると思います。今までボルネオなどで仕事をしましたが、本格的な鉄道は初めてなのです。一日でも早く、多くの人々が喜ぶ顔が見たい。時間がないんです。あなた方、日本人は優秀だ。私の持てるものをすべて、この国に残したい。そして一日でも早く私たち、外国人の力を借りずに、日本人の手で鉄道を敷設できるようになってもらいたい。私は命懸けで頑張ります。時間が惜しい〉

モレルは必死だ。時間がない、時間が惜しいと繰り返す。日本人の手で鉄道を敷設できるように尽力《じんりょく》したいと熱望する。

それにしても時間がないとは、どういうことか。帰国しなければならないのだろうか。いや、そんなことはない。これから日本にできる限り長く居住して、全国に鉄道を敷設する役割があるはずだ。

勝は、モレルの必死さに何か感ずるところがあった。青白い顔が、さらに青白くなっている。その顔を見ていると、モレルの言う時間がないという言葉には、深い意味があるように思えた。

〈分かった。あなたがそこまで言うなら、私は狭軌で大隈さんや伊藤さんを説得しよう〉

勝は決意を込めて言った。モレルは信頼できる男である。その男がここまで主張するのだ。日本の峻険な山岳、低予算などを考慮すると、狭軌で行くべきかもしれない。

標準軌は、イギリスの馬車道の幅だというではないか。それなら日本には日本の鉄道の幅があってもいい。すべてイギリスに合わせることはない。勝は、自分自身を納得させた。

勝は、モレルを伴って大隈と伊藤に会った。ゲージの相談をするためである。大隈も伊藤もゲージについて詳しくない。モレルの案通り、狭軌で行くべきだと説明する勝に、大隈は、「予算も少ない中で作らねばならないから、モレル殿のおっしゃる通り狭軌とやらでお願いしましょう」と答えた。

まさかこの決定が、その後の長きにわたって日本の鉄道のゲージの標準になってしまうとは、この時、関係者の誰も予想してはいなかっただろう。

このゲージが輸送能力に大きく影響する。また走行時の安定性も標準軌の方が高い。日本は費用の面や自然環境を考えて狭軌を採用したが、一度、ゲージを決めてしまうと輸送能力に合わせて容易に改めることができないため鉄道の発展を疎害したともいわれ、後に勝は、狭軌採用を非難されることになる。

8

政府は、民部省、大蔵省に鉄道掛《がかり》を設置し、事務局は築地の元尾張《おわり》藩邸とした。浜離宮《はまりきゅう》の隣、移転前の築地市場の場所だ。監督正は上野景範、副監督正で土木権正は平井義十郎だったが、勝《まさる》は工部権大丞の立場でありながらモレルを支援した。

測量は、多摩川の下流で東京と横浜、川崎を分ける六郷《ろくごう》川を境にし、東西両端から始められた。東京側は汐留《しおどめ》、横浜は野毛浦《のげうら》海岸からだ。全長一八マイル（約二九キロ）の日本最初の鉄道敷設工事が、とにもかくにも始まったのである。

技術指導は、建築技師長がモレル、副長はジョン・ダイアック、ジョン・イングランド、チャールズ・シェパード。その他、左官、大工、施轍《してつ》工、建築手伝い、石工、鍛冶《かじ》工、連鎖手、機関手なども外国人である。勝は大勢の外国人を見て、早期に日本人の手で鉄道を敷設したいと強く思った。

当時、政府は積極的に高給で外国人を採用した。彼らはお雇い外国人と言われ、日本の近代化に大きく貢献する。

資料によると、明治五年（一八七二）では教師一〇二人、技師一二七人、事務職四三人、職工四六人、その他五一人、合計三六九人となっている。ピーク時の明治八年（一八七五）には五二七人にもなった。その後、漸次《ぜんじ》減少し、明治十八年（一八八五）には一三二人になっている。彼らの月給は六〇〇円ほど。高い者は一〇〇〇円にもなった。大臣や参議たちの月給が五〇〇円から八〇〇円だったのと比べても、彼らの月給が如何に高額であったかが理解できる。

彼らは欧米から極東の新興国日本にやってくるわけだから、高給でなければ、そのリスクに見合わない。日本とすれば、先進国に追いつき追い越すためには費用がかかっても仕方がない、というところだ。日本にとって運が良かったのは、お雇い外国人は総じて使命感が強く、日本の近代化に貢献したいという意欲に燃えた人材が多かったことだ。モレルもその一人だった。

だが、いざ測量にかかろうと思っても鉄道敷設に反対の声は大きく、モレルは勝に早く反対派を抑え、測量にかからせてほしいと強く懇願した。

軍事優先を唱える西郷隆盛は反対派の筆頭で、その影響で軍政を担当する兵部省の反対はひときわ強かった。

モレルたちは、旧龍野《たつの》藩、仙台藩、会津藩の藩邸のあった土地を機関車の操作場にしようと願い出た。浜離宮の傍、旧新橋《しんばし》操作場だ。

ところが兵部省は、国民が疲弊《ひへい》しているのに大きな予算を使って鉄道を作るなど許されんとか、外国人居留地の近くに鉄道を作れば、さらに外国人が増え、風紀が乱れるなどという難癖をつけてくる。挙句は、芝新銭座《しばしんせんざ》（浜松町《はままつちょう》）の海軍操練所、品川八ツ山（北品川）の冨士艦宿陣所などを鉄道予定地にしようとしても、拠出を拒否する。東京湾近くの薩摩藩の屋敷も立ち退きを依頼したが、拒否された。

渋沢栄一《しぶさわえいいち》も、あまりの反対の大きさに、親しい大隈に対して鉄道敷設の先送りを忠告した。勝の耳には大隈、伊藤らを暗殺しろという不穏な声まで聞こえてくる。

勝は、反対派の説得に奔走した。伊藤などのように大衆に向かって演説するのは上手い方ではない。しかし留学先の英国で「ノムラン」と言われたほどの酒豪だ。酒を飲みながらの座談は、得意中の得意である。

測量を実施している地域の人々を集め、酒と肴を用意して鉄道の重要性を訴えた。

「さあ、皆さん、政府が用意した酒だ。いくらでも飲んでくれ」

大柄でいかつい顔をした勝が、車座の真ん中に座った。彼のぐるりを地元の有力者が取り巻く。

政府の幹部が来るからと恐縮して集まったのだが、どっかりと胡坐をかいている男は、金糸銀糸で織られた襟章《えりしょう》のついた制服も着ていない。サーベルも腰に下げていない。自分たちと同じようなシャツにズボンという姿だ。顔をよく見ると、髭もなく、若い。実際、勝はこの時、二十八歳。多くの政府の幹部たちは若く見られないように髭を蓄えているが、勝は手入れが面倒とばかりに、きれいさっぱり青々と剃《そ》り上げている。

なんだ、若造じゃないか。政府のお偉いさんだと言っていたが、小使だろう。そんなことをささやきながら勝の周りに座る。

「さあ、飲んでくれ」

勝は、一升瓶《いっしょうびん》を提《さ》げて彼らの湯飲み茶わんに酒を注《つ》ぐ。

「鉄道を敷設したら、皆さんはどこにでもあっという間に行くことができるんだ。伊勢《いせ》参りなんか、すぐに行くことができるぞ。私は英国に行っていたが、かの国では誰もが鉄道を利用して豊かになっている。商売人は、遠くの珍しいものを簡単に仕入れることができる。農民は、作ったものを東京や大阪で売ることができる。米が不足して、高くて買えないなんてことはなくなるんだ」

勝は自らも酒を飲みながら、諄々《じゅんじゅん》と鉄道の効用について説明する。口調は荒っぽいが、誠実で、熱心な語り口に周囲の人たちは魅了され始めている。

若いがなかなかの人物だ。井上という人はやっぱり偉い人じゃないのか。言っていることが面白い。鉄道も悪いもんじゃないようだ……。

「わしらの先祖の墓をあばいて線路を作ったら、先祖たちはどこに眠ったらいいのか。先祖に申し訳ない。罰《ばち》があたる」

「真っ黒い煙なんか吐かれたら、米を作っていられない」

「騒音で魚が逃げたら、漁師をやめるしかない」

「異人がいっぱい来て、うちの娘が襲われたらどうするんだ」

勝に多くの質問が投げかけられてくる。鉄道を知らないのだから仕方がない。勝は、どんな質問にも丁寧に答えた。相手をしっかりと見つめ、質問を聞き、酒を注ぎ、酒を酌み交わした。時には、罵声《ばせい》も浴びせられたが、怒りの表情も見せず、笑みを浮かべた。猪突猛進侍を封印し、じっと耐えた。

鉄道を一日でも早く敷設したいという強い思いが、勝を突き動かしていた。モレルは青白い顔をさらに青白くさせ、必死の形相で、日本人の手で鉄道が敷設できるように役立ちたいと迫ってきた。あの熱意に応えねばならない。

勝の説得に応えるように、鉄道は便利だ、京都に行ってみたいなどと、鉄道敷設に理解を示す声が増えてくる。酔いつぶれて眠ってしまう人もいる。勝は、彼らが蒸気機関車が走るのを見て驚き、喜ぶ顔を想像して一人でにやにやと笑った。

鉄道敷設予定地の人々は、勝の説得で徐々に軟化してきた。問題は政府内の反対派だ。彼らは開明派官僚と言われる木戸派の大隈、伊藤、勝などへの反発が強い。同じ長州閥の井上馨は、あまりの反発に恐れをなし、伊藤に鉄道敷設中止を諫言《かんげん》しだろう。薩摩閥の官僚は、この際、大隈や伊藤の失策を誘い、足を引っ張るつもりなのだろう。彼らさえ失脚すれば新政府は薩摩閥のものになる、と考えていたのかもしれない。

勝は、政府の無理解に苛立った。モレルも同じだ。勝と会うたびに、早く、早くと急かす。残念ながら勝には、鉄道敷設に関する権限がない。鉄道敷設に関与しているものの、その責任者ではなく、鉱山開発の責任者だからだ。責任者は大隈だ。

「大隈さんがいるから大丈夫です。モレルさん、彼は佐賀の人で、日本の官僚の中で誰よりも早く鉄道の有用性に気づいた人ですから」

勝はモレルに安心するようにと言った。

佐賀で、江藤新平の案内で大隈と一緒に鉄道模型を見学した。あの時、江藤は大隈にも鉄道の有用性を熱心に説いていた。大隈は大した人物である。外遊の経験はないが、あの時の江藤の説明だけで、鉄道の重要性について理解したのである。勝は、大隈が鉄道敷設先送りなどと弱気にならないことを切に願った。

そうした中で、大隈邸に伊藤や勝、モレルなど鉄道関係者が集められた。

大隈は勝たちの前に立ち、「鉄道計画はどんなことがあっても遂行する。反対を受けて、この計画が挫折《ざせつ》するようなことがあれば、苦心してようやく緒《ちょ》についた他の進歩的改革も、すべて頓挫《とんざ》することになるだろう。毀誉褒貶《きよほうへん》、我が身の評価は世評に任せ、成敗利鈍、成功不成功は天運のまま、あえて省みることはしない。鉄道計画は、新政府の改革の要《かなめ》なり。絶対に完遂する」と力強く宣言した。

勝は思わず拍手をした。モレルに大隈の話を通訳すると、その青白い顔にぱっと赤みがさした。モレルは非常に喜び、勝の手を固く握った。

大隈の話が終わった時、モレルが立ち上がった。モレルと大隈の視線が合う。

〈大隈さん、あなたの考えは私をものすごく勇気づけてくれます。ありがとう。しかし〉モレルは地図を持ち上げ、厳しい表情になった。〈これだけ建設予定地の反対が多いと、計画通りの期限にまで敷設できません〉

モレルは、地図上の鉄道敷設拒否地域を指さした。

勝は、モレルの言葉を通訳した。

大隈は少し体を反《そ》らし気味にし、モレルを見つめ、それから勝や伊藤たちにも視線を移し、にんまりとしたたかな笑みを浮かべた。

「敷設拒否で鉄道用地の確保が難しいなら、陸路は諦める」

大隈は大きな声で言った。

勝は、「あっ」と悲鳴を上げた。諦める？　いったいどういうことだ。今、鉄道敷設は何があっても遂行すると言った舌の根も乾いていないではないか。

モレルが、勝が動揺したのを見て不安そうに、〈どうしましたか？　大隈さんは何を言っているのですか〉と問いかけてくる。勝は、「大丈夫、大丈夫」と日本語で繰り返した。

動揺する勝たちを、大隈は楽しそうに眺めている。

「まあ、聞いてくれ。陸地に敷設できないなら、海の上を走らせればいい。海を埋め立てて、そこに堤防を築いて線路を敷けば良いではないか。海は誰のものでもない。文句も言われない。用地買収の金も不要だ。文句も言われず、金も要《い》らない。一石二鳥というものだ」

大隈は嬉しそうに言う。

大隈の構想は、品川沖を埋め立てて堤防を築き、その上に線路を敷設し、蒸気機関車を走らせようという大胆なものだ。勝はあっけにとられると共に、大隈の発想の柔軟さに感服した。

すぐにモレルに通訳した。モレルの厳しい顔が笑顔に変わる。

〈私は、多くの国に行き、鉄道敷設に関わってきましたが、海の中に線路を作れと言われたのは初めてです。非常に興味深いアイデアです〉

モレルは嬉しそうに言った。

「モレルさん、海の中じゃないです。海に堤防を作るのです」

大隈も笑顔で言った。勝が通訳する。

〈面白いアイデアです。やりましょう〉

モレルは力強く言った。

――海に線路を敷くなんて工事をできるのは、日本広しと言えども俺だけだ。もう我慢できない。大隈と伊藤に頼み込んで、是が非でも鉄道の責任者にしてもらうぞ。勝は、モレルの笑顔を見つめながら固く誓った。

第五章

新橋──横浜間開通

1

勝《まさる》は、多忙を極めていた。本職は鉱山正《しょう》。全国の鉱山を自分の足で歩き、調査し、採掘技術の向上、機械化などを進めていた。

その一方で、エドモンド・モレルの右腕として新橋—横浜間の鉄道敷設に深く関与している。

新政府と言っても人材不足は甚《はなは》だしい。これまで、勤王だ、佐幕だと、切った張ったを繰り返していた連中が、突然、刀をペンや筆に持ち替え、洋服を着て、事務を執り始めたのだから、当然のことだ。

勝のようにイギリスに五年以上も留学し、英語を流暢《りゅうちょう》に操り、ロンドン大学で鉱山学などの学位を取得した者は少ない。

それに加えて勝は、卒業証書に「ノムラン」と表記されたほどの酒豪だ。飲むほどに陽気になり、どんな荒くれ者とも友達になってしまうという剛毅《ごうき》さを持ち合わせている。

モレルと一緒に多くのお雇い外国人が来日し、鉄道敷設に関わっている。中には、とんでもない食わせ者がいたり、日本人労働者をまるで奴隷《どれい》か何かのように扱う不届き者もいる。

そんな連中を勝は、得意の英語で叱り、説諭し、そして最後には彼らと酒を酌《く》み交わす。たちまち彼らも勝に好意を持ち、〈マサル、マサル〉と親しく呼びかけるようになる。

勝が枕木製造所を視察した際のことだ。

枕木とは、レールの下に敷く横木のこと。レールを支えると共に機関車の重量を分散する重要な役割を担っている。

これを当初は、鉄製の物をイギリスから輸入して使用することになっていた。ところがモレルが、日本の豊富な森林資源に着目し、木材で作ることを提案した。

枕木製造所が設立され、日本の栗や椚《くぬぎ》、樫《かし》、欅《けやき》といった腐りにくい木材が運び込まれ、イギリス人の指導の下に日本の職人が枕木を製造することになった。

枕木は、鉄道の重要な資材である。勝は、製造所へ頻繁に足を運び、作業の進捗《しんちょく》状況を監督した。

日本人の職人たちはイギリス人たちに大声で怒鳴《どな》られながら、一生懸命に働いている。

イギリス人は、裸同然で汗を流している日本人と一緒に作業することもなく、背広の埃《ほこり》を払いながら口やかましく言うだけだ。

時には、パイプをくゆらせ、その火が木屑《きくず》に飛び、煙が上がることさえある。それでもお構いなしに、時間になれば紅茶をすすり、雑談にふけっている。

勝は、腹立たしい気持ちで、彼らを見ていた。イギリス人が、総じて真面目であることは知っている。しかし遠く離れた日本という国にやってきた彼らには、それなりに人には話せない事情がある者も多い。

一旗揚げようと日本に来て、高給を得て、日本人の職人やメイドにかしずかれる毎日だ。傲慢《ごうまん》になるのも仕方がない。

「何をしている？」

勝は、枕木に鉋《かんな》をかけている職人に聞いた。

職人は、日焼けした顔を上げて「へい、鉋をかけておりやす」と答えた。

「なぜ、鉋をかけているんだ」

勝の問いに職人は、言われている意味が分からないという表情で、「毛唐《けとう》の技師に言われたんでさぁ」と答えた。

勝の中にめらめらと怒りが燃え上がる。腹立ちで体が震えそうだ。

職人にも勝の怒りが伝わる。怒られてはたまらないという怯《おび》えが表情にあらわれている。

「それを渡せ」

勝は、ぐいっと手を伸ばす。職人は、恐る恐る手渡す。

枕木は、さすが日本の職人の手によるものだと感心するほど、丁寧な鉋掛けを施されている。

しかし枕木は、バラスという小石を敷きつめた上に埋められるもの。鉋掛けなど必要ない。無駄な時間と費用がかかっているだけだ。

「松か、これは」

「へえ、毛唐がこれで作れと言うんでさ。松は腐るのが早い、三年ほどしか保《も》ちませんよ、と言ったんですがね。にやにや笑いながら、日本の鉄道にはこれでいいって言うんでさぁ」

「くそ、もう我慢ならねぇ」

勝は、枕木を抱え、一目散に事務所に飛び込んだ。

〈お前ら、みんな馘《くび》だ。イギリスにとっとと帰りやがれ！〉

勝は、イギリス人たちに向かって怒鳴りあげ、担いでいた枕木を事務所の床に思い切り突き立てた。ドンと壁を揺らすほどの大きな音が響く。

紅茶を飲み、雑談にふけっていたイギリス人たちは、何事が起きたのかと、ティーカップを持ったまま呆然《ぼうぜん》と勝を見つめている。

勝の、あまりの剣幕に恐れをなし、逃げ出そうとする者もいる。

〈井上、何事だ〉

ティーカップを皿で受けたまま、イギリス人監督が、勝に近づいてくる。白々しく笑みを浮かべているが、表情は硬い。枕木を振り回すのではないかと警戒を怠《おこた》らない様子で、おずおずとした足取りだ。

〈てめぇら、日本人を舐《な》めるんじゃねぇぞ。大枚の金を払って、雇っているんだ。ロクな仕事をしないなら、承知しねぇぞ〉

〈何を怒っているのか分からない〉

大げさに肩をすくめ、両手を広げた。彼の周りに他のイギリス人たちが集まってくる。

〈日本人が何も知らないと思って、枕木に鉋をかけろと命じたのはどの野郎だ。それに樫や欅を使わずに、松を使ってどうするんだ〉

〈日本人は、鉋掛けが得意だからな。やらせてみただけさ。松を使ってみろと言ったら、なんの迷いもなく松を使ったぜ。ホント、日本人は何も考えていない。言いなりだよ。あきれたもんだ〉

別のイギリス人技術者が脇からにやにやと口を出す。

〈無駄なことに時間と金をかけやがって。俺は、イギリスで鉄道のことを学んできた。てめえらがいい加減なことを教えているか、ちゃんとしたことを教えているかは、お見通しだ。俺たちは、一刻も早く鉄道をこの国に敷設したいんだ。そのためにてめえらを雇ったんじゃないか。俺たちは必死なんだ〉

いつの間にか、勝の背後には職人が集まり、険悪な空気を漂わせ始めている。

〈そんなにまで言うなら、日本人だけで鉄道を作ったらどうだね〉

イギリス人監督が薄笑いを浮かべる。

〈ああ、分かった。作ってやる。てめぇらはいらねぇ〉

売り言葉に買い言葉だ。勝は、イギリス人監督の顔に自分の顔をくっつくほど近づけた。

〈おい、みんな、日本人が自分で鉄道を敷くんだとさ。お手並み拝見といこうじゃないか〉

イギリス人監督が、他の技術者を煽《あお》り立てるように両手を上げた。

侮蔑《ぶべつ》的な笑い声でたちまち事務所内が満たされる。

〈モレルさん〉イギリス人監督が、事務所に入ってきたモレルを目ざとく見つけた。〈日本人の野郎は、自分たちだけで鉄道を敷設すると言っていますよ。大笑いだ〉

イギリス人監督の笑い声につられて、他のイギリス人技術者たちも笑い出す。

モレルは、青白い顔を一層、青白くし、深刻な表情で、イギリス人監督の前に立った。

〈モレル、彼らは日本人を馬鹿に……〉勝が訴えようとすると、モレルは手を出し、勝を抑えた。そしてイギリス人監督をきっと睨《にら》むと、パシッと音が出るほど、彼の頰《ほお》を叩いた。

イギリス人監督は、突然のことに頰に手を当て、目を剝《む》いて絶句した。

〈すべて聞いていました。君たちはイギリス人としての誇りがないのですか。私は、この国にイギリスの優れた鉄道技術を根づかせるために来ました。この国の人々は非常に真面目で、我々の技術を少しでも吸収しようと必死です。その思いに真摯《しんし》に応えねばなりません。我々には大切な技術を教える義務と責任があるのです。この国の人を馬鹿にし、それを果たす気がないなら、直ちに帰国しなさい〉

モレルは、イギリス人監督を睨みつけ、厳しい口調で言った。青白い顔に赤みがさしている。

イギリス人監督や他の技術者たちは、神妙な顔つきでモレルの叱責に耳を傾けている。

〈もう一度言います。あなた方にはイギリス人としての誇りがないのですか〉

モレルは、声を張り上げた。

〈モレルさん、申し訳ない。私たちは、こんな遠い国まで来た目的を忘れて、傲慢になっていた。反省する。謝らせてくれ。君たちの国に鉄道を敷設する事業に、協力させてほしい〉

イギリス人監督が、眉根を寄せ、情けないほど弱り切った顔になり、勝に頭を下げた。

勝は、笑顔でイギリス人監督に近づき、握手を求めた。

〈わかりゃいいんです。私も言葉が過ぎた。謝らせてほしい〉

勝は、イギリス人監督の手を握った。そこにモレルも手を重ねた。

〈日本人とイギリス人が力を合わせれば、素晴らしい鉄道が出来ます〉

モレルがにこやかに言った。

「おい、みんな」勝は、職人たちに声をかけた。

彼らはあっけにとられていた。ものすごい剣幕で怒鳴ったかと思ったら、急に笑顔になり、握手。この変化について行けずに驚いている。

「今日は、作業は中止だ。酒盛りの用意をしろ。イギリス人たちと宴会だ」

勝は、モレルに目配せした。

〈ノムランですね〉

モレルが笑う。

〈パーティをするのか。それはいい〉イギリス人監督も笑顔になり、他の技術者たちに向かって、〈マサルが、パーティを開催してくれるぞ〉と叫んだ。

事務所内に日本人、イギリス人両者の歓声がとどろいた。

「井上様、あんたは若いのに雷親父《かみなりおやじ》みたいだな」

職人の一人が笑いながら言った。

「理不尽なことは許さない。それだけのことだよ」

勝は、笑って答えた。

〈彼は、何を言ったのですか〉

モレルが聞いた。

〈私のことを雷親父《thunderer》のようだって言ったのです〉

〈その通りですね。でも現場を指揮する時は、それが必要です。私は、マサルがいなければ、今頃とっくに尻尾《しっぽ》を巻いてイギリスに帰っていましたよ〉

モレルは微笑《ほほえ》んだ。技術総監督として鉄道敷設の事実上のトップだが、勝なしでは鉄道工事が進捗しない。勝を全面的に頼りにしていたのだ。

2

資材の製造所以上に、鉄道敷設工事は難航していた。

特に芝《しば》─品川間の海中築堤は困難を極めていた。

大隈《おおくま》のアイデアではあるが、誰もやったことがない海中に堤防を築くという工事。新橋─横浜間約三〇キロメートルの三分の一ほどを埋め立て、堤防を作り、その上を重い機関車が走る。絶対に頑丈でなければならない。

〈日本人がもっと鉄道に理解があれば、こんな工事をしなくても良かったのに……〉

モレルが勝《まさる》に愚痴《ぐち》を言う。

〈その通りだが、蒸気機関車が勢いよく走れば、みんな賛成派に変わります。頑張りましょう〉勝は、モレルを励ました。〈私は今から反対派の漁民たちを説得してきます。堤防が邪魔をして、船を海に出せなくなるんじゃないかと心配しているものですからね。そんなものは、いつでもなんとでもすると言ってやります〉

〈よろしく頼みます。私の方は、堤防工事の方法を見直します。なにせ昨日、造成したのに、今朝見たら跡形もなく波にさらわれてしまっているんです。なんとかしなければなりません〉

モレルは、弱々しい声で言う。勝は、モレルの体が心配だった。最近、食欲がないらしく、初めて会った時より痩せてしまったように見える。

〈あまり無理しないでください。モレルさんがいなければ、日本に鉄道が敷けませんからね〉

〈私は大丈夫ですよ。マサルこそ、飲み過ぎないようにしてください〉

モレルは、優しい笑みを浮かべた。

勝の推薦もあり、モレルは、小野友五郎《ともごろう》に鉄道敷設に関わる測量を任せた。

小野は、幕末に咸臨丸《かんりんまる》の航海長として渡米したこともある人物だ。和算に精通した数学者でもあり、測量関連書を著し、小笠原諸島を測量したこともある。

しかし鳥羽伏見《とばふしみ》の戦いで幕府側の主戦派の一人となり、官軍によって投獄されるという辛酸《しんさん》を舐めた。そのため絶対に薩長による新政府に協力はしないと蟄居《ちっきょ》していたが、モレルのたっての願いに腰を上げたのだ。

小野が測量技術者として参加したおかげで、海中築堤の工事は一気に進んだ。品川八ツ山、御殿山《ごてんやま》を削った土で埋め立て、堤防の石垣に使用する石は、真鶴《まなづる》などから運び込む。

難題は次々に持ち上がる。

神奈川海岸も、海中堤防を作るためには浅瀬を埋め立てなければならない。しかしなかなか引き受ける者はいなかった。政府への信頼が十分でなかったことも、その原因の一つだろうと推測されるが、ここに大隈重信《おおくましげのぶ》が登場する。

大隈は、横浜で材木商など手広く事業を行っていた高島嘉右衛門《かえもん》に埋め立て工事を依頼した。

高島も鉄道の必要性を強く感じていたため、大隈の依頼を引き受けた。

工期はたったの百四十日。それで神奈川宿青木町から石崎町までの一・四キロメートル、幅六五メートル、鉄道用地九メートルを埋め立てねばならない。

高島は人夫数千人を集め、自ら陣頭指揮を執り、政府の要望に見事に応えてみせた。

大隈は、埋め立て地をすべて高島に貸与する気でいたのだが、高島は鉄道用地は政府に返し、それ以外の土地を貸与された。そのため今日まで高島町の名前が残ることになった。

高島の埋め立て工事成功により、横浜側の海中築堤工事も順調に進捗した。

〈マサル、日本人というのはすごいですね〉

モレルは、東洋の果ての国に鉄道を敷設することになった時、何から何まで自分たちの手でやらねばならないと覚悟していた。

ところがいざとなると、どこからともなく才能のある人材が現れ、問題を解決していく。それはモレルにとっては新鮮な経験だった。

〈この国は人材に溢れています。いずれは日本人の手で鉄道を敷いてみせますよ〉

勝は、不敵ともいえる笑みを浮かべた。

〈その時は、マサルが陣頭指揮を執るのですね〉

〈勿論《もちろん》、そのつもりです。その時はモレルさんには、今以上に働いてもらいますよ〉

勝の言葉に、モレルは力ない笑みを浮かべた。


もう一つの難工事は、六郷《ろくごう》川にかかる鉄橋だった。

陸上部分と川の部分を合わせて総延長六二四メートルの橋は、すべて木で造られた。鉄材を輸入する財源が不足していたためである。

橋を支える橋脚は、松丸太。ラチス梁は檜《ひのき》で菱型に組み、三角構造のトラス桁《げた》を採用したが、真ん中でクインポストを建て補強した。

モレルの指導の下に、初めて鉄道用に橋梁《きようりよう》を架けたのだが、ここにも日本の橋梁や建物、城を造ってきた木造技術が十二分に生かされた。

六郷川橋梁は、明治三年（一八七〇）十月着工で翌四年七月に完成した。

明治四年八月、政府は鉄道事業を更に本格化させるために、工部省に鉄道寮を設置することにした。それまでの鉄道掛《がかり》よりも強力な組織にする考えだった。

その責任者に、大隈と伊藤は勝を就任させることにした。

鉄道の責任者は、命懸けのポストだった。鉄道反対派の中には、鉄道事業を進める大隈や伊藤を国賊《こくぞく》と罵《ののし》り、暗殺を企《くわだ》てる者さえいた。

反対派は鉄道を、西洋の言いなりになって国を売る事業だと非難していた。こうした非難を抑えるためにも、早期に日本人の手で鉄道事業を進めなければならない。それを可能にしてくれるのは、勝だけだと考えたのだ。

大隈と伊藤は、勝に鉄道頭《かみ》への就任を内示した。しかし勝は、この辞令を一旦は固辞する。

実際は、モレルと共に鉄道敷設に積極的に関わっているにもかかわらず、断ったのだ。

政府には、賄賂《わいろ》を使ってでもより高い役職を漁《あさ》る連中が多い。

勝は、彼らと同じに見られたくはなかったのだ。大隈や伊藤から頼まれても、待ってましたと引き受けない天邪鬼《あまのじゃく》なところがある。

「勝、お前しかいない。英語を話し、外国人技術者より鉄道の知識が豊富で、そしてなにより、彼らより鉄道に情熱を持っている男、それが井上勝だ。頼む」

大隈が頭を下げる。

「腕っぷしでも口でも、外国人と喧嘩《けんか》できるのは、勝、お前しかいないってことは自分が一番知っているだろう。モレルみたいな人間ばかりじゃないんだ」

伊藤が強く迫る。

反対派を蹴散らして、鉄道を日本中に敷設したいという夢に向かって進む大隈、伊藤の二人に、頭を下げられたら意気に感じざるを得ない。

それに、もともと日本人の手で鉄道の敷設をやるべきだと言ったのは勝である。

「鉱山の仕事を放り出すわけにはいきません。兼務でよろしいでしょうか」

勝は言う。

「勿論だ。鉱山開発も重要だ。勝には、鉄道頭と鉱山正を兼務してもらう」

大隈の相好《そうごう》が崩れた。

明治四年（一八七一）八月、勝はついに、鉄道頭として日本の鉄道の責任者に就任した。

この役職は、勅任官で、鉄道に関わる一切の事務を管轄するトップだ。卿《きょう》（大臣）、輔《すけ》（次官）に次ぐ局長という立場である。勝、二十九歳。若き局長の誕生であり、夢に見たクロカネの道への正式な第一歩と言えるだろう。

勝が鉄道頭に就任したことを、最も喜んだのはモレルだった。

モレルは、これからはなんでも勝に相談すると喜んだ。勝と共にイギリスと日本の力で最高の鉄道を作り上げようと誓ったのである。

しかし、いささか気がかりなことが一つだけあった。

山尾庸三《やまおようぞう》が、工部省工部少輔《しょうゆう》に同時に任命されたことである。「少輔」という役職は、勝の「頭」の上司にあたる。

鉄道の実務については鉄道頭である勝に全面的に任されているが、工部省に関わることは庸三に相談しなければならない。

伊藤は勝に、「庸三とよく相談して鉄道を敷設してほしい」と言った。

人事のことにいちいち口を挟むのは、勝の主義ではない。

幸い、庸三は、勝に鉄道のことは任せると言ってくれた。その言葉を信じて勝は、従来にも増してモレルと共に鉄道敷設に邁進《まいしん》した。

ある日、勝は、部下と横浜港に出かけた。

イギリスから、レールや鉄道関連の機械などが到着したのを検分するためだ。

「いやぁ、すごいですね。これだけの資材があれば、新橋―横浜間の鉄道は完成したも同然ですね」

部下は、軽い口調で言った。

勝の表情が急に変わった。部下を睨みつけ、眉を吊り上げている。部下は何事かと思い、恐縮している。

「馬鹿野郎、なにが完成したも同然だ。こんなものが嬉しいのか」

勝が怒鳴った。

「待ちに待った資材でありますから」

部下は、首をすくめ、びくついた様子で答えた。

「これはみんなイギリスから来たものだ。日本のものなど一つもない！　そうじゃないのか」

「は、はい」

「ここにあるものが日本で作られたのなら、俺も嬉しい。外国で作られたものを高い金を出して買っているんだ。ちっとも嬉しくない」

「申し訳ございません」

部下は地面に額をこすりつけんばかりに低頭した。

「いや、いいんだ。怒鳴ったりしてすまない」勝の顔が、また変わった。今度は優しくたしなめる表情だ。「日本は西洋に追いつき、追い越さねばならない。今まで二百六十年もの長い間、太平の眠りについていた。やっと目覚めたら、世の中が変わっていたんだ。俺は、密航という形で英国に渡った。そこでは見るもの、聞くもの、すべてが驚きだった。素晴らしいと思った。同時に恐ろしかった。西洋と今、まともに戦ったら、間違いなく植民地になってしまう。その思いは今も変わっていない。とにかくこの国を西洋と伍《ご》していける国にしないといけないんだ。そのためには、鉄道を資材からなにから、すべて日本人の手で作れるようにならねばならん。分かってくれるか」

「はい、私たちも頑張ります」

部下は、勝の熱い思いを理解した。

勝は、部下に「馬鹿野郎」と怒鳴るのが口癖であり、雷親父と呼ばれていた。

しかし、部下と同じように作業服で現場に立った。他の幹部のように手を汚さず、口先だけで指示するのではない。

部下や現場の職人たちに、勝が英国で学んできた技術を惜しげもなく教えた。時には車座になり、酒を酌み交わし、天下国家を論じた。作業が徹夜になれば、作業所で一緒に寝泊まりすることさえあった。怒鳴るからではなく、親しみを込めたあだ名の雷親父だった。

3

「ようやくここまでたどり着いた……」

勝《まさる》は、モレルと共に線路上に悠然と佇《たたず》む黒い鉄の塊のような蒸気機関車を、感慨深く眺めていた。

イギリスのバルカンファンドリー社製だ。全長七・四二メートル、高さ三・三五メートル、重量二四トン、動輪直径一二九五ミリメートルの1B形タンク150型の堂々たる機関車だ。

先輪一軸、動輪二軸で運転室の後ろに石炭や水を積む構造となっている。

新橋駅はまだ建設中だが、機関車が人を乗せて運ぶことはできる。

〈試乗会に間に合いましたね。ほっとしました〉

モレルは、イギリスから購入した機関車が無事到着し、組み立てられたことを喜んでいた。

モレルの体を部下が支えている。その顔は青白さを通り越して、透明でさえあるかのようだ。

日本の気候に合わなかったというよりも長い間、イギリスを離れ、ボルネオなど南方の島で仕事をしてきた疲れが出ているのだろう。

試乗会が終われば、モレルは勝の助言もあり、インドで療養する予定になっている。

まず試乗会初日は、三条実美《さねとみ》太政《だじょう》大臣が乗る。翌日は、参議木戸《きど》孝允《たかよし》、参議大隈重信、工部省大輔《たいふ》後藤象二郎《しょうじろう》らが乗る予定だ。

「モレルさん、勝、ご苦労様」

勝の背後で声がする。振り向くと伊藤と庸三が立っていた。

「伊藤さん、ようやく……」

勝は、伊藤の顔を見るなり涙ぐみそうになった。これまでの苦労がたちまち蘇《よみがえ》ってきたのだ。伊藤が勝が差し出した手を握る。何も言うな、すべて分かっているという伊藤の思いが、その手を通じて伝わってくる。

伊藤はこの時、失意の中にあった。

明治四年（一八七一）七月十四日、伊藤がかねてから主張していた廃藩置県が無事実行される。だが、諸藩に分散していた権力が政府に集中した途端に、争いが起きた。誰が、政府の権力を握るかという争いだ。それはまた薩摩、長州の争いでもあった。

その頃、伊藤はアメリカの制度を研究し、大蔵省を中心に国家の改革を進めようとしていた。

大蔵省を国家財政、官庁経費、税制など、すべてを監督する官庁にしようとするものだった。

ところが、共に改革を進めていた大隈が大蔵大輔の兼務を解かれ、大蔵卿に就任したのは薩摩閥のトップである大久保利通《おおくぼとしみち》だった。伊藤の改革を阻止しようとする、露骨な薩摩閥の介入である。

これでは大蔵省改革を進められないと伊藤は、密航仲間である盟友井上馨《かおる》に、大隈がいないなら大蔵省改革は当面進まない、それならいっそのこと大蔵少輔から造幣頭《ぞうへいのかみ》にでも異動させてくれと訴えるほど、失意にくれていた。

その後、伊藤に追い打ちをかけるような人事が発表された。大隈は参議専任となり、その後任の大蔵大輔には井上馨が就いたのだ。

伊藤は大蔵少輔のままで、租税頭と造幣頭の兼任を命じられた。あからさまな左遷だ。伊藤は、初めて井上馨の部下になってしまったのである。

馨も同じ木戸派の官僚ではあるが、伊藤ほど大蔵省改革に熱心ではない。ましてや大久保の下では、何もできない。木戸派官僚を大蔵省から全員追い出すわけにはいかないために、あまり毒気のない馨を大輔に据えた、巧妙な人事と言えるだろう。

「伊藤さんのおかげで新橋―横浜間がもうすぐ完成です。来月には一般客も乗せることができるでしょう」

勝は、伊藤の悔しさを払うように笑みを作った。

「勝の努力の成果だ。なあ、庸三」

伊藤は、庸三に話しかけた。

「ああ、これが第一歩だ。ここから全国に鉄道を敷設する。俺も一緒にやる」

庸三は力強く答えた。

「全国に鉄道を敷設するには資材、機械を日本人の手で作れるようにしないといけない。庸三は、教育にも力を入れると言っていたが、その方面の必要性を俺も強く感じている」

勝は、庸三を見つめる。

「技術者養成の学校を、早く立ち上げねばならないと思っている」

庸三は、上司らしく鷹揚《おうよう》に答えた。

「思っているだけではダメだ。俺は、鉄道技術者養成の専門学校を、明日にでも作る。庸三も協力しろ」

勝は、庸三には遠慮しない。職位では庸三の方が上だが、気にはしていない。そんなものは年齢の差程度の、決められた序列でしかないと考えていた。

たまたま庸三が上司になっているだけだ。鉄道に関しては俺が上だと、勝は鉄道頭として全責任を持つ覚悟だった。

〈大隈さんの邸宅で鉄道敷設の話をして、こんなにも早く実現できるとは思ってもいませんでした。伊藤さん、日本の方々はとても優秀です。きっと将来は、イギリス人より素晴らしい鉄道を敷設するようになられるでしょう〉

モレルはにこやかな笑みを浮かべて伊藤を見つめた。

〈おほめにあずかり、光栄です〉

伊藤は、モレルの手を強く握った。

「なあ、勝」伊藤が呼びかけた。

「はい」

勝は答えた。伊藤が、目を細め、レールを眺めている。

「いいなぁ。まっすぐにどこまでも延びていくレールを見ていると、俺もこのレールのように、どこまでも進んでいくぞと勇気が湧いてくる。鉄道は、きっと日本人の心まで変えてしまうぞ」

「このレールもイギリス製です。長さ七・三メートルの錬鉄製。枕木の上に鉄製の据え付け部品を取り付け、その上にレールを載せ、樫の楔《くさび》で留めています。レール一本当たり枕木を八本使用しました。レールには強度の高い鋼鉄を使用したいのですが、技術的にも予算的にもなかなか……」

勝は、一生懸命にレールについて説明をした。

伊藤が、急に笑い出した。

「どうされましたか?」

勝は怪訝《けげん》な顔で聞いた。自分の説明がどこかおかしかったのだろうか。

「勝は純粋だなぁ。鉄道のことしか頭にないのだな」伊藤は、勝を見て笑みを浮かべた。「それでよい。それでよい。とにかくまっすぐに鉄道敷設に邁進すればいい。余計な政治向きのことは俺に任せろ」

伊藤に揶揄《やゆ》されたが、勝には伊藤の心の内が分かっていた。悔しく、腹立たしいのだ。新しい国を造ろうとしているのに、政府内では未だに薩摩だ、長州だ、土佐だと藩閥勢力が跋扈《ばっこ》している。改革を進めようとする都度、いちいちそれらの勢力に邪魔をされてしまう。伊藤は、政府内に、改革に向けてのまっすぐなレールを敷きたいのだ。

「よろしくお願いします。まだまだ鉄道に対する理解者を増やさねばなりませんので」

勝は、神妙に頭を下げた。

4

試乗会は大成功だった。まだ駅舎の一部が未完成ではあったが、機関車は政府要人を乗せて、無事に動いた。乗客たちは歓声を上げた。

勝《まさる》には、ぜひ乗車してもらいたい人物がいた。江藤新平《えとうしんぺい》である。

江藤は、佐賀で勝に蒸気機関車の模型が動くところを見せ、鉄道への関心を開いてくれた恩人と言うべき人物だ。

　今は政府で非常に重要な人物となっている。改革を進めるべく快刀乱麻の活躍をしているとの評判だった。

　文部大輔に江藤が就任する前まで、日本の教育行政は漢学、国学、洋学がそれぞれ対立し、混乱を極めていた。もはや崩壊していたと言ってもいいほどだった。

　その混乱をたちまち収束した江藤は、文部省を大学などの学校管理運営と、国民すべてに教育の道を拓く義務教育に責任を持つ官庁に作り上げてしまった。

　鮮やかな手並みだった。これだけの大仕事をたった十七日間でやり終えて、後任の文部卿に同郷の大木喬任《たかとう》を据え、江藤は議院制度の確立のために左院一等議員に就任していた。

「やりましたね。井上殿」

　江藤は満面の笑みだ。政府の重鎮であるにもかかわらず、一切、偉ぶったところがない。初めて会った時と同じ気さくさだ。

「ありがとうございます。江藤殿に蒸気機関車の模型を見せてもらったおかげです」

　勝は、機関車に江藤を案内した。

「そういうこともありましたな。井上殿は、偉い。その時の関心を持ち続けているのだから」

「江藤殿こそ、大変なご活躍です。評判は耳にしています」

勝の言葉に江藤は、照れたような表情をした。「悪評、ばかりでしょう。やりすぎだってね」

「いえいえ、そんなことはありません」

勝は否定したものの、江藤の先見性と実行力は、他の政府要人を圧倒していた。その切れ味は、古い制度を時に鉈《なた》のようにばっさりと切ったかと思うと、剃刀《かみそり》のように鋭く切り裂いた。江藤はすごいという評判は、同時に他者の恐れでもあった。

「立派だなあ。これが動くんだ。大久保殿も、鉄道敷設反対の旗を降ろして、乗せてほしいと言っているそうじゃないか。愉快だ、愉快」

機関車を見上げながら、江藤は声に出して笑った。江藤の言う通り大久保が、勝に試乗を頼んできていた。

「ありがたいことです。ところで文部省の次は、どのような改革をなさるのですか」

勝は、機関車のステップに足をかけ、まさに乗り込もうとする江藤に聞いた。

「井上殿は、民約主義ということを聞いたことがあるかな?」

民約主義、初めて聞く言葉だ。

「いいえ」

勝は首を横に振った。

「徳川幕府が倒れ、新政府が誕生した。しかし、それは私から言わせれば、関ケ原の戦いの遺恨を晴らしたにすぎない。本当の新しい時代ではないんだ」

「と言いますと？」

「徳川の武士の代わりに、薩長などの士族が威張っているだけだ。庶民は何も変わらない。むしろ徳川時代の方が良かったと言う者さえいる。廃藩置県は実施したが、相変わらず藩意識が強く、日本人であるという意識が足らない。これではいけないんだ。日本が西洋に伍して近代国家となるためには、庶民に日本人である意識を高めさせ、強くしなければならないと考えている」

江藤は静かに語った。もう機関車には、他の客が乗っている。出発まで時間はない。

しかし勝は、江藤の話に引き込まれていく。

確かに江藤の言う通りだ。伊藤が大蔵省改革をしようとしても、それは長州の力を強くするだけだと反対する者がいると聞く。

鉄道敷設も、なんとかここまでこぎつけたが、木戸派の大隈や伊藤の力が大きい。勝自身もその派閥の一員とみなされ、他藩の鉄道反対派から命を狙われる可能性さえある。

ばかばかしいと思う。せっかく徳川幕府が倒れ、一気にこの国を新しい国民国家に変えねばならないのに、政治は藩閥の争いばかりだ……。

「そのために私は庶民の代表が集まる議院を作り、そこで公平、公正な議論を積み重ね、国の方針を決め、法律を作り、同時に日本人としての自覚を高める方向に持っていきたい。そして士族だろうが、庶民だろうが、同じ法律の下で平等に暮らす世の中を実現したい。それが民約主義というもので、私の理想なんだが、西洋の強さの秘密は、ここにある。鉄道も理想の実現に大変役立つ。井上殿、いい仕事をしてくれ」

江藤は機関車に乗り込んだ。席に座ると、勝に向かって手を振った。

勝は、江藤の話したことを十分に理解したとは言えない。しかし、江藤の熱い思いに打たれた。

徳川の武士から薩長の武士に変わっただけ。江藤の批判は鋭い。

――同感だ。

勝は、留学先のイギリスのことを思い出した。イギリスには貴族もいるが、誰もが平等に学ぶ機会があり、意欲さえあれば貧しい生まれでも世に出ることができる。庶民が、国の基礎になっている。

——民約主義か……。

江藤は、鉄道も理想の実現に寄与すると言った。

「江藤殿には、いつも励まされる。しかし過激すぎると抵抗する者もいるだろう」

勝がひとり呟《つぶや》いた時、ひときわ高く汽笛が鳴る。

江藤らを乗せた機関車がゆっくり、しかし力強く横浜を目指して動き始めた。

5

〈モレルさん、大丈夫ですか？〉

勝《まさる》は、現場に向かうモレルの体を気遣った。咳《せき》がひどい。苦しさが、勝にもひしひしと伝わってくる。顔色も悪い。

〈大丈夫です。もうすぐ完成ですから、もうひと頑張りします〉

弱々しく微笑む。

〈鉄道の完成を見届けたら、インドで療養します。健康を取り戻したら、また戻ってきます〉

モレルは、政府に療養を申し出ていた。政府は、モレルの功績を評価して五〇〇〇円の療養費を支給することを決めている。

〈伺《うかが》っています。ゆっくりしてきてくださいと言いたいですが、若い日本人技術者を四、五人、同行してくださるんだそうですね〉

〈そうなんだよ。早く日本人の手で鉄道が敷設できるように、私の技術をすべて伝授したいんだ〉

モレルは強い口調で言った。顔に生気がさした。

〈それは嬉しい。早速、人選します〉

〈マサル、君がいるから日本の鉄道は大丈夫だと思う。私がインドに行った後をしっかり頼みます〉

モレルは、神妙な顔で勝の手を取った。勝は、その意外なほどの力強さに驚いた。

〈待ってますからね。いつまでも〉

モレルは、消え入るような笑みを浮かべて現場へと向かった。

勝は、モレルの痩せた背中を眺め、悔しさに拳を握りしめた。モレルは、胸を患《わずら》っていたのである。不治の病、結核……。ゆっくりと休養し、体力を回復する以外に治療法がない。快《よ》くなってくれ、と祈るしかなかった。

勝は鉄道寮の事務所に戻った。

できた。

溜まっていた書類を整理していると、土木司員の佐藤与之助が執務室に飛び込んできた。

「大変です」

「何事だね」

勝はすぐに、佐藤の表情から事態の深刻さを悟った。

「モレルさんが倒れました。神奈川の現場の宿舎で休んでおられます」

佐藤が言った。

「なんだと！」

勝は、椅子を蹴って立ち上がった。大きな音を立てて椅子が倒れた。

勝は事務所を飛び出し、「馬を出せ！」と叫んだ。

――ああ、なんということだ。こんな時に鉄道が普及していたら、すぐにモレルのところに駆けつけることができるのに。くそっ。

佐藤が、勝の前に馬を連れてきた。勝は、それに飛び乗ると、すぐに馬腹を蹴った。馬は、勝の気持ちの高ぶりを理解したかのように、鋭くいななき、駆け出した。

佐藤が、勝の後に続く。

――どうしてモレルを休ませなかったのだろうか。いや、モレルに休むように言

って も休まなかった。モレルは、真の同志だ。

馬が息切れを起こすほどの勢いで走らせ、勝は宿舎に着いた。

〈モレル、大丈夫か！〉

勝は、モレルが休むベッドに駆け寄った。

〈マサル、心配をかけてすまない〉

力のない声だ。

〈何を言うんだ。すぐに病院に移ってもらうから〉

〈病院より、横浜の自宅がいい。ハリエットに看病をしてもらうから〉

〈とにかくゆっくり休んでほしい。絶対に快くなるから〉

勝はモレルの手を摑《つか》んだ。その手は冷たく、まるで氷のようだった。

〈役に立てず、すまない〉

モレルの頬に一筋の涙が伝う。

〈いいえ、あなたがいたからここまで鉄道を敷設することができたのです。試乗会も無事に終えました。あとは、完成を見るだけです。一緒に祝いましょう。日本で最初の鉄道です。あなたが作ったのですよ〉

勝は、精一杯の笑顔を作った。しかし涙が止まらない。

〈マサル、後は頼みましたよ〉

モレルが薄く微笑む。

〈一緒にやりましょう。必ず一緒にやりましょう〉勝は、作業服の胸のポケットから一枚の写真を取り出し、モレルに見せた。〈機関車の前で撮った写真です。よく写っています。これが大勢の客を乗せて、走るんですよ。一緒に乗りましょう〉

涙が止まらない。

〈そうですね。一緒に乗りましょう。日本中、行きたいところに行けるようにしましょう。マサル、泣かないでください。私は、必ず元気になりますから〉

モレルが微笑んだ。

〈絶対ですよ。必ず元気になってください〉

勝は、強くモレルの手を握った。

モレルは、馬車に乗せられ、横浜の自宅に戻って行った。

——回復して元気な姿を見せてください。

勝は、念じながら、再び写真を取り出して見つめた。モレルの元気な笑い顔が目に入る。その上に勝の涙が落ちる。

明治四年（一八七一）九月二十三日、勝のもとに電報が届いた。

「サクジツ　イチジハン　モレルウジ　アイハテ……」勝は項垂《うなだ》れ、電報を机の上に置いた。「モレルが死んでしまった……」

悲しみ、悔しさなど、えも言われぬ感情が込み上げてくる。電報は、モレルの妻ハリエットの死も伝えてきた。看病疲れか、モレルの死に衝撃を受けたのか、モレルを追うようにハリエットも亡くなってしまったのだ。

「モレル、ありがとうございました。私たちは、あなたのような誠実な技術者を迎えられたことを感謝したいと思います。あなたがいたからこそ、もうすぐ新橋—横浜間の鉄道が開通します……」

勝は、涙を堪えるかのように天を仰《あお》いだ。

モレル三十歳、妻ハリエット二十五歳、あまりにも早い死だった。

モレルの後任には、技師長代理筆頭のチャールズ・シェパードが就任した。

6

鉄道は明治五年（一八七二）五月から、品川—横浜間二四キロメートルで仮開業した。一日二往復の営業である。

品川発九時、十七時、横浜発八時、十六時で運転時間は三十五分。

運賃は片道上等一円五〇銭、中等一円、下等五〇銭とした。

資料によると、当時の大工の日当が四〇銭から五〇銭、もりそばが五厘《りん》、米一俵八〇銭前後というからそれなりに高額だったと言えるだろう。

勝《まさる》は、太政官布告による鉄道略則、鉄道犯罪罰例などを公布した。イギリスの規則を直訳したものだ。

「来《きた》る五月七日より此表示の時刻に日々横浜並に品川ステイション列車出発す乗車せむを欲する者は遅くとも此表示の時刻より五十分前にステイションに来り切手買入其他の手都合を為すべし云々」と大仰《おおぎょう》に書かれた布告を、人々は興味深く読んだ。

ここには切手（切符）は一日限り一度限りであることや、四歳までは無料、十二歳までは半分の料金、犬は二五銭で犬箱などに載せること、喫煙は喫煙車両以外禁止などが定められていた。

勝は、人々の反響が心配だった。黒い鉄の塊が動くのを見て、怒り出す人がいるかもしれない。反対派が妨害をしかけるかもしれない。

ところが列車の発車時刻が近づくと、勝の心配は全くの杞憂とわかった。真新しい駅車内は発車を心待ちにする人々で溢れている。

勝が嬉しさで弾む気持を押し殺しながら、乗客の間を歩いていると、一人の老女が近づいて来た。下等五〇銭の切符を握りしめている。彼女の傍《そば》には男性が寄りそっている。

「駅の方ですか」老女が勝に声をかける。

「母さん、この人は偉い人だから失礼だよ」男性が老女を制する。

「よろしいですよ。何かお困りのことでもございますか」

勝は膝を屈して、老女に目線を合わせる。

「本当にこの切符で、横浜まで半時（約一時間）もかからないで行けるのかね」

老女が切符を見せる。

「行けますよ。半時もかかりません」

勝はにこやかに答えた。

「えらい時代になったものだね。良い冥土《めいど》の土産になります」

老女は勝に手を合わせた。

「これからは鉄道を利用して、どこにでも行けるようになりますからね」

勝は老女の手を引き、列車に案内した。

列車に乗り込むと、老女も男性も勝に何度も頭を下げた。二人の笑顔を見て、勝は心の底から喜びが湧き上がってきた。

好評に応え、翌日には一日二往復を六往復に増便を決定した。その後も増便し、一日八往復になる。

天皇陛下も乗車した。七月十二日のことだ。中国、四国巡幸の帰り、品川港に入る予定の軍艦が、風や波が荒く横浜港への入港を余儀なくされた。そこで急遽《きゆうきよ》、臨時列車が仕立てられたのである。

横浜発十八時八分、品川着十九時十五分の初のお召《めし》列車となった。

天皇陛下は非常に喜んだという。こうしたニュースが国民に広まり、鉄道人気はさらに高まり、勝の名前も喧伝《けんでん》されるようになっていった。

勝は、明治五年（一八七二）七月四日に鉱山正との兼務を解かれ、鉄道頭専任となる。鉄道敷設が順調で、多忙となったためだ。

「勝、開業式の日が九月九日に決まったぞ」

上司である庸三が、勝の執務室にやってきて開業式の日取りを伝えた。

「重陽《ちようよう》の節句だな」

勝は、書類から目を離した。

「陛下のご臨席も賜《たまわ》ることになった」

「なんだか夢のようだな。反対していた連中はどんな顔をしているのだ？」

勝は、皮肉っぽく言った。

「みんな機関車に乗った途端に子どものようにはしゃいでさ、たちまち賛成派に鞍《くら》替《が》えだ。今まで反対していたことなんか、すっかり忘れてしまっているんだ」

「いい加減なものだな」

「それが政治だ。しかしな、これで思い切り鉄道が作れるぞ」

天皇臨席で鉄道開通を祝うことで、政府は国民に新しい時代が到来したことを実感させようとしていた。

開業日は、公務員の休日とし、開業式に集まった人々には赤飯、煮しめなどを振る舞うことになっている。

「開業式は、俺に仕切らせてくれ」

勝は、庸三に強く訴えた。

庸三は一瞬、嫌な顔をした。工部省では勝の上司だ。その立場を尊重しない勝には手を焼いていた。

「もう良い。お前に任せる。盛大にやってくれ」

庸三は、勝の勢いに押されるように答えた。

「鉄道の魅力を天下に知らしめる絶好の機会だ。派手にやるぞ」

勝は、早速イギリス人技師などと相談し、開業式の準備にかかった。式場の飾りつけはイギリス人建築家のジョン・スメドレーが担当した。

「紅白の電灯で飾ろうではないか。大きなアーチを作ろう」

勝は式場の装飾に次々とアイデアを提供した。

〈子どものようにはしゃいでおられますな〉

スメドレーが愉快そうに言う。

〈はしゃがずにおられようか。やっとこの日を迎えることができるんだからな。みんなに喜んでもらいたい一心だ〉

〈世界中の旗を、空にはためかせましょうか〉

〈それはいい。日の丸と世界各国の旗が青空にはためけば、それはそれは美しいだろう〉

勝は、早速、部下に命じて各国の旗を集めさせた。

部下が報告してくる。

「飾りつける旗が足りません」

勝の得意の雷が落ちる。

「馬鹿野郎！」

「馬鹿野郎とはなんですか」

部下は負けじと反論する。

勝は、頭ごなしに怒鳴りつけるだけではない。毎日、実際の工事現場で仕事をしているため、部下とも気脈を通じている。

「馬鹿野郎だから馬鹿野郎だ。手旗信号でもなんでも持ってこい。黄色や緑色や色々あるだろう」

指で頭を指し、「頭を使え」と言う。

「提灯《ちょうちん》を飾ったらどうでしょうか。紅白の提灯です。日本的情緒がありますから、外国人招待客には受けるんではないでしょうか」

部下が提案する。

勝は満面の笑みで、「グッド・アイデア」と部下を指さした。

準備は順調に進んでいた。問題は天候だ。

勝は、部下と共に天皇陛下に献上する「鉄道図」の完成を急いでいた。新橋―横浜間の路線建設図だが、実際に勝が現場に立ち、工事を指揮した場所ばかりで、思い出が深い。

この頃、勝は宇佐子《うさこ》という女性を妻に迎え、赤坂に住んでいた。新婚家庭であるにもかかわらず鉄道図を自宅に持ち帰り、夜の時間を割いて制作にあたっていた。

外は激しい雨。開業式は、二日後に迫っている。不安でたまらない。

〈ジョイネル、明後日の天気はどうなるかな〉

勝は、工部省測量助手のイギリス人、H・B・ジョイネルに聞いた。

ジョイネルは、気象掛として雇われ、後に東京気象台創設を建議する。

〈雨は明日、上がるでしょうが、ぬかるみがひどくて、たとえ晴天になっても国民と一緒に祝うには相応《ふさわ》しくない。開業式は延期した方がいいのではないでしょう

るからだ。

ジョイネルは苦渋の表情を浮かべる。開業式にかける勝の思いをよく理解してい

か〉

〈やはり難しいか〉

窓に打ちつける雨の音に、勝は黙って耳を澄ませていた。

雨でぬかるんだところに天皇陛下をお迎えするわけにはいかない。

〈三日後はどうかな〉

再度、ジョイネルに尋ねた。

〈数日、晴天が続きますから、その頃であれば、ぬかるみもなくなっていると思います。延期すべきです〉

ジョイネルが明快に答える。

「よし、延期するぞ」

上司である庸三に面会を求め、延期の意向を伝えた。

「どうしても無理か……」

庸三はあからさまに顔をしかめた。

「国家的行事だ。陛下にもご臨席賜ることになる。残念だが、仕方がない」

勝は厳しい表情で答えた。

「その陛下が問題だ。今から予定を変更していただけるかなぁ」

「天気はどうしようもない。万全の態勢で開業式を挙行するのが、私たちの務めだ」

「分かってはいるが……」

まだ渋い表情だ。

「俺が直接、大隈さんに相談する。それでいいか」

勝は苛立《いらだ》ちをあらわにする。

「ま、待てよ。そんなにいきり立つな。わかったよ。俺が大隈さんに話すから。伊藤は、岩倉《いわくら》使節団の一員として欧米視察中だし……」

庸三は渋い顔だ。

岩倉使節団とは、岩倉具視《ともみ》を団長として、木戸や伊藤ら政府要人や留学生一〇七名による大視察団だ。明治四年（一八七一）十一月十二日から明治六年（一八七三）九月十三日までの長期間にわたる。大久保利通も視察団に加わっており、留守政府の責任者は大隈だった。

「俺が大隈さんに話す。今回の開業式のすべては俺の責任だ」

大隈に遠慮がちな態度をとる庸三に任せてはおけない。延期の決定は、早い方がいい。それにいつ挙行するかも、同時に了解を取り付けておきたい。ジョイネルによる天候のアドバイスで、九月十二日が良いと考えていた。

「そこまで言うなら勝に任せるから、大隈さんに説明してくれ」

庸三は、渋々、勝に任せた。

勝は、すぐに大隈との相談に赴き、裁可を得て、開業式を三日後の九月十二日に延期することを決定した。

残念ではあったが、仕方がない。最高の式典にしたい、それだけを考えていた。

明治五年（一八七二）九月十二日、盛大に鉄道開業式が開催された。

空は、真っ青に澄み渡る。涼やかな秋風が頰《ほお》を撫《な》でる。

勝は、烏帽子《えぼし》、直垂《ひたたれ》、裃《かみしも》の正装。

「こんな恰好《かっこう》より、作業服の方がいいな」

自宅を出てくる時、宇佐子に眉根を寄せて言った。

しかし、それは勝の照れだった。やはり正装して天皇陛下や政府重鎮の面々を迎え入れるのは晴れがましく、喜びで興奮する。

会場は青空の下、万国旗がはためき、数え切れないほどの紅白の提灯が揺れている。

杉の緑葉で飾られた巨大なアーチを潜《くぐ》ると、お召列車が見える。紅白の幕で飾られ、華やかなこと極まりない。

花火が大きな音を上げる。青空に白い煙がたなびく。幟《のぼり》が何本も立てられ、気球が空を舞う。

「いい天気になって良かったな」

庸三が話しかけてきた。

「延期は正解だった」

勝は満足そうに言った。

「随分と派手にしたな。相当、費用がかかっただろう」

庸三がじろりと勝を見る。

「まあな。二度とないことだから」

「もうすぐ陛下がご到着です」

新橋駅長の高井尚三《しょうぞう》が報告に来る。帽子を飾る金線が鮮やかだ。

「駅長、よく似合っているぞ」

ダブル上着に金ボタンが二列で一〇個並んでいる。青いラシャ（毛織物）地に黒で縁取りがしてあり、引き締まった印象を与える制服だ。

「ありがとうございます」

高井は嬉しそうに敬礼をした。

「さあ、お迎えに行くぞ」

天皇陛下が四頭だての馬車に乗って、新橋駅に向かっているのを確認する。

勝は、駅構内で各国公使らと天皇陛下を迎える。そして馬車から降りられた陛下を、儀仗兵が整列する中を先導し、駅舎の中に入る。

紅白に飾りつけられた会場内の玉座に天皇陛下が座る。勝は、緊張で足が震え出しそうになったが、ゆっくりと朱塗りの盆を掲げつつ歩く。そこには、勝が丹精込めて描いた鉄道図が載せられている。

無事に鉄道図の献上が終了してホッとする間もなく勝は、天皇陛下をお召列車に先導する。

九両編成の三両目の御料車に、陛下を先導して乗り込む。一両目、二両目には護衛が乗車するので実質的には先頭と言える。

同じ車両に乗るのは、侍従長有栖川宮熾仁《ありすがわのみやたるひと》親王、三条実美、そして庸三ら七人。

他の車両には大隈、井上馨、山県有朋《やまがたありとも》、勝海舟《かつかいしゅう》、西郷隆盛《さいごうたかもり》、黒田清隆《くろだきよたか》などが乗った。

西郷や黒田は鉄道反対派だった。西郷はまだ反対の姿勢を崩さないが、黒田はすでに欧州から帰国後、賛成派に鞍替えしている。

午前十時。出発の合図の太鼓が鳴らされる。同時に、品川沖の軍艦から放たれた一〇〇発を超える祝砲がとどろく。

列車は厳かに新橋駅を出発する。機関手はイギリス人のトーマス・ハートだ。

機関車は十一時に横浜に着くことになっている。

沿道には多くの人々がお召列車を一目見ようと集まっている。手に握りしめた日の丸の旗をちぎれんばかりに振っている。

「井上、なかなか速いものだな」

天皇陛下が、窓の外で歓声を上げる人々に手を振りながら笑みを浮かべる。

「はい、最新鋭の機関車ですから」

勝は、緊張して答える。

それにしても速い。速すぎる。

「勝、速すぎないか」

庸三が心配そうに言う。

「大丈夫だ。こんなものだ」

平気な顔で答えたものの、内心は焦っていた。

横浜駅に着いた。

午前十時半。予定の十一時より三十分も前に着いてしまった。

勝は、すぐに機関室に駆けつけた。

〈速すぎる。二倍のスピードだったではないか〉トーマスに詰め寄る。

トーマスは焦りながら、〈すみません、ボス。張り切りすぎました〉と頭を下げた。

仕方がない。着いてしまったものは、今さら引き返すわけにはいかない。

勝は客車に戻り、「陛下、横浜駅に早く到着してしまいました。申し訳ありません」と叱責覚悟で、頭を下げた。

天皇陛下は笑いながら、「遅れるよりいい。機関車の優秀な性能を楽しませてもらった。愉快だった。ありがとう」と勝を慰労した。

勝は、さらに大きく頭を下げた。冷や汗ものだったが、遅れるよりいいと陛下が言ってくれたことで誰もが助かった。

鉄道館において開業式が始まった。

「今般、我が国の鉄道の首線が竣工《しゅんこう》したのを告ぐ。朕《ちん》、親《みずか》ら開行し、その便利を欣《よろこ》ぶ。ああ、百官、この盛業を百事維新の初めに起し、この鴻利《こうり》を万民永享《えいきょう》の後に恵まんとす。その励精勉力実に嘉尚すべし。朕、我が国の富盛を期し、百官万民のためにこれを祝す。朕、さらに鉄道を拡張し、この線をして全国に蔓布《まんぷ》せしめんことを庶幾《しょき》する」

天皇陛下は、関係者に勅語《ちょくご》を賜った。

体が震えてくる。涙がこぼれ落ちそうになるのをぐっと堪える。モレルの優しげな顔が浮かんで仕方がない。この場にモレルがいたら、臆面もなく二人で抱き合って喜んだことだろう。天皇陛下が鉄道を全国に敷設しろとおっしゃった。こんなに心強いことはない。

関係者の代表として三条実美太政大臣、東京市民代表として三井八郎右衛門が挨拶。

続いて勝や工部省関係者、お雇い外国人技師らが陛下から賞詞を賜った。これに対して庸三が、工部省を代表して挨拶した。

勝たちは正午に横浜駅を発ち、新橋駅に戻り、午後一時から新橋駅での開業式を行った。

ここでは桟敷《さじき》を設けて、一般の人々にもすぐ間近で機関車の見学を許可した。数万もの人々が、もっと近くで機関車を見ようと押し合った。運悪く一人の男性が石炭ガラを捨てる灰坑に落ちてしまい、慌てて穴から出ようとしたところへ機関車が通過した。あっという間もなく男性は両手を轢《ひ》かれてしまった。なんと鉄道開業式の記念すべきその日に、初めての鉄道事故が発生してしまったのだ。

開業式の夜、浜《はま》離《り》宮《きゅう》延遼館《えんりょうかん》で祝宴が開催された。

延遼館は、幕末に建造された日本初の西洋風石造建築物で、迎賓館《げいひんかん》として利用されている。

鉄道敷設に尽くした関係者や各国大使たちが、会場に集まった。誰もが喜びに満ちた表情をしている。

ところが、その場に勝はいなかった。

「疲れが出た。気分が悪い」

勝は、悪寒《おかん》に耐えきれなくなり、急遽、自宅に帰ることにしたのだ。

祝宴が始まり、鉄道差配役のイギリス人、ウィリアム・カーギルは「最大の功労者である井上勝氏が急病のため、この場におられないのは非常に残念です」とスピーチした。

差配役というのは、鉄道敷設資金を調達した東洋銀行から派遣され、公債の担保となっている鉄道経営を監督する立場である。

カーギルの月給は二〇〇〇ドル（当時は金本位制でほぼ一ドルが一円程度だったので二〇〇〇ドルは、当時の二〇〇〇円から二二〇〇円ぐらい）。これは三条実美太政大臣の月給八〇〇円の二倍以上にあたる高額だ。鉄道差配役という立場の重要度が分かる金額である。

祝宴が始まった頃、勝は馬車を横浜に向けていた。

自宅に馬車を向けていたのだが、「横浜にやってくれ」と御者に告げた。

「よろしいんですか」

御者が心配して聞いた。

「ああ、大丈夫だ。外国人墓地まで急いでくれ」

「外国人墓地ですか？」

「ああ、モレルさんの墓に参りたいのだ」

勝は掠《かす》れるような声で言った。

まだ悪寒はおさまらない。しかし、無事に開業したことをモレルに報告しなければ、ゆっくり休むことはできない。

大事な祝宴を欠席してしまった。出席者に申し訳ないが、もっと大事なことは止《や》めるわけにはいかない。

今回の鉄道が無事に敷設できたのは、モレルの命を懸けた献身があったからだ。それがなければ絶対に完成していない。

もしモレルが生きていれば、当然、天皇陛下からの賞詞を賜っていた。それが叶わなかったのが、勝にとっては最大の痛恨事だ。勝の口からモレルに感謝を伝えたい。

「出発いたします」

御者は、勝の意図を理解したのか、馬に鞭《むち》を入れた。

「機関車を見たか？」

勝は御者に聞いた。

「はい、大したものですな」

御者が感に堪えないような声で言った。

「そうか、そうか」

勝は、満足そうに笑みを浮かべた。少し悪寒が取れてきたように感じる。

「機関車と競争して走り出す者や、燃えるように熱いから水をかけろと言う者やら、大変だったようです。また火竜のようだと恐れていた者もおりました」

「誰もが初めて見るものだからな。天皇陛下から全国に鉄道を広げてほしいとのお言葉を賜ったから、私は、これまで以上の努力をしなければならない」

勝は自分に言い聞かせた。

「井上様」

御者が何か聞きたげに言う。

「なんだ?」

「私のような馬車に乗っている者の仕事はなくなるんでしょうな」

不安げに聞こえる。

「どうかな。文明というものの進歩はものすごく速い。時代をどんどん変えてしまう。どう変わるかは予測がつかない。しかし変わる時代について行かねばならない

「……」

「頑張れってことですね」

　御者は明るく答えた。

「その通りだ」

　勝も力強く答えた。

「到着いたしました」

　モレルが眠る横浜外国人墓地に着いた。

　勝は御者に抱えられるようにして、暗がりの墓地をランタンを頼りに歩く。

　モレルの墓の前に立った。御者が墓をランタンの灯《あかり》で照らす。

「モレルさん、あなたのおかげで無事に新橋―横浜間の鉄道が開通しました。本当にありがとうございました」

　手を合わせ、深く低頭した。モレルの顔が浮かぶ。思わず涙が一筋流れる。

「花火が上がり、軍楽隊が演奏し、祝砲がとどろき、新橋も横浜も喜びに溢れる人でいっぱいになりました。こんなことは御一新以来、初めてのことです。ほら」勝は、賞詞を墓に向かって差し出した。「陛下から、こんな賞詞を賜りました。そしてどんどん鉄道を作れと励まされました。嬉しいことです。やりますよ。大隈さんも伊藤さんも応援してくれています。あえて言えば庸三が、私のやることに少しケチをつけますが、気にはしません。やりたいようにやります。見ててください」

勝は、夜空を眺めた。満天の星のきらめきは、モレルが笑っているように思えてきた。

翌日の東京日日新聞の「一昨十二日、鉄道の開業式が執り行われたり。前日までは暴風雨なりしが、当日は麗しき天気となり」で始まる記事は、開業式や浜離宮での祝宴の賑《にぎ》やかな様子を、「この夜、延遼館内は勿論浜離宮とも数限りなき彩灯を点し、燦爛《さんらん》たる烟火《えんか》の揚がりしは、月も光を失い、夜も昼も見事なりき」などと詳細に伝えた。

7

新橋―横浜間の鉄道は、開業式翌日の九月十三日から一般営業を開始した。八時から十一時、十四時から十八時に一時間間隔で一日九往復。運転時間は五十三分。運賃は、新橋―横浜間が下等三七・五銭、中等はその二倍、上等は三倍となった。

勝《まさる》は、新橋―横浜間の鉄道と並行して神戸―大阪間三二・七キロメートルの鉄道敷設を進めていた。

着工時期は、新橋―横浜間より約四カ月遅れの明治三年（一八七〇）七月三十日。

「モレルの計画では、明治六年いっぱいに完成させるはずだった。このままでは絶対に無理だ」

勝は、乗客で賑わう新橋駅で機関車を眺めながら呟いた。

新橋―横浜間はすでに完成し、順調に営業を始めている。神戸―大阪間を開通しなければ、次に進めない。次は京都―大阪間だ。そして一日でも早く京都―東京を結ぶのだ。

勝は、踵《きびす》を返すと、その足で工部省に出かけた。

苛立ったまま庸三に会えば、喧嘩になるかもしれないが、それも覚悟の上だった。

庸三は、今、勝の上司である工部少輔だ。大輔である伊藤が岩倉使節団で不在であるため、実質的にトップとして君臨していた。

「いったいあいつは何を考えているんだ」

勝は、せっかく無事に開業式を終えたというのに、その喜びに浸ることもなく、次の鉄道のことばかり考えていた。

終わったことは、終わったことでしかありえない。いつまでも喜びの余韻《よいん》に浸っているわけにはいかない。全国の人に鉄道の恩恵を届けねばならない。そう勝は考えていた。

日本国中に鉄道が敷設されれば、料金も安くなり、利用者も急増するだろう。その時こそ鉄道の威力が発揮される。今はまだ序の口も序の口。喜んでいる時間はない。

「ところが庸三の奴は、関西の鉄道はそんなに急がなくてもいいなどと言う。いったい何を考えているんだ。一緒に陛下から日本中に鉄道を敷設してくれと言われたばかりではないか」

急ぎ足でぶつぶつ言いながら、勝は工部省に向かった。

「鉄道に強い思いがないなら、俺に任せればいいんだ」

省内に入っても、目を怒らせ、ぶつぶつと何事か呟き、急ぎ足で歩く勝を、職員たちが奇異な目で見ている。

——猪《いのしし》が突進していく……。

誰かが勝のことを、まっすぐに進む猪のように思ったようだ。ささやきが聞こえる。

「どけ、どけ」

勝は、目の前をゆったりした調子で歩く役人を押しのける。慌てて道を空ける。

「庸三は、工部学校の建設にばかり力を入れやがって……。だったら鉄道には口を挟むな。金がないだの、なんだのとうるさい奴だ」

庸三は、勝の言う通り工部学校設立の建議が通り、今、設立に向けての準備に多忙を極めていた。

工部学校を設立し、人材を育てることは庸三の夢だ。その実現に向けて邁進していた。

「古《いにしえ》より、国家の文明盛大を為さんと欲する者、皆、その上下をして知識を備え、厚生利用の途に出しむるを要せざる無し云々、などと大層な建議を通しやがって……。人材が必要なのは認める。だったらそっちだけをやっていればいい。生半可に口を挟むな。開業式なんかも俺がみんな仕切ったではないか。鉄道のことは俺に任せろってんだ」

また職員が道を空けた。余程、怖い顔をしているのだろうか。

――猪侍？　誰が俺のことをこう呼んだのだろうか？　伊藤さんか？　庸三か？

庸三とは、密航した仲間の中では一番長くイギリスに留まった仲だ。ちゃんと約束の五年以上いたのは、俺と庸三だけだ。それなのにどうしてこんなにも考え方がずれてしまうのか。

――あいつがウィリアムソン教授の家を出てグラスゴーに行ったのも、俺との折り合いが悪かったからだろうか。そのことをあいつははっきりと言わなかったが、今、思うとそうかもしれない。六歳も年下なのに、俺が生意気な口を利《き》きすぎるからだろうか。確かにこれは、反省すべき点だ。

もうそこは庸三の部屋だ。

ドアを激しく開ける。庸三が、机に広げた書類を読んでいる。何事かと驚いた顔で勝を見つめた。

「なんだ、何事だ。入る時は、ノックぐらいしろ」

庸三が怒鳴る。尊王攘夷《そんのうじょうい》運動で血刀の中を潜り抜けてきた男だ。迫力がある。

「何がノックだ。官僚面しやがって」

勝も声の大きさなら負けてはいない。

勝は、悟った。庸三と自分との違いは、仕事への向き合い方にあるのだ。

現場主義と官僚主義とでも言おうか。

勝は、とにかく現場で指揮を執るタイプだ。庸三は、本部で指揮を執るタイプだ。形式や建前を重んじる。勝は、どちらかというと結果重視だ。結果が、すべてだ。良き結果を得るためなら策略もなく、まっすぐ突き進んでしまう。そこにある抵抗を何もかも跳ね飛ばしてしまう勢いだ。

庸三は違う。根回しをし、媚《こ》びた作り笑顔も辞さない。目的を達成するのに策略を巡らすこともある。それが悪いとは言わない。官僚としては有能なのだろう。

「官僚面とはなんだ。訂正して謝れ」

庸三が机を離れ、勝に近づく。今にも摑みかからんばかりの勢いだ。

「お前みたいに机に向かってばかりで、鉄道の何が分かる」

「鉄道、鉄道と言いやがって、俺は工部少輔だ。鉄道のことばかりに構っていられないんだ。日本の工業化のことが頭にあるんだ。この鉄道馬鹿！」

庸三が思い切り表情を歪《ゆが》める。

「馬鹿とはなんだ、馬鹿とは！」

勝は庸三に向かって手をあげそうになるのを、ぐっと堪えた。

「馬鹿に馬鹿と言って何が悪い」

庸三がさらに毒づく。

勝は、また悟った。

――庸三は、出世を望んでいるのだろう。

工部省での権力基盤確立に忙しいのだろう。官僚の力は地位で決まるからだ。

勝は庸三を睨みつける。

――この野郎。出世なんかより人間の器械になることが、俺たちの使命ではないのか。器械を動かす方に回ってどういうつもりだ。

「庸三、陛下から賜った言葉を忘れたのか。『朕、さらに鉄道を拡張し、この線をして全国に蔓布せしめんことを庶幾する』というお言葉を！」

勝は姿勢を正した。

「忘れてはいない。陛下のお言葉は絶対だ」

庸三の語勢が急に力をなくした。

「だったら、神戸―大阪線の遅れをどう考えているんだ。なんとかしないとだめだろう。もう、新橋―横浜は動いているんだぞ」

勝は詰め寄った。

――そもそも庸三との関係がここまで悪化したのは、神戸―大阪線の開通遅れが原因だ。それまではさほどでもなかった気がする。

俺は鉄道、庸三は工業化全般と分担していたからだ。ところが遅れが目立つようになって、角を突き合わすことが多くなった。遅れるなという俺と、多少遅れても大丈夫という庸三と……。

神戸―大阪間の鉄道敷設は、勝が通訳したイギリス公使パークスと三条や大隈、伊藤らとの会談で提案され、その後正式に閣議決定した。

イギリス人技師のJ・イングランドやJ・ダイアックが神戸に乗り込み、直接に監督指導した。

勝もモレルも新橋―横浜間同様に力を注《そそ》ぎ、度々、現地に入った。モレルは、非常に丁寧に工事を進めた。路床は、三〇センチごとに千本搗《づ》きで地面を固めながら進めていった。

問題は川が多いことだった。

神戸—西宮《にしのみや》間には、石屋《いしや》、住吉《すみよし》、芦屋《あしや》の三本の川。西宮—大阪間には武庫《むこ》、神崎《かんざき》、十三《じゅうそう》のやはり三本の川。

この問題を解決するためにはトンネルを掘り、鉄橋を架ける必要があるが、それらが難工事だったのだ。

まず神戸—西宮間の三本の川にはトンネルを掘ることになった。天井川《てんじょうがわ》と呼ばれ、川床が高いためである。川の水量はさほど多くないが、流れが急であるため簡単な工事ではない。

だいたい川の底にトンネルを掘るという工事など経験があるはずがない。工事中に川底が抜けたら、多くの工夫が水に流されて命を落としてしまう。

たとえ完成しても本当に川の下を機関車が通行できるのだろうか。

J・イングランドは、川底に掘った天井にレンガを巻きつけるように張り、強度を高めればよいと言う。

そんなことができるのだろうか。トンネルを掘り、壁面にレンガを張りながら、一方で木樋を使って排水をする……。経験のない工事だ。

それに日本には良質のレンガさえない。

勝は、まずレンガ工場を作るよう命じた。京都の川田村《かわた》（京都府山科《やましな》区川田）に工場を建設し、瓦職人や陶器職人を集めて、トンネル補強の使用に耐えられるレンガを焼き始めた。

工事の方法は決まったが、現在のところ、どの工事も着工して数年を経るのに順調に進行していない。

もう一つの難題は、橋だ。

新橋―横浜間の六郷川橋梁は木製だったが、西宮―大阪間の川には鉄橋を架けることに決まった。日本初の鉄橋だ。設計も工事監督もすべてイギリス人技術者だが、架橋工事現場で働く日本人の技術が追いついていかない。工事は遅れていた。

――残念だが、日本人はまだまだ未熟だ。なんとかしないと、このままでは工事がますます遅れてしまう。

勝は、責任を痛感していた。

「冷静に話そう、勝」

庸三が弱り切った顔で勝を宥《なだ》めた。

「俺は、いつでも冷静だ。問題は、ただ一つ。神戸―大阪間の工事を急がねばならないことだ。大阪―京都間も京都―東京間も早く着工しなければならないのに、このままではいつになるか分からない。陛下のご期待にも沿えない」

勝は、庸三に向かって身を乗り出した。

「工事が、馬鹿丁寧だっていうじゃないか。費用も時間もかかっている」

庸三が渋い表情を見せる。

「工事が丁寧なのは当然のことだ。問題は現場だ。現場の力が追いついていない」

勝が反論した。

「だから俺は工学校を作るんだ」

庸三は我が意を得たりという表情だ。

「そういう問題じゃない。俺だって鉄道技術者を養成する学校を作るつもりで考えている。しかし、それでは今、間に合わない」

勝が反論する。

「それなら外国人をもっと雇うか」

庸三は勝の真意を探ろうとするかのように、慎重な顔つきになる。

「馬鹿野郎！　そんなことで解決になるか」

勝は、思わず怒鳴ってしまう。口癖の馬鹿野郎が出てしまった。

「なんだと、馬鹿野郎？　少輔に向かってなんという言い草か」

目を剝いて怒りをあらわにする。

「庸三のように考えの浅い奴は馬鹿野郎だよ」

口を尖らす。

「勝、俺は少輔だ。少しは尊重しろ。俺の立場ってものがあるだろう」

不愉快そうに顔を歪める。

「では少輔様、工事を早める良い考えがある。聞いていただけますか」

からかうように言う。

「おお、聞いてやる。話してみろ」

庸三も同じようにからかい口調で言う。

怒鳴り合っていても、少しおどけた態度を取ることができるのは、二人で長くイギリスでの孤独な生活に耐えたおかげだ。喧嘩もしたが、励まし合いもした。

勝は、にやりとした。

「庸三、新橋―横浜間の鉄道は完成した。俺の手を離れた。今、やるべきは神戸―大阪間の工事を早期に完成することだ。そうだな」

勝は、ぐいっと庸三に向けて顔を突き出した。

「その通りだ」

庸三は、体を反《そ》らして答えた。

「工事を早期に完成するためには、力のある監督者が現場に常駐しなければいけない。それは私だ。鉄道寮を一時的に関西に移す。いいな」

最後の「いいな」に、勝は力を込めた。

「ダメだ！　馬鹿野郎！」

庸三が瞬時に怒りをぶつけた。勝の専売特許である〝馬鹿野郎〟で反撃する。

「馬鹿野郎だと。俺のどこが馬鹿野郎だ」

勝が言い返す。

「鉄道寮は、政府の重要な機関だ。そんなものを勝手に関西に移せると思うのか。東京にあるからこそ意味があるんだ。それにお前は鉄道頭だぞ。そんな重要な立場の人間がのこのこ関西に行き、何をするんだ。東京にいて現地を指揮するべきだ。信用できる人材を関西に送ればいいではないか。お前は全体を俯瞰《ふかん》して、指揮を執るのが役目だ。そんなことも分からないのか」

本気で怒っている。

「俺が現場で指揮を執らないと鉄道は出来ない。庸三は、全く分かっていない。お前のようにこんな立派な部屋でふんぞりかえっていて鉄道が出来るか」

「ダメだ。絶対に許さない」

庸三の声がひときわ大きくなる。

「許すも何も、俺は決めた。だいたい庸三は、現場も知らないのにごちゃごちゃと言いすぎだ。もっとやりたいようにやらせろ」

「なんだと！　ますます許さん！」

庸三が机を叩く。大きな音が室内に響く。

「今のままなら鉄道寮からの指示が即座に現場に反映できない。間違った指示さえ伝わってしまう。結局、遅れに遅れて、完成できなくなるぞ。それでいいのか。鉄道寮に近い新橋─横浜間とは違うのだ。分かってくれ。鉄道寮を関西に移さないと鉄道は完成しないんだ」

勝は、苛立ちをぶつけるように右足を床に打ち付けた。

「勝、工部省の責任を負うのは、俺だ。俺が許さんと言っているのだから許さん。鉄道寮を関西に持っていくなど、もっての外《ほか》だ。帰れ」

庸三は右手の指を勝に向け、出て行くように命じた。

「ああ、帰る。もういい。庸三の下で鉄道頭なんかやっていられない。もう辞めるぞ」

勝は、庸三を睨んだ。

「辞めるんだったら辞めろ。お前のような奴は部下として使えない。辞めてくれれば、俺もせいせいする」

庸三も売り言葉に買い言葉となった。

お互い一歩も引かない。

なぜここまでこじれたか。二人にも本当のところはよく分からない。五年以上もの長きにわたって、イギリスで共に暮らした仲なのだが、なにかと細かいところでぶつかってしまう。

ウマが合わないと言ってしまえば簡単だが、直情径行の勝は、おそらく庸三以外の者が上司であっても上手くいかなかったかもしれない。

庸三にしてみれば、自分の方が年長であり、上司であるわけだから、もう少し立ててくれてもいいだろうという思いかもしれない。周囲の部下たちに示しがつかないのだから。

ドン。大きな音を立てて、勝はドアを閉めた。

廊下を靴音高く歩く。多少悔しさはあるが、後悔はない。

「宇佐子になんて説明するかな」

早く自宅に帰り、宇佐子の手料理で酒を飲むことだけを考えていた。

勝は鉄道頭の職を自ら辞した。明治六年（一八七三）七月二十二日付で免職となったのである。

勝の後任として、鉄道権頭《ごんのかみ》だった太田資政《すけまさ》が鉄道頭代理に任命された。

本当にこのまま勝を辞めさせていいのか、庸三には迷いもあった。太田を代理として任命したが、すべては伊藤が西欧視察から帰国してからと思っていた。

勝のような上司を上司とも思わない奴は、心底から部下に持ちたくない。しかしあの情熱に溢れる意見が聞けなくなるのかと思うと、庸三は寂しさも覚えていた。

8

勝《まさる》は、洋行中の伊藤に手紙を書くべきかどうか、迷った。

鉄道頭を辞めてしまったことを報告すれば、復職を願っているように思われるのも癪《しゃく》に障る。復職なんて全く望んでいない。庸三が、頭を下げてくれれば別だが……。

しかし鉄道に関しては、勝に任せると引き立ててくれた伊藤に、何も言わないのは失礼ではないか。

「あなた、お酒が進みませんね」

宇佐子が、冷え切った燗酒《かんざけ》を見つめている。

宇佐子には、鉄道頭を辞してきたことを伝えている。彼女は仕事のことに関しては何も言わない。時折、飲み過ぎないようにと勝に注意するだけだ。

「ああ、今日は、どうも酒が美味《うま》くない」

勝は鬱々《うつうつ》とした表情で答えた。

宇佐子が急に居住まいを正した。何事かと思って勝は、緊張した。勝が仕事ばかりしているので、実家に帰るとでも言い出すのではないかと心配になった。

「あなた」

宇佐子が普段にない厳しい口調で呼びかける。

「どうした？　急に。顔つきまで変えて……」

「あなたはこれでよろしいのですか。私は、お仕事のことは一切、分かりませんが、あれほど情熱を持って取り組んでおられた鉄道敷設事業を、簡単に投げ出すことができるのですか？　私も新橋まで出かけて開業式の様子を遠くから拝見させていただきました」

「お前も来ていたのか」

「はい、行かせていただきました」

「どうだった？」

「それはそれは感激いたしました。あんなに大きなものが、大勢の人を乗せて動くのですからね。私もあれに乗りたいと思いました」

宇佐子の目が輝く。

「そうか、近いうちに乗せてやる」

勝は笑みを浮かべた。

「嫌でございます」

宇佐子は毅然と言い放った。

「なぜだ？　お前が乗りたいと申すから乗せてやると親切に言ったのに、嫌だとはわけの分からんことを言う」

勝は眉根を寄せた。

「あなたが作られている鉄道だから乗りたいのです。あなたがお作りにならないのなら乗りたくありません。あなたは陛下から、日本中に鉄道を敷設するようにとお言葉を賜ったと、自慢げにおっしゃっていました。あなたが、お辞めになったことをお知りになられたら、陛下はがっかりされることでしょう。私以上に……」

宇佐子の目に涙が光っているように見えた。

勝はまじまじと宇佐子の顔を見た。おとなしい女性だが、勝が自分の仕事を自ら投げ出したことに、本気で憤《いきどお》っている。

「私が鉄道頭を辞めたことが不満か……」

勝は、静かに問い質《ただ》した。

「不満も何もありません。あなたは鉄道敷設を諦めるようなお方ではないと思っております。それに私は、ただただあなたがお作りになる鉄道で、日本中を旅行したいと楽しみにしております。それでこんな失礼なことを申し上げました」

宇佐子は頭を下げた。

「すまないなぁ」勝は、宇佐子に言った。そして「ちょっと悪い。席を外させてくれ」と、食卓を離れた。

勝は書斎に入った。伊藤に手紙を書こうと決意したのだ。庸三との仲をとりなしてくれと言うつもりはない。しかしなぜ辞任したのか、その思いだけでも伝えておきたい。その上で自分の進退は、伊藤に任せよう。宇佐子に自分の気持ちをずばりと言い当てられてしまった。庸三との諍《いさか》いの勢いで辞表を叩きつけてしまったが、自分は鉄道を全国に敷設したいのだ。それが夢だ。途中で投げ出すわけにはいかない。

勝は伊藤に宛てて手紙を書いた。そこには伊藤が不在の間、上司の庸三とことごとく意見が対立し、ついには不信感さえ抱《いだ》くようになり、このままでは思うような仕事ができないのでこれ以上は耐えられないと判断し、一旦、鉄道頭の職を辞めさせてもらったと、事態の深刻さや自分の思いを率直に表した。

「あとは、伊藤さんにお任せしよう」

勝は、手紙を読み返しながらひとりごちた。

「俺の作る鉄道に乗りたいか……。宇佐子の奴、つまらんことを言う」

だ。

今までも同じように考えてきたと思う。江藤に鉄道模型を見せられてからずっと持ちがふつふつと湧いてくる。

勝は苦笑した。

鉄道頭を辞めてみて、やっと自分の道が見えてきた気がする。自分の手で日本中に鉄道を敷設したい。そして宇佐子のような人々を鉄道に乗せてやりたい。その気持ちがふつふつと湧いてくる。

しかし、少しずつ純粋さを失ってきたのかもしれない。とにかく鉄道を作りたいという情熱が薄れ、自分の名誉や出世を考えるようになっていたのではないだろうか。だから庸三の存在が癪に障ってしまうのだ。誰が上司でも構わないではないか。鉄道さえ自由に作らせてくれればいいのだ。それで満足なのだ。

「思い通りの仕事をしたい。この気持ちが伊藤さんに通じればありがたいのだが……。もし通じなければ、鉄道の仕事を諦め、何か別の仕事を探さねばなるまい」

勝は、不吉な思いを振り払うように頭を振った。

「我が職掌《しょくしょう》はただクロカネの道作りに候《そうろう》。この道しかない」

勝は、強く自分に言い聞かせると、伊藤宛の手紙に封印を押した。

第六章　クロカネの道に捧ぐ

1

明治六年（一八七三）九月十三日、岩倉《いわくら》使節団に参加していた伊藤博文《いとうひろぶみ》が帰朝した。

勝《まさる》からの手紙や庸三《ようぞう》からの報告で勝の鉄道頭《てつどうのかみ》辞任を知っていた伊藤は、すぐに庸三を呼んだ。

伊藤は庸三に迫った。

「なぜ、辞めさせたんだ」

「あんな奴は使えん。俺の立場がない」

「そんなことを言っている場合じゃないだろう。日本に鉄道を敷設《ふせつ》するには、あいつの力が必要なんだ。それくらいは分かっているだろう」

「しかし、我慢できん」

「それを我慢するのがお前の役目だろう。鉄道のことは勝に任せろ。お前は日本の工業行政全般を担えばいい。勝を戻せ。いや、戻してくれ。俺は、今回、改めて西洋を見てきた。このままでは、日本はますます世界の流れから取り残されてしまう。一刻の猶予《ゆうよ》もない。西洋に追いつくためには、鉄道が必要なのだ。頼む」

伊藤は、まるで刺し違えることも辞さぬ勢いで庸三を説得する。

腕を組み、天を睨《にら》む庸三。盟友伊藤にここまで頭を下げられたら、動かざるを得ない。ここで意地を張ったら、逆に男らしくない。

しかし後任の辞令はすでに発令された。それに最も厄介なのは、勝自身だ。鉄道頭に戻れと命じても、待ってましたとばかりに戻る男ではない。

「伊藤さんにこれだけ評価されて、勝が羨《うらや》ましい」

庸三が苦々しい顔で言った。

「まあ、そう言うな」

伊藤は笑いつつ、渋い表情で続ける。

「しかし、あいつは一度決めたことはなかなか覆《くつがえ》さないだろう」

「厄介だな」

庸三は呟《つぶや》いた。

「さて、どうやって説得するかだな」

「仕方がない。責任を取って私が説得にあたろう」

庸三が気の進まない顔で言った。

「いや、庸三には悪いが、藪蛇《やぶへび》というものだ。私がやらざるを得ないだろう。私が出て行った方が、あいつも戻りやすい」

伊藤が言った。

「迷惑をかけるなぁ」

庸三が頭を下げた。


ただちに伊藤は行動を起こし、勝を呼び出した。

鉄道頭に復職するように説得するが、勝はなかなか承知しない。伊藤は、お前しかいないのだと言う。終《しま》いには怒り出した。

ここにきて、さすがに勝も観念した。これ以上、伊藤に頭を下げさせるのは本意ではない。

元はと言えば、庸三と気が合わないだけだ。庸三があまりに勝のやり方に口を出すからだ。鉄道のことは任されているはずだ。

「伊藤さん、戻るにあたっては、鉄道のことは私に任せると、庸三にくれぐれも申し渡してください」

勝は、伊藤からお墨付きをもらおうとした。

「分かっておる。庸三には、勝のやりたいようにやらせろと言っておいた。だからもう一度、鉄道頭に戻ってくれ」

伊藤から、好きなようにやってもいいと言われた勝は、それならば戻りますと返事をした。

内心は、浮き立つ心を抑えきれない。これでこそと鉄道敷設の現場を視察しなくていいし、大阪に鉄道寮を移し、思う存分、現場を督励《とくれい》することができる。

「伊藤さんのお墨付きをもらえれば、鬼に金棒。大阪—神戸間の工事の遅れをすぐに取り戻してみせます」

勝は伊藤に確約した。

勝の後任が発令済みであったため、役所の手続きなどに思いの外《ほか》、時間がかかった。じりじりして待っていたが、いよいよ明治七年（一八七四）一月に、鉄道頭に復帰することになった。

勝は、そわそわと落ち着かない。役所への出仕の際に着用する礼服に袖を通す。この大層な金糸銀糸で飾られた勅任官《ちよくにんかん》の服装が、勝は窮屈《きゆうくつ》で嫌いだった。

現場に出て、勝自身がツルハシやスコップを持つこともあるため、イギリスで愛用した長袖のシャツと作業ズボンに革のブーツというスタイルを好んだ。しかし、今日は大事な復帰の日。そういう訳にはいかない。

「では行ってくるぞ」

勝は気難しそうな表情で、見送る宇佐子《うさこ》に言った。

「うふっ」

宇佐子が、手で口を塞いで小さく笑った。

「どうした。何かおかしいか」

「だってあなた、難しい顔をしていらっしゃるんだもの」

「そうか。そんなに難しい顔をしているかな」

「皆さんから怖がられますよ。怒っているのじゃないかと誤解されます」

「少しにこやかな顔をするか」と勝は表情を緩める。「いや、止《や》めておこう。いかにも喜んでいると思われて、沽券《こけん》にかかわる」

「あまり意地を張られませんように」

宇佐子は、笑みを浮かべ勝を見送った。

勝は、再び厳しい表情になり、馬車に乗り込んだ。

——やることがいっぱいあるぞ。

勝は、馬車の揺れに身を任せながら、気持ちを奮い立たせた。

2

勝《まさる》は鉄道頭に復帰すると、今まで以上に奮闘した。

二月十七日には計画通りに鉄道寮を大阪・堂島《どうじま》に移した。

職員百数十名を率《ひき》いて大阪に下っていったのだが、その覚悟は尋常ではなかった。庸三と対立し、一旦は鉄道頭を辞任したきっかけは、この鉄道寮の大阪移転にあるのだ。

絶対に失敗は許されない。悲壮感にも似た覚悟だった。

勝が現地で陣頭指揮したおかげで、工事は順調に進んだ。

大阪に拠点を移して、最も良かったのは、イギリス人技師が進めようとしていた路線を変更させたことだ。

イギリス人技師は、神戸―大阪間について、神戸から神崎《かんざき》（現尼崎《あまがさき》）まで本線を引き、神崎を起点にして支線を大阪・堂島まで延ばす計画を立てていた。

神戸―神崎を本線、そこから大阪までは支線、神戸―神崎―京都を本線にする計画だ。

神崎川など大きな河川をできるだけ避け、本線を京都にまっすぐに結ぶ方が、架橋工事などが難しくなく、また費用もかからないからだった。

政府は、いずれ京都と東京を鉄道で結ぶ考えではいたが、中山道《なかせんどう》路線を考えていたため、大阪に本線を延ばす発想がなかった。

勝は、これに異議を唱えた。

〈今の案では、神戸からの列車が、神崎で大阪と京都に分かれるではないか。神戸―京都―東京は本線で一本に結ばれるが、大阪は外れてしまう。大阪支線は盲腸《もうちょう》みたいなものとなり、大阪駅は頭端式《とうたんしき》駅になってしまう。これでは、せっかくの商都大阪の発展が阻害される〉

〈しかし大阪・堂島まで幹線を延ばしますと、かなり長い路線となり、架橋工事も難しくなります〉

イギリス人技師たちは勝の考えに難色を示す。

〈みんな、一緒に来い〉

勝はやにわに立ち上がると、作業服のまま上着を肩にかけ、歩き出した。

〈ボスはどこへ行くんだ〉

突然のことに、イギリス人技師たちは戸惑《とまど》いを浮かべた。

勝は作業服を常々、愛用しているので動きが早い。

〈まあ、黙って一緒に来い〉

勝が、笑みを浮かべる。イギリス人技師たちは、何事かと訝《いぶか》しげな表情を浮かべながらもついて行く。

勝は馬車を仕立てて、イギリス人技師たちも同乗した。

馬車は、堂島の鉄道寮を出発して、御堂筋《みどうすじ》を北に走る。しばらく行くと、広々とした田園地帯になった。

堂島川や曾根崎《そねざき》川などの河川工事で出た土で埋め立てた地域だ。かつては「埋《う》田《め》」と呼ばれていたが、今では「梅田」となっている。

田園地帯と言っても、渺々《びょうびょう》と荒れ果てた雰囲気を漂わせている。

勝は馬車から降りると、腰に左手を当て、すっくと立った。そして右手で田園地帯の景色を撫《な》でるように動かす。

〈ここは梅田というところだ。この場所に大阪駅を作る〉

〈ここに？〉

イギリス人技師たちは、驚いたような表情で田園を眺めている。涼しい風が肌に当たる。

〈ここなら大阪の中心から離れているので反対も少ないだろう。それに神崎からここに本線を引いてきても、堂島まで行くほど極端に迂回したり、長くなることもない〉

〈なるほど〉

大阪は日本で一番栄えた商都だ。そのため、鉄道敷設に反対する声が多かった。煙で空が汚れる、水運の町大阪に鉄道は相応《ふさわ》しくないなどと言う。鉄道という新しい文明の利器に頼らなくても、十分に繁栄しているという自負の表れだろう。そうした反対の声に嫌気がさしていたイギリス人技師たちが、それなら大阪駅を支線の行き止まりにしてしまえと考えたのも無理はなかった。

〈大阪を支線にする訳にはいかない。ここに大阪駅を作り、なんとしても神戸―大阪―京都を本線で結ぶべきだ。大阪駅は頭端駅ではなく、通過駅とする〉

勝は断固として言い切った。

〈ボスの案のように大阪の中心地を避け、この梅田という田園地帯に大阪駅を設ければ、駅周辺が新しい大阪として発展する。そうなれば堂島など中心地との相乗効果で、ますます大阪が繁栄する。それに本線にすることで、神戸―大阪―京都の人の往来が一層、活発化し、これら三つの町も繁栄する。そういうことですか?〉

イギリス人技師の責任者が、したり顔で勝の考えを代弁した。

勝は得意そうな笑みを浮かべて、〈その通りだ〉と答えた。

〈なるほどね。ここならいいかもしれない〉

他のイギリス人技師たちも、商都大阪の発展を考えた場合、井上案の方を採用すべきという結論になった。

〈ボス、あなたの考えは素晴らしい。私たちは良いボスを戴いているようだね〉

イギリス人技師が尊敬のまなざしを勝に向けた。

天井川《てんじょう》の日本初のトンネル工事や鉄橋架橋など、難しいと思われていた工事も順調に進み、明治七年（一八七四）五月に、神戸―大阪間三三キロメートルの鉄道が無事開通した。

梅田に作られた大阪駅はレンガ造り二階建てのしゃれた建物で、駅前には待合茶屋などが設けられ、鉄道反対派の商人たちも大勢が見学に来る賑《にぎ》わいを見せたのである。

3

勝《まさる》にとって悲しいことがあった。鉄道頭を辞任していた明治六年（一八七三）十月のことだ。

鉄道の道に勝の目を開かせてくれた江藤新平《えとうしんぺい》が参議の職を辞して、地元佐賀へ帰ってしまったのだ。

直接の原因は、朝鮮国に武力を以《もっ》て国交回復を迫るか否《いな》かの征韓論をめぐる論争ということになっている。

勝は、中央の政界の動きに首を突っ込まないようにしているが、それでも江藤が突然、参議の職を辞してしまったのには深い訳があるに違いないと思っていた。

また、佐賀へ帰る前に一目会い、挨拶《あいさつ》の言葉でも交わせれば良かったと残念に思った。

なぜ征韓論が起きたのか。

朝鮮国とは、徳川家と朝鮮李《り》王家との交際という形式でつながりがあったが、明治政府成立と共にその関係が切れてしまった。

明治政府とすれば、朝鮮国の背後にあるロシアや清《しん》国の影響を考えた場合、朝鮮国との国交回復は焦眉《しょうび》の課題だった。

ところが朝鮮国は、徳川家を倒して日本を近代化しようとする明治政府を認めようとせず、反感を高めていた。そのため釜山《プサン》にある倭館《わかん》前に、日本を誹謗《ひぼう》する「無法の国」と書かれた立て看板を出したのである。

これを看過できないと考えた明治政府の中で、板垣退助《いたがきたいすけ》参議らは朝鮮に軍隊を派遣すべしという考えになった。

しかし軍隊を派遣すれば戦争になってしまうと、西郷隆盛《さいごうたかもり》が反対した。日本が朝鮮国と戦争すれば、当然のことながら清国やロシアが朝鮮国支援に動き出すなどの警戒感もあっただろう。

そこで西郷は、自分が国交回復交渉の特使として朝鮮国に行くと言い出した。

太政《だじょう》大臣三条実美《さんじょうさねとみ》は、この西郷朝鮮国使節案を受け入れ、天皇の裁可を得た。

しかし、岩倉具視《ともみ》たちが欧米視察に出かけ、留守であるため、正式の西郷使節派遣は、彼らが帰国してからということになった。

帰国した岩倉たちは西郷を朝鮮使節に派遣することで、かえって戦争を誘発することになりはしないかと危惧《きぐ》した。

そこで彼らは西郷の盟友である大久保利通《おおくぼとしみち》を参議に加え、西郷の朝鮮使節を白紙に戻そうと画策したのである。

勝は、こうした中央政府内での内紛を醒《さ》めた目で見ていた。

彼らは新しい国造りに命を懸けずに、ただの派閥争いに明け暮れているように思えたのだ。

ただ、一点だけ気になることがあった。

伊藤に鉄道頭への復帰を説得された時、その表情が極めて厳しかったことだ。

伊藤は、ぽつりと井上馨《かおる》がなぁと言い、ため息をついた。

勝は、伊藤の嘆きの理由に薄々気づいていた。

馨は大蔵大輔《おおくらたいふ》として、大久保大蔵卿の外遊中に大きな権限を持つようになり、出入り業者との癒着《ゆちゃく》が噂されていたのだ。

さらに、長州藩出身の兵部大輔《ひょうぶたいふ》山県有朋《やまがたありとも》も癒着が疑われていた。

鉄道も多くの業者と関係する。しかし、広く国民に愛される鉄道にするためには、癒着は絶対にあってはならないことだ。

勝は、自分自身も癒着を疑われないよう警戒すると共に、部下たちにも目を光らせていた。

馨には、以前から公私混同をなんとも思わないところがあった。長州藩の公金で茶屋遊びをするのも平気だった。清濁《せいだく》併《あわ》せ呑《の》むと言えば聞こえがいいが、維新前は見逃されても法治国家として近代化を進める明治政府では、罪に問われることだった。

江藤が厳しいのだ、と伊藤は愚痴《ぐち》をこぼした。

馨も山県も、伊藤にとってみれば、維新の激動を共に命懸けで駆け抜けてきた仲間だ。絶対に見捨てる訳にはいかない。

癒着を疑われるようなことは止めろと注意し、このまま見逃したいと思っているのだが、法を重んじる司法卿江藤新平が許さない。馨も山県も、さらにそれにつながる長州閥の官僚たちまで逮捕されてしまうかもしれない。

伊藤の恐れは、このままでは長州閥が総崩れになってしまうことだった。それを防がねばならない。

「悩ましいのぉ。江藤殿は厳しい人だから」

伊藤は、苦渋《くじゅう》に満ちた表情を浮かべた。

伊藤は江藤を排除する気でいるのだ、と勝は思った。

江藤は参議。そして西郷の征韓論に賛成している。彼は軍人ではなく、また理性的に事象を見ることができる人物だ。感情論ではなく、西郷に加担しているのだろう。しかし伊藤は、征韓論者を排除すること、すなわち江藤を排除することを考えているのではないか。長州閥を守るために……。

「江藤殿は、明治政府になくてはならない人物だと思います」

勝は、伊藤を見つめた。

「そんなこと、承知している。しかし、俺が望むような国を造るには、まだまだ馨や山県にも踏ん張ってもらわねばならないんだ。勝、お前もだ」

伊藤は、決意を滲《にじ》ませた目で、強く勝を睨んだ。余計なことは言うなという顔だ。

伊藤がどう動いたのか、詳しい情報はない。勝の耳に入ってきたのは、明治政府内の派閥争いの結果だけだった。

西郷隆盛、板垣退助、後藤象二郎《しょうじろう》、副島種臣《そえじまたねおみ》、そして江藤新平の五人が参議を辞職し、下野《げや》してしまった。

江藤が下野したおかげで、馨や山県は訴追を免《まぬか》れることができた。

五人もの参議が下野したために、伊藤は、明治六年（一八七三）十月二十五日に参議兼工部卿に就任した。長州閥の筆頭であった木戸孝允《きどたかよし》が病気がちであり、実質的に伊藤が長州閥筆頭となった。

——伊藤さんの思惑通りになったが、これから大変なことになるのではないか。五人の有力者が政府から去ったことは、政権の不安定の要因になるではないかと勝は懸念した。

特に、その能力において尊敬する江藤の今後については、心配が募った。

一方、鉄道に理解のある伊藤が政府で重要な役割を担うようになったことで、鉄道敷設に弾《はず》みがつくだろうとも期待した。

しかし、勝の心配した通りの結果になってしまった。

伊藤の説得に応じて鉄道頭に復帰し、鉄道寮を大阪に移して陣頭指揮を始めた頃、江藤は佐賀で、不平士族たちと共に政府に武力で反旗を翻《ひるがえ》した。

この知らせに勝は驚いた。こうした内乱が起きるのではないかと危惧をしていたが、江藤は武器を持って戦うより、法律で相手を説得する方を選ぶと考えていたからだ。

——江藤殿は東京に残っていれば良かったのに……。

勝は、江藤と鉄道について熱く語ったことを思い出し、悔しくて仕方がない。しかしどうすることもできない。勝は、あえて江藤のことは考えないようにして、鉄道敷設に邁進《まいしん》した。

江藤の死を知ったのは、神戸―大阪間の鉄道が完成間近な明治七年（一八七四）四月十三日のことだった。

聞くところによると、江藤は裁判で弁明の機会を与えられないまま、斬首という武士にとっては最も恥辱《ちじょく》的な刑に処せられたという。

悔しかっただろう、と勝はひとり涙を流した。江藤は、勝を鉄道に導いてくれた恩人と言える存在だった。

そして、日本に法治の概念を根づかせようとしていた人物でもあった。それが正当な裁判にもかけられず、斬首されてしまうのか。

これが政治というものか。人間の器械になると思い定め、イギリスで技術などを習得してきた勝には、政治がなんともおどろおどろしい世界に見えた。

しかし伊藤や馨は、その政治の世界で生き抜こうとしている。同じ時期にイギリスに密航した仲間だが、随分、生き方が違ってしまったものだ。

勝は、佐賀で果てた江藤を想い、ひとり手を合わせた。このような激動の時代は、自分というものをしっかりと持ち、自分の役割を果たすしかない。余計なことを考えたり、分不相応な欲を出しては道を誤るだけだ。

私は、クロカネの道をまっすぐに進む覚悟であります。

勝は江藤に語りかけると共に、自分に言い聞かせた。

〈何をなさっているのですか〉

イギリス人技師が、瞑目《めいもく》し、手を合わせている勝を奇異な表情で見ている。

〈尊敬する人が内乱を起こした罪で死罪になったのだ。それで冥福《めいふく》を祈っている〉

勝は、悲しげな表情で答えた。

〈新しい国が出来る時は、どの国でも政治的対立から血が流れます。悲しいことですが……〉

〈本当にやるせない。しかし私たちは、そうしたことに惑わされず鉄道を一日でも早く全国に敷設しなければならない。ようやく神戸―大阪間は目途がついた。今度は京都―大阪間を早く作り上げよう〉

勝は、自分自身を鼓舞するように言った。

〈ボス、鉄道敷設はこれから難しくなるでしょうな〉

〈なぜそんなふうに考えるのか〉

〈政府は、内乱を抑えるのに力も金も注《そそ》ぎ、鉄道どころではなくなるだろうということです〉

勝はイギリス人技術者の話を聞きながら、心の中では伊藤は鉄道の重要性を十分に理解してくれているはずだと期待していた。

4

政府が計画している主な鉄道敷設は、東京─京都間、東京（新橋）─横浜間、京都─神戸間、琵琶湖─敦賀《つるが》間である。

東京─京都間は中山道に通す案が出されているが、今はまだ測量もされていない。

明治七年（一八七四）現在、曲がりなりにも完成しているのは、東京─横浜間と神戸─大阪間だ。

これでは遅いと、勝《まさる》は焦る気持ちが強くなっていた。

大阪─京都間の鉄道工事着手は、明治六年（一八七三）十二月二十六日だ。勝が鉄道頭に復帰する直前のことである。

勝は、庸三の反対を押し切ってまで鉄道寮を大阪に移し、神戸─京都間の鉄道敷設を進めていた。ようやく明治七年五月に神戸─大阪間が完成したが、大阪─京都間の工事は遅々として進まない。

原因は、イギリス人技師が懸念を口にしていた通り、国内の内乱が続き、財政難に陥っていたのである。

明治七年から明治九年（一八七六）にかけて、江藤が首謀者となった佐賀の乱に続き、神風連《じんぷうれん》の乱、秋月《あきづき》の乱、萩《はぎ》の乱と続いた。

ただでさえ財政基盤が確立していない政府は、鉄道敷設に回す資金が枯渇《こかつ》するようになってしまった。

「仕方がない。ない袖は振れぬということだ」

勝は部下たちと共に、既存の鉄道管理に注力せざるを得なかった。

「伊藤さんは何を考えているんだ」

内乱を防いで日本を統一した社会にするためにも、鉄道が早期に必要だという信念を、勝は持っていた。

ただ便利な乗り物を作るというのではない。日本という国を造るための鉄道なのだ。

「最近、鉄道に理解のあった大隈《おおくま》さんでさえ、鉄道より海運を強化すべきだと言い出している。日本は海に囲まれている。陸より海だというわけだ。三菱《みつびし》商会に補助金を出したそうじゃないか。どうせ多額の賄賂《わいろ》でも、もらったのだろう」

勝は部下に憤《いきどお》りをぶつける。

「海運強化の方針が出され、鉄道は当面中止になりました。いったい私たちは、これからどうなるんでしょうか」

政府は、現在進行中の大阪―京都間を除いて、当初計画されていた京都―敦賀間、東京―京都間の測量を始めとする工事の中止を命じてきたのだ。

「大丈夫だ。なんとかする」

部下に大見得を切ったものの、勝は有効な手段を見出せないでいた。

「やはり伊藤様に頼るしかないのではないでしょうか」

勝の怒りを買うのを恐れるように、部下がおどおどとした口調で言う。

「馬鹿野郎！」勝の声に部下は首をすくめる。「と言いたいところだが、それしかない。伊藤さんは今や参議という重責を担っている。俺に、鉄道のことは好きにしていいと言っておきながら、工事を中止するのは、干上《ひあ》がらせるのと同じだからな」

「お願いされますか」

部下は、また怒鳴《どな》られてはたまらないと首をすくめたまま聞いた。

「ばっ」

勝が声を張り上げる。

部下がびくっと体を固くする。

「はっはっは。怒鳴らないよ。そんなに年がら年中、怒鳴っていたら体に悪い」

「安心しました」

部下の表情が緩み、胸を撫でおろす。

「お願いはしない」

勝は、真面目な顔で強く言う。

「そうですか……」

部下が肩を落とす。

「お願いじゃない。意見をする。鉄道を早く作らないと大変なことになるってな」

勝は自信ありげに微笑《ほほえ》んだ。

すぐに紙と筆を取り出して、手紙を書き始めた。鉄道の有用性を説き、国民生活を向上させるには鉄道しかないと強調する。

牛馬による荷車などの運搬に頼っているならば「一日の飢《う》えを充たすに足らず」と主張し、今さら、伊藤にこんなことを言うのは「仏に向かって法を説く」ようなものだと辞を低くしつつも、「世を開化の域に進め、国勢をして一振せしむるものは鉄道を措《お》いて何をか求めん」と書く。

――国を発展させるのは鉄道しかないのだ。そんなこと、伊藤さんは百も承知だろう。だから私を鉄道頭に復帰させたのではないのか。鉄道を作らないのなら、私なんかいなくてもいいではないか。

書きながら憤りが込み上げてくる。

手紙の最後には、「大いに廟堂《びょうどう》に議を起こし、以て進業の令を発せん事を希望に堪えざるなり」と書き記した。あまりに力を込めて書いたので、墨が飛んでしまった。

明治九年（一八七六）二月、工部卿の伊藤宛に、鉄道事業を推進するようにとの意見書を送った。

勝は待っていた。伊藤から「勝、鉄道を進めろ！」という力強い返事が来るのを。

ところが待てど暮らせど、梨の礫《つぶて》だ。数カ月が経ったというのに、なんの返事もない。

「いったいどういうことだ。伊藤さんは、もはや鉄道への情熱を失われたのか」

勝は、机の上の書類などを投げ出さんばかりに憤激した。

もう一度、手紙を書く。勝は、以前にもまして強い調子で言葉を連ねた。

以前に出した手紙を読んでいただいたのかと迫り、早期に新規鉄道敷設工事の再開を決断してくれるよう「明答を賜《たま》え」と、まるで命令するかのような文面となった。

「さて」勝は、書き終えた手紙を見ていた。「これを郵送するだけでいいのか。直接、届けるのがいいのか」

工部大輔は庸三だ。気に食わないが、庸三に仲介を頼んで直接、伊藤さんにこの手紙を届けようかと思ったが、諦めた。郵送するしかない。今、自分が大阪の地を離れる訳にはいかない。

「それに……」

勝は悔しさを噛みしめた。鉄道を作るために鉄道寮を大阪に移し、勝自身もこの地に赴任した。

だが、肝心の鉄道敷設計画が頓挫《とんざ》するなどとは思いもよらなかった。京都—大阪間が完成すれば、後の計画は全くの白紙。そんなことは夢にも思っていなかった。

「庸三の奴……」

庸三は最近、鉄道より道路を重視し始めているらしい。

工部大輔という地位にある庸三は、工部省内で着々と力をつけつつある。予算付与に関しても大きな力を持っている。

勝に対して、「鉄道ばかり考えてはいられないんだ」と突き放したようなことを言い、明治九年度工部省予算二九一万一九四二円のうち、鉄道には一八%しか回さなかった。一番多く予算配分したのは、皮肉にも勝が兼務を解かれた鉱業で、四七%も割り当てられた。その他、内乱が続くため軍事用に電信設備を整える必要から、通信費に一九％などとなっている。

新しい鉄道敷設を再開しなければ、この予算さえ使い残してしまう。

庸三の考えは、国内の産業を活発化させるには、まず道路の整備が必要だというものだ。

東京や大阪などの大都市の道路のみが整備され、そこの住民だけが利益を得ているのは不公平極まりなく、鉄道を新しく作るのは当分の間、見合わせ、まず全国の道路を整備するべきだと庸三は政府内で主張しているらしい。このことも、勝を苛《いら》立《だ》たせた。

確かに道路は必要だ。しかし道路を整備しても、人力車や馬車でいったいどれだけの物が運べると思うのか。

庸三には、イギリスの産業発展が鉄道網の整備によってもたらされたことが、理解できなかったのだろうか。

伊藤は、庸三の道路優先という考え方に感化されたのではないだろうかと、疑念さえ抱《いだ》くようになってしまった。

勝はこの時ほど、大阪と東京が遠く離れていることの不便さを感じたことはなかった。

「鉄道さえあればなぁ」

思わずひとり嘆いた。

5

鉄道敷設再開に関する伊藤からの返事がないままに、明治十年（一八七七）一月十一日の官制改革で鉄道寮は廃止となり、工部省鉄道局として新たに出発することになった。

この改革で工部省には、鉄道の他に鉱山、電信、工作など十局が設置された。

工部卿は伊藤博文、工部大輔は山尾《やまお》庸三、工部少輔鉄道局長は井上勝《まさる》という布陣となり、共に荒海を渡り、イギリスに密航した旧長州藩士五人のうちの三人が日本の産業、工業政策全般を司ることになったのである。

しかし、勝には鉄道局長に就任したことへの喜びや感慨にふけっている暇はない。

二月五日に行われる京都—神戸間の鉄道開業式の準備に忙殺されていたのだ。

新しい鉄道敷設が決まらなければ、今後、鉄道局長とは名ばかりで、単に既設の鉄道を整備、管理するだけになってしまう。

そんなことはさせるものかと、勝は危機感を持って開業式の準備を行っていた。

「局長、いつもより〝馬鹿野郎〟が多いですよ」

もはや勝の馬鹿野郎に慣れっこになっている部下が笑う。

「馬鹿野郎、こんどの開業式に鉄道の未来がかかっているんだぞ。なんとしても陛下のご臨席を賜るんだ。そして以前、新橋―横浜間の開業式で頂いたのと同じように、全国に鉄道を敷設することを期待するというお言葉を頂くんだ。絶対だぞ」

勝は部下を叱咤《しった》した。

部下も勝の尋常ならざる意気込みを感じて、準備に奔走《ほんそう》した。

二月五日、予定通り京都駅において開業式が行われた。勝を大いに感激させたのは、天皇が京都、大阪、神戸のそれぞれの駅に行幸《ぎょうこう》されることになっていることだ。

天皇は、鉄道の開通を多くの人々と喜び合えるのが非常に嬉しいと語った。

「陛下のお言葉をお聞きになりましたか」

勝は、同席していた伊藤にささやいた。

「ああ」

伊藤は、陛下に顔を向けたまま硬い表情で言った。

「私が二度も出した手紙に返事もくれませんね」

「忙しいんだ」

伊藤が突き放す。

京都府知事の祝辞が始まる。

「三条様にも手紙を出しました」

「知っている」

勝は、伊藤からなんの返事もないため、鉄道局長に就任直後、太政大臣三条実美に鉄道新設を訴えたのだ。

そこに鉄道敷設が当初の計画と違い、遅々として進んでいないことを切々と綴《つづ》った。

そして自分としては鉄道局長として鉄道業にますます尽力するつもりだが、もし鉄道業が「萎靡《いび》に附《ふ》するものとせば素《もと》より鷁退《げきたい》せられて可なるものなり」と記した。

鷁とは想像上の水鳥のことで、よく空を飛び、水に潜ることができるという。鷁退とは、この鳥が大風に後退を余儀なくされるとの意味である。

要するに、政府の財政難などの理由から鉄道業が衰退していくなら、私は退任してもいいんです、と脅《おど》しをかけたのだ。

「三条様への手紙までお読みになったのであれば、どうして鉄道新設を進めてくださらないのですか。鉄道の重要性は、伊藤さんが一番ご存知のはずではありませんか」勝は、強い口調で言い、天皇陛下を見つめた。「陛下の御心《みこころ》も、鉄道を作ってほしいということです」

「金がないんだ」

伊藤は、勝に顔を向けようともせずに冷たく言った。

なんという言い草だ。腹が立つ。この場が開業式でなかったら猛抗議しているところだ。

「三菱や五代《ごだい》などが関係する北海道開発には、随分と巨額の投資をされていると聞いています。たとえ北海道の開拓が進んでも、鉄道がなければどうしようもないでしょう。どうして私の考えを理解してくださらないのですか」

勝は絞り出すように言った。

「私の立場も少しは考えてくれ」

伊藤が苦しげな表情を浮かべ、わずかに勝に顔を向けた。

「それなら新しい鉄道を認めてください」

勝は不機嫌な顔になり、伊藤から顔を背ける。

天皇陛下が列車に乗り、次の目的地である大阪に向かう。

「失礼します」

先導役の勝は席を立ち、天皇陛下の案内に向かう。

「なんとかする」

伊藤は、小声で勝の背中に語りかけた。勝は、何も答えずに頭を下げた。

勝は、伊藤が新しい鉄道敷設の許可を与えてくれるのを、じりじりとした思いで待った。

ところがまた内乱が起きた。今度は、政府を転覆《てんぷく》させてしまうかもしれないほどの大規模な内乱だ。

明治十年（一八七七）二月、西郷隆盛が挙兵したのだ。西南の役の始まりである。

こうした事態になることを勝は懸念していた。征韓論で大久保や伊藤の反対に遭い、下野していた西郷は不平士族や郷里の若者たちに非常に人気があった。

それに、井上馨や山県有朋などの長州閥高官による汚職疑惑などが続き、多くの人が庶民的で贅沢《ぜいたく》を嫌う西郷に心を寄せていた。

しかし勝にとっては厄介な存在であった。というのは、西郷が強力な鉄道敷設反対派だったからだ。

同じ薩摩藩出身の大久保や黒田清隆《くろだきよたか》は、ようやく鉄道賛成派に変わってきたのだが、西郷だけは反対を続けていた。理由は、特に声高に言わないのだが、鉄道を利用して外国の軍隊が一気に日本各地に攻め込んでくるという懸念からのようだ。

勝にとっては馬鹿げていると一蹴すれば良い程度の理由だが、西郷が言うと、その影響力はただならぬものがあった。鉄道の新設がなかなか許可されない理由の一つであったかもしれない。

――また鉄道敷設が後回しになってしまう。

勝は、西南の役勃発《ぼっぱつ》の報を聞いて、がっくりと肩を落とした。

政府は軍事に予算を振り向け、鉄道へ回す金がないと言い出すことが容易に推測できたからだ。

ところが皮肉にも、この西南の役が政府内に鉄道の重要性を強烈に印象づけることになる。完成した京都―神戸間の鉄道が、軍事輸送に大きく貢献したのだ。

西南の役は、九月二十四日の鹿児島城山総攻撃、そして西郷の自刃《じじん》で終わりを告げたが、政府は鉄道の有用性を認め、明治十一年（一八七八）四月、一二五〇万円の国債を発行し、募集実額一〇〇〇万円の一部を鉄道新設に充当することにしたのである。

「勝、お前のしつこさには負けたぞ」

伊藤は半ばあきれ気味に、政府の決定を告げた。

「お国のためなら、どんなに嫌われてもしつこく食らいつきます」

勝は伊藤に礼を言いながらも、してやったりと薄ら笑いを浮かべた。

「猪《いのしし》というより、それではすっぽんだな」

伊藤が笑う。久々の笑顔だと勝は思った。

伊藤は、勝よりもはるかに出世し、政権の中枢を担っている。しかし内乱や派閥争いが頻発し、政府の舵《かじ》取りは困難を極めている。勝は、余計なことを考えずクロカネの道をひた走っているが、伊藤はそうではない。国家全体のことを考え、行動していると言えば聞こえはいいのだが、最近は暗い顔で金がない、金がないと繰り返すばかりだった。

「すっぽんで結構です。私はお約束した通り、クロカネの道に邁進いたします」

「それで良い。勝にこの国の鉄道を任せたのだ。やりたいようにやってくれ」伊藤は機嫌よく笑った。「しかし、勝と一緒にイギリスに行ってから早や十五年か……。あっという間だな。私たちは、周布政之助《すふまさのすけ》様に言われたように人間の器械になれたのかな」

伊藤は、往時を懐かしむように目を細めた。その目には、荒海を渡っていく自らの姿が映っているようだ。

「さあ、どうでしょうか。私自身は、まだこれからだと思っています」

勝は答えた。

「そうだな。まだまだやるべきことがある。西郷殿や江藤殿など有為な人材を失ってしまったことは残念だが、これで政府も落ち着くだろう。政府内もまとまるに違いない。大雨だったが、雨降って地固まるだ。なあ、勝、これからだぞ」

伊藤は、勝の肩を強く叩いた。

政府は、大津―京都間鉄道敷設に一三三万円、米原―敦賀間に八〇万円、東京―高崎間測量費に六〇〇〇円を割り当てた。

勝は、自らが技師長となり、同年八月、大津―京都間の工事に着手したのである。

6

勝《まさる》には、鉄道敷設の外にもう一つ夢があった。日本人技術者だけの手で鉄道を作ることだ。

その夢の実現のために明治十年（一八七七）五月十四日、大阪駅の二階に教室を借り、工技生養成所を開設した。

所長には、工部省少書記官・飯田俊徳《いいだとしのり》を就任させた。飯田は勝と同じく長州藩出身で、オランダで土木工学を修め、勝の右腕として活躍していた。

生徒は、第一期生だけは鉄道局勤務の中から優秀な十二名を選抜した。失敗が許されないからだ。次回以降、公募とすることにした。生徒には鉄道局の職員として、「工夫」名目で日当三〇円を支給することにした。

教授陣は、京都—神戸間鉄道の技師長を務めたT・R・シャービントンや建築技師E・G・ホルサムなど、お雇い外国人中心であったが、勝も自ら教壇に立った。

「鉄道技術の向上を図り、日本人だけの手で鉄道が作れるようにするのが養成所の目的だ」と、勝は生徒たちを激励した。

〈マサルは、面白いことを考えるなぁ。私たち外国人を先生にして日本人技術者を養成して、結局、私たちをお払い箱にするのかね〉

教授を頼んだシャービントンが、真面目な顔で勝に聞く。

〈優秀な外国人には、いつまでも日本に残って指導してもらいたい。しかし外国人の中には日本に向かない者も多いからな。日本中に鉄道を敷設するには、日本人技術者を養成することが急務なんだ〉

勝は、心を込めて頼んだ。

〈この国の人材を育てることは、とても名誉なことだと思っている。亡くなったモレルも、そのように考えていたようだからね〉

シャービントンの口から、懐かしい名前が出た。

〈その通りだ。モレルは素晴らしい人間だった。自分が静養のためインドに行こうとする時にまで、日本の若者を連れて行って教育してくれようとしたほどだった〉

モレルは、日本における技術者養成の重要性を建議し、工学校を開設した。それは今や工部大学校に発展し、工部省工作局に属し、土木、機械、建築などの分野に多くの人材を輩出していた。

〈私たちの力でこの国が発展すれば満足だよ。マサル、精一杯、協力させてもらう〉

シャービントンは、勝の手を強く握りしめた。

自らの立場を危うくする可能性のある鉄道技術者専門の養成所だったが、多くの優秀な外国人技術者たちが協力を惜しまなかった。

勝はさらに、鉄道技術者養成のための工技生養成所を作る許可を、工部大輔である庸三に求めた。

「より実践的な鉄道技術者を養成し、早く日本人だけで鉄道を敷設できるようになりたい」という養成所開設趣旨を説明すると、「進めていいぞ」と二つ返事だった。

勝は意外に感じた。工部大学校で育成すればいいのではないかと反対されると思っていたからだ。

「反対しないのか」

勝は聞いた。

「俺も勝と同じことを考えていた。日本の鉄道は、早く日本人の手で作らねば、コストが高くついてたまらん。技師だけじゃない。運転、保守整備からレールや枕木製作に至るまで、何もかも外国人頼りだ。これではどうしようもない。日本の鉄道とは言えない」

庸三は珍しく強い口調で言った。勝は思わず、「同意だ」と庸三の手を握った。

庸三の賛意を取りつけることができ、工技生養成所は順調に滑り出した。

ちなみにお雇い外国人の人数は、新橋―横浜間が開通した明治五年（一八七二）当時から数年の間、一〇〇人台で推移するが、工技生養成所開設の明治十年（一八七七）以降は漸次《ぜんじ》、減少し、十年後の明治二十年（一八八七）には、たった一四人になってしまう。

7

「日本人だけで、大津―京都間の鉄道を作りたいと考えています」

勝《まさる》は、久しぶりに工部省の伊藤の執務室にいた。

大津―京都間は全長一八・二キロメートル。京都から賀茂《かも》川沿いを南下し、伏見《ふしみ》稲荷《いなり》のある稲荷駅から東山に沿って東北方向に山科《やましな》駅、大谷駅を経て大津駅に行くルートだ。最大の難所は逢坂山《おうさかやま》で、約六六五メートルもの隧道《ずいどう》（トンネル）を掘らねばならない。この鉄道工事を日本人だけで遂行する許可を、伊藤に求めに来たのだった。

「だめだ」

伊藤は即座に却下した。鉄道敷設を勝に任せると言っていたとは思えない態度だ。

「どうして、だめなのですか」

勝は強く迫った。

「日本人だけでやるのは、まだ無理だ。貴重な予算を使って作るのだ。失敗や遅延による予算超過は許されないんだぞ。勝、お前の意気込みは分かる。しかし、もう少し慎重に頼む」

伊藤は眉根を寄せ、苦渋の色を滲ませている。

「できます。養成所では優秀な技師が育っております。彼らも自分たちの手でやりたいと申しております」

勝は、伊藤に摑《つか》みかからんばかりに迫った。

「もう少し待て。成功するかどうか危《あや》ういではないか」

伊藤は、猪侍の異名をとる勝を、この時ばかりは必死で止めた。

「私が技師長を務め、現場も監督いたします。伊藤さん、やらせてください。今のままでは、いつまで経っても日本の鉄道技術は独り立ちできません」

勝は引かない。

「失敗したらどうする？」

伊藤が覚悟を問うように睨む。

「腹を切ります」

勝も負けてはいない。

「ふう」伊藤が大きく息を吐く。「お前が腹を切っても汚いだけだ」

「伊藤さん、それは失礼です。私の腹から出てくるのは、我が国の繁栄を思う清らかな赤い血だけです」

勝は、両手で腹を押さえた。

「もう良い。勝の好きにしろ。その代わり、絶対にやり遂げるんだぞ。そうでないと私も、お前と一緒に責任を取ることになるからな」

伊藤は、初めてにんまりと笑みを浮かべた。

「ご安心ください。伊藤さんの首が飛ぶようなことはいたしません」

「頼んだぞ。任せた以上は、口を出さないからな」

伊藤は大きく頷《うなず》き、「会議があるから」と執務室を出て行った。

勝は、工技生養成所の生徒たちの顔を思い浮かべた。彼らなら必ずやり遂げてくれると確信していた。彼らは必死で勉強をしているうえに、鉄道敷設工事についてはベテランであり、勝自身が実地で鍛えた者たちばかりだ。

大阪の鉄道局に帰ると、早速、工事計画に着手した。

全線を四区間に分ける。第一区・大津―逢坂山間を佐武正章《さたけまさあきら》、第二区・逢坂山―山科間を国沢能長《くにざわよしなが》、逢坂山隧道を長谷川謹介《はせがわきんすけ》、第三区・山科―深草間を千島九一《ちしまきゅういち》、第四区・深草―京都間を武者満歌《むしゃまんか》、賀茂川橋梁を三村周《しゅう》に担当させた。総監督は養成所所長の飯田俊徳だ。

勝は技師長として全体の責任を持つ。担当者たちは、皆、養成所の一期生であり、教え子たちである。

「みんな、今回の工事は日本人だけでやる。失敗は許されない。日本の鉄道を日本人だけで作ることができるか、試されるのだ。死に物狂いでやってくれ。だけど本当に死んではならんぞ。素晴らしい鉄道の完成を一緒に祝おうではないか」

勝は、工事担当者たちに檄《げき》を飛ばした。

〈できるものか。すぐに音《ね》を上げ、我々に泣きついてくるさ〉

その場にいた外国人技師がぼそりと言った。

勝は相手に向き直って、〈今回の工事は、日本の今後の鉄道敷設にとって重要な岐路になります。私は、自ら技師長として私と日本人の誇りを懸けます。決して邪魔だけはせぬように、お願いいたします〉と、断固とした口調で言った。

〈分かった、ボス〉

彼は気圧《けお》された様子で、こわごわとした口調になる。

〈完成したら一緒に祝ってください〉

勝は、相手の気持ちをほぐすかのように微笑んだ。

〈ボスの迫力があれば、失敗の方から逃げ出しますよ〉

相手はようやく笑った。

工事が開始されると勝は、革靴ではなく草鞋《わらじ》を履き、ゲートル巻きではなく脚絆《きやはん》姿で、工事現場に自ら入る。

「局長、そんなことをされたら困ります」

勝がツルハシを振り上げ、地面を掘り起こしているのを見て、部下たちが制止する。

「なんの、なんの。イギリスでは、こんなことを平気でやって金を稼いでいたんだ」

勝は、額から流れ出る汗を腰にひっかけた手拭《てぬぐ》いで拭う。

「おい、局長に負けてはおられんぞ」

部下が工夫たちに声をかける。

「オーッ」鬨《とき》の声が上がり、全員がツルハシを高く掲げる。

「俺よりたくさん早く掘った者には、一円の褒美をやるぞ」

勝は、破顔して大声を上げる。

「負けませんよ。やるぞ！」

工夫たちはますます勢いづく。

大津―京都間は山間を抜けていく道で、勾配《こうばい》が急である。ほぼ全域二五パーミル（一〇〇〇メートルで二五メートル上下する）である。列車は重い。鉄の塊だ。重い車体を持ち上げ、走らせるには、ほぼ限界に近い勾配だと言えるだろう。もっと急勾配になれば、何か違う方法を考えねばならない。

この急勾配の路線をできるだけ短くするには、隧道（トンネル）を掘るしかない。

日本にはトンネルを掘る技術はない。イギリスから掘削機《くっさくき》を輸入したものの、柔らかい土壌には役に立たない。もっと慎重な掘削が求められていた。

勝は、鉱山頭であった頃から日本各地の鉱山を実際に歩き、土壌や鉱山技術者を知り尽くしていた。そこで兵庫県の生野《いくの》銀山の坑夫たちを呼び、彼らに手掘りを依頼したのだ。

大津—京都間の最大の難関である逢坂山の隧道工事は、延長六六五メートル、断面四・三メートル×四・六メートル。入り口などはレンガ巻きとしたが、隧道内は石積みだ。

責任者には、養成所で隧道技術に抜群の能力を発揮した国沢能長を充てた。

工事は、明治十一年（一八七八）十月に東口（大津側）から、二カ月後の十二月には西口（京都側）から、それぞれ掘削が始まった。

国沢は、勝から「お前に任す」と言われていた。しかし日本人では誰も隧道を掘った者はいない。心配でたまらない。毎日のように坑道内を歩き、工事の進捗を点検した。

坑夫たちはカンテラの乏《とぼ》しい灯《あかり》で坑道内を照らしながら、ツルハシやクワで手掘りしていく。坑道の外は、寒い冬。今にも雪が降り出しそうだ。しかしトンネル内は蒸し暑く、カンテラの油と坑夫たちの汗の臭いが充満し、息苦しい。坑夫たちは、上半身裸になり、噴き出る汗を拭おうともせず、ツルハシを振りかぶる。

気を許せないのは、土壌が水を含んだ細かい礫《れき》でできているからだ。掘り進めば進むほど、天井から水がしたたり落ち、崩れ落ちそうになる。

そのため国沢は、竹矢来の中に保管された、坑道内を支える支保工《しほこう》に使う板材や柱はいくらでも使えと指示していた。なんとか安全に工事を進めたいという思いでいっぱいだった。

勝も隧道工事には最も神経を遣い、何度も足を運ぶ。

「みんな、休憩だ」

勝が坑道内に向かって、大声を上げる。

杭夫たちがぞろぞろと坑道から出てくる。

「酒と肴《さかな》を持ってきたぞ」

勝が酒の一升瓶《いっしょうびん》を高く持ち上げる。

「ウォーッ」歓声が上がる。

汗や土を拭おうともせず、坑夫たちはすぐに車座になり、酒盛りを始める。勝もその中に入り、「ノムラン」とロンドンであだ名された酒豪ぶりを発揮する。

「ちょっと坑道内を見てきます」

茣蓙《ござ》の上で胡坐《あぐら》をかき、坑夫と湯飲みで酒を酌《く》み交わしている勝に言葉をかけ、国沢が立ち上がる。

「ご苦労様」

勝は、ぐいっと湯飲みの酒を飲み干しながら、坑道に入っていく国沢を見送る。間髪《かんはつ》を入れず坑夫頭が一升瓶を抱えて、酒を注《つ》ぐ。

しばらくすると、「大変です」と坑道から坑夫が真っ青な顔で駆け出してきた。

「どうした？」

坑夫頭が聞く。

「国沢さんが穴に落ちました」

「なんだと！」

酒を飲んでいた坑夫たちは湯飲みをその場に放り出し、全員が坑道に向かって駆け出す。勝も駆け出す。

真っ暗な坑道をカンテラの灯を頼りに歩く。見ると、自然にできた竪穴《たてあな》がある。そこから「おーい」という声が聞こえる。国沢の声だ。

「今、助けるぞ」

勝が、真っ暗な穴をカンテラの灯で照らしながら叫ぶ。穴の底で手を振っている国沢が見える。

さっそく縄を竪穴に垂らし、全員で声を合わせ、国沢を穴から引き上げる。坑夫たちは、国沢を助けようと力を合わせ、必死で縄を引く。ようやく国沢が顔を出した。坑夫たちは国沢の体を抱え、穴から引き上げる。

「助かった！」

国沢が満面の笑みを浮かべる。坑道内に喜びの笑い声が満ちる。

「おい、ケガはないか。大丈夫か」

勝は、国沢の服についた土砂を払い落とす。

「心配かけました」

国沢が照れ笑いする。

「この隧道工事は上手くいくぞ。彼らがお前を慕ってくれているからな」

勝は、国沢に任せて間違いはなかったと確信した。

ところが明治十二年（一八七九）八月二十日。朝八時頃、真夏の太陽から逃れるように涼しい風が吹く坑道内では、早朝から多くの坑夫たちが作業を続けていた。

突然の轟音《ごうおん》。地響き。坑道からものすごい勢いで砂煙が噴き出す。

「崩れた！」

誰かが大声で叫んだ。国沢は、すぐに坑道に駆けつけた。しかしすでに坑道の入り口は、土砂や瓦礫《がれき》で埋め尽くされていた。

「すぐに掘り出すんだ！」

国沢は、自らスコップを取り、土砂を掬《すく》い始めた。

坑道には六十名余りの坑夫が閉じ込められてしまった。十数時間も必死で土砂を取り除いたが、すでに四人もの坑夫の命が失われた後だった。

勝は、犠牲《ぎせい》となった坑夫を手厚く葬ると、責任を感じ意気消沈している国沢を励ました。部下や坑夫たちに向かい、「彼らの死を無駄にするな。立派な隧道、そして鉄道を作り上げよう。それが彼らの供養になる」と拳を振り上げ、声を張り上げたのである。

国沢は、隧道内部の石積みを止め、すべてレンガ巻きに変更するなど、二度と崩壊が起こらないように追加工事を施した。

そして明治十三年（一八八〇）六月、ついに逢坂山隧道が完成した。起工から二十カ月、延べ七万一四九八人の坑夫が動員された。

隧道東口には、「楽成頼功」という太政大臣三条実美による書の額石。隧道西口には、勝による「工程起卒」の額石。共に、日本人が力を合わせて隧道を完成させたことを誇りに思うとの意味だ。

大津―京都間の鉄道は、この年の七月十五日に開業した。

この鉄道工事は日本人だけで作り上げたため、従来に比し費用を削減できた。逢坂山隧道の費用も予算の八三％で済み、鉄道の総工費も約七〇万円という少なさで、予算の一〇％以上を余す結果となった。

勝は日本人による鉄道敷設工事に自信を深め、天皇陛下に対し、「数年後には外国人の手を借りずとも、鉄道建設ができるようになると思われます」と奏上したのである。

8

大津―京都間の鉄道は完成したものの、その先になると相変わらずの財政難で、鉄道建設は遅々として進まない。

敦賀―大津―京都間の路線は、日本海の産物を近畿地方へ運ぶと共に、中国や朝鮮を視野に入れた場合、軍事上も重要な路線であった。

しかし伊藤の後を引き継いで工部卿に就任した井上馨、そして工部大輔の庸三らが、建設を急ぐべきではないと反対した。

英国留学で苦労した仲ではないかと勝《まさる》は腹立たしく思ったが、それぞれの意見は国を思ってのことと理解した。

彼らの意見は、敦賀―大津―京都と鉄道を結んでも赤字になるだけ、それなら東京―高崎間を優先するか、道路建設を急げというものだった。

しかし馨や庸三の反対でひるむような勝ではない。それならばと琵琶湖の東岸（草津《くさつ》、八幡《はちまん》、彦根、米原《まいばら》、長浜）の湖東線建設は先送りし、琵琶湖を連絡船で渡る案を認めさせる。

琵琶湖の南、大津から東の長浜まで鉄道連絡船を就航させ、長浜から敦賀まで鉄道を敷設することにしたのだ。連絡船の運営は、民間会社に委託するという大胆なものだった。

勝のこの案は、京都―東京間の鉄道敷設を考えた際、長浜を重要な分岐点と考えていたためでもあった。

勝は、明治十四年（一八八一）八月に鉄道局長のまま、工部大輔に就任した。上司である工部卿は、伊藤、井上馨、山田顕義《あきよし》と長州閥人脈が続いたが、今は庸三になっていた。

工部卿が誰であろうと、勝には関係ない。ましてや庸三なら、なおさらだ。勝のやることに口を挟ませはしない。鉄道に関する見識、熱意で勝を超える者はいない。

庸三は、道路重視の考えを持っていたが、勝の案に異は唱えなかった。異を唱えても、勝が自分の考えを変えないと分かっていたからだ。

同年十一月に、民間鉄道会社である「日本鉄道」が設立された。

これは、東京―横浜間の鉄道工事で埋め立て工事などに尽力した横浜の高島嘉《か》右衛門《えもん》が東京―青森間の鉄道敷設を申請し、多くの華族らの賛成を取りつけ設立したものだ。

華族たちは鉄道事業が儲かると考えたのである。実際、高島が関係した東京―横浜間の営業成績は、年間に二一万円もの利益を稼ぎ出していた。

政府としても鉄道には巨額の費用を必要とするため、民間の資本を利用したいと考えており、民間の経営は大歓迎だった。

政府と民間の利害は一致し、日本鉄道は東京―高崎間、高崎―長浜間（中山道ルート）など、全国に鉄道を敷設すると勢い込んだ。

勝も表向きは、官営、民営を問わず鉄道が全国に広がるのは歓迎すべきことだと表明していたが、本音では不安を抱いていた。

勝は、利益のために鉄道を全国に建設したい訳ではない。国民生活を鉄道によって向上させたいという使命感を抱いているのだ。日本人の生活を西欧人のように豊かにするには、鉄道を全国に敷設するしかないというのが信念だった。

利益だけを求める者たちによって鉄道が、金儲けの道具にされてしまうことには忸怩《じくじ》たる思いがないではない。しかし勝が考えていた以上に鉄道への予算配分が厳しく、思うように鉄道敷設が進まない現状を鑑《かんが》みれば、私鉄が増えるのも仕方がないことだった。

庸三の後任として工部卿に就任した佐々木高行《たかゆき》から、勝は日本鉄道を全面的に支援してほしいと依頼されていた。

日本鉄道は、鉄道敷設に関わる資金は提供するが、鉄道建設、運営は全面的に鉄道局、すなわち勝に頼らざるを得ないのが実情だった。

勝は、鉄道局と日本鉄道の二カ所での鉄道敷設に関わることとなり、多忙を極めるようになった。

しかし、新しく工部卿になった佐々木との関係は非常に良好だった。工部卿には、伊藤から庸三まで今まで長州閥出身者が就任していたが、佐々木は初の土佐藩出身者だった。

その頃、政府は大きく揺れていた。鉄道に関しては共に協力していた大隈重信《しげのぶ》と伊藤博文が、憲法制定で対立を深めていたのである。

征韓論に敗れて下野した板垣退助らが起こした自由民権運動が盛んになり、薩摩長州の二藩閥中心の政府は次第に批判にさらされるようになった。

そこで政府内でも憲法を定めて、議会を開設しようという動きになったのだが、ドイツ的な立憲君主制を志向する伊藤と、もっと急進的な改革を進めようとする大隈とが鋭く対立する。

この最中、薩摩藩出身で北海道開拓使長官の黒田清隆が、同郷の政商五代友厚《ともあつ》に格安で官有物を払い下げるという事件が起きた。これを批判した大隈は、逆に伊藤から自由民権運動と結託して政府を攪乱《かくらん》したと強く批判され、参議を辞任し、下野することになる。

この政治的事件を明治十四年の政変というが、これにより世論は薩長閥政治への批判をさらに強めることになる。

勝は、頑《かたく》なに政治から距離を置いていた。しかし鉄道敷設への理解があった大隈と伊藤とが対立するのを、悲しい思いで見ていた。

佐々木は、この政変の中では反大隈派だったのだが、大隈と親しかった勝を排除するようなことはなかった。

鉄道に関する知識が全くないため、工部大輔である勝に全面的に頼らざるを得なかったこともあるが、藩閥政治に囚《とら》われない勝のまっすぐな仕事ぶりに好感を持ったのである。ただひたすらに鉄道敷設に突き進み、工夫たちを激励し共に汗をかく姿に、「噂通りの猪侍だ」と佐々木は感じ入っていた。

勝は同じ長州藩出身であるにもかかわらず、庸三とはなかなか上手く仕事を進めることができなかった。まっすぐに仕事に打ち込んでいれば、出身藩閥など全く関係ない。勝は佐々木の信頼を心強く感じた。

佐々木は、勝が強く望んでいた長浜―関ヶ原間の鉄道敷設を許可する。

勝は佐々木に、「この路線が完成しましたなら、いよいよ東京―京都、大阪、神戸を結ぶ鉄道にとりかかりたいと思います」と決意を伝えた。

9

政府は、早くから東京―京都間を鉄道で結ぶ計画を立てていたが、予算難などでなかなか実現に至らなかった。

勝《まさる》は、悩んでいた。日本の真ん中を貫く中山道ルートでいくべきなのか、海岸線を走る東海道ルートでいくべきなのか。東海道は約四九五キロメートル、片や中山道は約五四〇キロメートル。それぞれにメリット、デメリットがある。

目の前に二つの調査報告書がある。

一つは、明治三年（一八七〇）に工部省の佐藤与之助と小野友五郎《ともごろう》が政府に命じられ、東京―京都間のルートを調査した「東海道筋鉄道巡覧書」だ。

当初、政府は東海道ルートを考えていた。古くから東海道が東西を結ぶ最大の幹線だったからだ。

しかし二人が導き出した結論は、「中山道にするべし」というものだった。

中山道ルートを導き出した主な理由は二つ。

一つは、東海道ルートはすでに船舶による安価な物流が発達しており、ここに鉄道を建設しても屋上屋《おくじょうおく》を架すようなもので鉄道に勝ち目はないこと。もう一つは鉄道の役割が各地の産業を活発にすることであるならば、中山道ルートにすれば木曾地方の産業振興に大いに寄与すること。

政府は、二人の中山道ルート案に納得せず、明治四年（一八七一）から明治七年（一八七四）にかけて三回にもわたり、小野に再調査させる。しかし小野の結論は、中山道ルートで変わることはなかった。

もう一つは、勝自身が調査を命じたものだ。

勝は、明治四年に鉄道頭になると、モレルの後任のリチャード・ボイルに東西を結ぶ鉄道ルートの調査を依頼した。

ボイルは、明治七年、明治八年の二回の調査を実施する。

その結果は「中山道線調査上申書」にまとめられ、そこでボイルは「中山道が適当である」と結論づける。

ボイルの意見も佐藤や小野と大差なかった。東海道は海上輸送が発達していることと、中山道ルートにすれば木曾地方などの産業発展に資するというものだった。

ボイルは、中山道ルートの詳細な路線計画も提案していた。それによると、東京―高崎―横川―碓氷峠《うすいとうげ》―上田―鹿教湯《かけゆ》―松本―中津川―大垣―米原―京都、そして大阪、神戸へ至るルートになる。

――日本鉄道が東京―高崎ルートを建設している。幸いなことに佐々木工部卿は鉄道建設に理解がある。長浜―大垣間のルートも許可が下り、建設中だ。

佐々木工部卿は、鉄道建設を支援してくれるが、政府が資金不足である状況に変わりはない。鉄道建設にもなかなか許可が下りにくくなっている。

勝が、いの一番に考えていることは、恒常的に鉄道を建設することだ。それは勝の信念だった。

ようやく、日本人の手で満足な鉄道を建設できるようになってきた。これからも資材調達手段を充実し、技術を維持、向上させ、そしていずれは列車や資材なども輸入に頼らないようにしなければならない。そのためにも鉄道建設の継続は必至だった。

先日、佐々木工部卿や山県有朋工部卿代理と、東西を結ぶルートについて協議した際のことを勝は思い浮かべた。

「山県さんは中山道ルートに賛成だったなぁ」

山県は工部卿代理だが、陸軍中将でもあり、軍の中心人物だった。

「西南の役で、我が方が勝利したのは鉄道のおかげだ。鉄道を利用し、迅速《じんそく》に兵士も物資も送ることができた。軍事上も東西両京を早期に鉄道で結びたい。その際、やはりルートは中山道が相応しい。海沿いの場合、外国軍に海上から攻撃されたらひとたまりもない。また上陸されれば、すぐに奪われてしまう。そうなると大いに敵を利することになる。したがって海から離れた中山道ルートがよろしかろう」

山県は、重々しい口調で言った。

山県や勝の出身藩である長州は、イギリスなどの四国艦隊により下関港を攻撃され、大きな被害を受けた。このことが鉄道を海沿いではなく、山中に敷設すべしとの山県の考えの元になっているのだろう。

いずれにしても、軍が鉄道敷設に積極的なこの機会を逃す訳にはいかない。勝はこの際、軍の意見に押されたことにして中山道ルートに決めるのがいいだろうと決断した。

勝は、早速、佐々木工部卿への提案をまとめ上げた。

勝の思いは、とにかく早く着工すべきというものだった。佐藤や小野、そしてボイルがすでに調査しているのに、再び調査していては時間がかかってしまう。そうこうしているうちにまたぞろ予算がないなどと言われ、延期になるかもしれない。

――再度の調査は時間と費用がかかるだけだ。どうせ結論は、ボイルと同じになるだろう。鉄道敷設が遅れることは国の発展が遅れることと同じだ。そこでボイル案に従って高崎、大垣の東西両端から測量と工事を並行させるのが得策である。

中山道ルートか東海道ルートかということだが、東海道には箱根という峻険《しゅんけん》な峠があり、富士川、安倍川、大井川、天竜川などの大河川が多く、架橋工事が難しい。またボイルが言うようにすでに海上交通が発達しており、鉄道は競争上も不利である。

その点、中山道は大河川もないので東海道に比べれば工事は容易である。また中山道ルートにすれば、中部山岳地方の産業が発展する。確かに鉄道利用が飛躍的に高まるとは思えないが、国家全体の利益を考えれば、中山道ルートを選択するべきである。

佐々木工部卿は、勝の提案をすぐに朝議にかけた。そして迷うことなく高崎―大垣間の中山道ルートで東西両京を結ぶことを決定した。

明治十六年（一八八三）十二月二十八日、太政官第四七号布告中山道鉄道公債証書条例をもって、正式に東西両京を結ぶ鉄道敷設工事が始まったのである。

勝は、「歓喜は生涯又と無きことなりし」と大いに喜んだ。

久しぶりに自宅に帰った勝は、宇佐子と中山道ルートの鉄道敷設決定を喜び合った。

大阪に単身赴任したり、工事の現場に寝泊まりしたりして、東京の自宅にはそれほど頻繁に帰っていなかった。

「おめでとうございます」

宇佐子が酌《しゃく》をする。

「ありがとう」

宇佐子の手料理で酒を飲むのは嬉しい。

「これで東京と京都が鉄道で結ばれるのですね」

「しかし時間がかかったな。鉄道頭になったのが明治四年だから、ここまで来るのに十二年もかかっている。今回も、山県さんなど軍の後押しがなければどうなっていたか分からない」

勝は、不満を漏らしながら酒を飲んだ。

「あらあら、せっかくの喜びの日に不満ですか」

宇佐子が笑う。

「だいたい政府もそうだが、私鉄を作ろうとする華族連中も、鉄道を金儲けの道具と考えているのが大きな間違いなのだ。儲かれば作るし、儲からねば作らない。これではいけない。鉄道というものは、だな」

勝は身を乗り出している。鉄道のことを話し始めたら、相手が妻の宇佐子であっても熱がこもる。

「はい、お聞きいたします」

宇佐子は軽やかな笑みを浮かべる。

「だいたいだな、鉄道の利益は、すぐに目に見えて、計算できるようなものではないんだ。多くは間接的というか、簡単に計算できないものなんだ」

「間接的と申しますと？」

宇佐子が聞き返す。

「それはだな、鉄道を敷設することでその地域の産業が活発になったり、人々が自由に行き来して商売したり、勉強したり、色々だ。金には単純に換算できない。だから国家の事業としてやっていかないといけないんだ。それを鉄道から上がる収入だけを利益としているから、なかなか敷設の許可が出ない。それに私鉄ばかりが多くなると、儲からなければ取り止めるし、儲かるとなるや同じ路線ばかり列車を走らせ、むやみと競争するようになる。これではいけない」

勝は、一通り意見を言い終えると、満足そうに酒を飲んだ。

勝の考えは、鉄道とはあくまで国家が国造りの一環として取り組むべきものとの位置づけだった。東西両京を結ぶ中山道ルートの着工は決まったものの、勝は政府の鉄道に対する姿勢には不満を強く抱いていたのである。

「今日はご機嫌ですが、喜びすぎはあなたの場合、禁物ですわね」

宇佐子が楽しげに微笑んだ。宇佐子は、勝が鉄道敷設のために奔走し、政府内の各部署とぶつかっていることをよく知っていた。そのため喜びは半ばくらいが丁度だと考えたのだ。

「お前の言うことは一理ある。期待しては裏切られの連続だからな。しかし今日くらいは喜んでいいだろう」

勝は、ぐいっと杯を飲み干した。

10

さっそく難工事が待っていた。中山道ルートは、高崎―横川―碓氷峠―軽井沢―上田―木曾―名古屋―加納―大垣と結ぶ計画だったが、最大の難所は横川―軽井沢間の碓氷峠だった。

碓氷峠は標高が一〇〇〇メートル近くあり、交通の要衝でありながら、難所として有名だった。

まず高崎から横川までは最高勾配二五パーミル。スイッチバック方式などを採用し、明治十八年（一八八五）十月までに完成する。

しかしそこで工事は止まってしまう。横川―軽井沢間は直線では九キロメートルほどであるが、横川と軽井沢との標高差は五五二メートルに及んだのである。ここを鉄道で乗り越える方法が、勝《まさる》にも分からない。

現状は、馬車鉄道に乗り換えて運行している始末だった。

勝は、建設技師長C・A・W・ポーナルと工事主任の本間英一郎《ほんまひでいちろう》に調査を命じた。

本間は福岡藩出身で、幕末に英語を学び、明治になってからアメリカで土木学を修めてきた。勝が非常に信頼している鉄道技術者だ。

二人は列車が上ることができる限度であると言われる、最大勾配二五パーミルのルートを見出した。

路線は、横川から中尾川に沿って上り、山間をうねるように進み、碓氷峠の中でも最も高い入山《いりやま》峠を越え、軽井沢と沓掛《くつかけ》の中間辺りの離山《はなれやま》へと抜けるというもの。

しかしこのルートを採用すると、トンネルを五十二カ所(延長一一・二キロメートル)、橋梁を四十七カ所も作らねばならない。

「悩ましいな。金がかかる」

勝は呟き、眉根を寄せてポーナルと本間を見た。費用がかかりすぎると、再び鉄道敷設が後退してしまう懸念がある。この案では、碓氷峠を鉄道で越えるのは諦めよと言われているようなものだ。

「それより短い路線だと……」

「より急勾配を上ることになります。最大で六六・七パーミルはあるかと思います」

本間も苦しげな顔をする。

――六六・七パーミル！　信じられないような急勾配だ。こんな坂を上れる機関車があるものか。

〈それを避けるには、緩やかなところを選びます。距離は長くなりますが〉

ポーナルが淡々と説明する。勝は、ますます眉間《みけん》に皺《しわ》を寄せ、厳しい目つきになる。

バン、と勝が机を叩く。ポーナルと本間がびくりと体を固くする。

「佐々木工部卿と相談してくる」

勝は、今にも飛び出しそうだ。

「いったい何をご相談されるのですか」

本間が慌てる。勝が一旦、こうと決めたら誰も止められない。

「直江津《なおえつ》―上田間の工事を先行させるんだ。これが完成すれば、碓氷峠路線の資材を直江津から運ぶことができる。上田からは木曾谷を縫う形で中山道ルートを作る。とりあえず碓氷峠の工事は先送りして軽井沢―上田―大垣の工事を進める。この直江津線で日本海、太平洋と鉄道で結んでおけば、必ず有用な路線となる。碓氷峠路線はその後でもいいだろう。いつまでも碓氷峠路線にこだわっていれば鉄道敷設を待っている人の期待に応えられない」

本間はポーナルと顔を見合わせた。

中山道ルートを政府に認めさせるのさえ予算の面で難渋したのに、新たな直江津線など認めるだろうかと不安に思ったのだ。

「任せておけ。それより君たちは、碓氷峠ルートをなんとかする方法を早く考えてくれ」

勝は、本間たちに指示すると、すぐに佐々木工部卿への建議書を書き始めた。

勝には勝算があった。佐々木工部卿が自分の鉄道にかける情熱を、十分に理解してくれていると信じているからだ。

それに中山道ルートは軍も支持している。これが遅れることは政治的にも大きな問題になる。それを回避するためには直江津ルートを先行させる必要があると説明すれば、理解してくれるに違いないと勝は確信していた。

勝は佐々木に、「直江津線が裁可されなければ、中山道線は数年の遅れをもってしても完成はおぼつかない」と強い調子で申し立てた。

勝への信頼が大きい佐々木工部卿は、明治十八年（一八八五）五月、迷うことなく勝の建議を受け入れ、直江津線を許可した。

しかし、この直江津線も想像以上の難工事だった。

勝はすぐに、国沢能長に測量と同時に建設を指示する。国沢は工技生養成所で勝が育てた逸材であり、京都―大津間の逢坂山トンネル工事で共に苦労した部下だった。

新潟の直江津からは緩い上り。新井（現妙高《みようこう》市）から関山（現妙高市）までは、二五パーミルの急勾配が一六・三キロメートルも続く。関山駅はスイッチバック方式を採用することになる。関山から豊野《とよの》（現長野市）間は、越後、信濃の国境であり、妙高高原、黒姫《くろひめ》高原、戸隠《とがくし》高原などの急峻な地形だった。延々と二五パーミル区間が続き、トンネル工事や山を削る難工事が続いた。

明治十九年（一八八六）の夏には、この地方にコレラが発生したり、崖崩《がけくず》れなどが起きたりして、工夫が八十名ほど犠牲になった。

勝はくじけそうになる気持ちを奮い立たせなければならなかった。

――宇佐子の言う通りだ。喜びすぎたかもしれない。

工事は進み、明治二十一年（一八八八）五月にようやく長野に至る。長野からは千曲《ちくま》川に沿って平坦な路線が上田まで続くが、再びそこから小諸《こもろ》、軽井沢にかけては二五パーミルの急勾配が続く。

この直江津線は十二月に開通するのだが、碓氷峠は鉄道馬車で越えることで全線開通までをしのぐことになる。

――本当に中山道ルートでいいのだろうか。

勝は、軍の支援もあり、ようやく東西両京を結ぶ鉄道敷設が決定したことを喜んでいた。欣喜雀躍《きんきじやくやく》したのだが、それを宇佐子に少しからかわれたことさえあった。

しかし本当にそれで良かったのか。軍の賛同を取りつけるために、とりあえず鉄道敷設さえできれば日本の鉄道技術などの向上になると、近視眼的に結論を急いだのではないだろうかと不安になっていた。

というのは、勝は自分ほど現場重視である技術者はいないと自信を持っていたからだ。今までもどの鉄道ルートにするかは、自分の目で確かめていた。もちろん、測量などは部下や専門家に任せるが、自分の足でルートを歩いてみたのだ。新橋―横浜だろうが、大津―京都だろうが、どこもかもだ。

しかしこの中山道ルートは、峻険な峠など難工事が予想されるにもかかわらず、いまだに歩いていない。ボイルなど、他の人間が調査した結果を、そのまま鵜《う》呑《の》みにして決めたと言えなくもない。

――東海道は海上交通などが発達しているから鉄道は不要……。

なぜ不要なのだ。海上交通などが発達しているということは、もっと多様な交通手段が必要だということではないのか。

「おい、小川、国沢、集まってくれ」

勝は考えれば考えるほど、いてもたってもいられなくなり、部下を集めた。

「局長、どうされました」

中山道ルートの測量担当である小川資源《しげん》が、訝しげな表情で聞く。

「すぐに中山道ルートを実査する。部下を集めてくれ」

勝は、もう椅子から立ち上がっている。

「今すぐですか？」

国沢が慌てる。

「ああ、すぐだ」

勝は思い立ったが吉日とばかりに、判断も早ければ、行動も早い。

「中山道ルートの工事は始まっていますが」

小川が疑問を呈する。

「構わん。納得するまで自分で確かめるのが、技術者の務めだ」

勝は意に介さない。

小川は、国沢に加え、宮田信敬、富樫平太郎、鈴木紋次郎の鉄道建設、測量の担当者を集めた。

明治十七年（一八八四）五月、勝は五人の部下たちと共に中山道ルートの査察に出発した。

往路は、上野―高崎―安中《あんなか》―碓氷峠―小諸―田口―飯田―豊川―岡崎―名古屋。

そして多治見《たじみ》─岐阜─大垣─長浜─敦賀。さらに大津─京都─大阪─神戸。帰路は神戸─大阪─京都─大津─長浜─名古屋─大井宿─三留野《みとの》─奈良井《ならい》─洗馬《せば》─上田─長野─須坂《すざか》─飯山《いいやま》─新井─高田─直江津─新潟─長岡─六日町《むいかまち》─清水─湯檜曾《ゆびそ》─渋川《しぶかわ》─伊香保《いかほ》─高崎─東京。

勝が完成させた既存路線、そして将来作りたいと考えている路線なども含めた、五十四日間にわたる長期調査だった。

既存の鉄道も利用したが、徒歩が中心で所々で人力車、馬車を使用する強行軍だった。

「今日は、雨が降ります。碓氷峠を越えるのは危険です」

国沢が勝を止める。

「なんの、風雨の激しい時にこそ調査をすれば、実際のところが分かるのだ」

勝は、率先して飛び出す。仕方なく国沢たちは後に続く。

案の定、大荒れになり、勝たちは前へ進もうにも足を踏み出すことができない。勝ようやく歩くと、足首が埋まってしまうほどぬかるんでいる。這《は》って歩け！　勝は、部下たちに命じる。服が、どろどろに汚れていく。それにも構わずなんとか峠を上っていく。

――なんという悪路だ。今はまだ初夏だが、これが極寒の季節となれば、どれだけ容易ならざる工事が待っていることか……。

勝は、顔をまっすぐに向けた。雨粒が石礫《いしつぶて》のように顔に当たる。痛くて手で覆《おお》いたくなる。しかし打たれるままにしていた。中山道ルートで間違いはないのかを、体で判断しようとしていたのである。

――まだ碓氷峠を鉄道で越える良いアイデアはない……。このまま中山道ルートを進んでいいものだろうか。

中山道ルートの実査から帰ってきても、勝は鬱々《うつうつ》とした気持ちでいた。碓氷峠で顔を打ってきた雨の痛さがまだ残っている。

勝は、部下の原口要《かなめ》を呼んだ。原口は肥前《ひぜん》島原藩出身で、アメリカで土木工学を修め、後に日本で最初の工学博士になる人物だ。勝の右腕である。

「原口君、知っての通り中山道ルートは難航している。そこで東海道ルートに変更可能か調査をしてもらいたい。特に難攻不落と言われる箱根をどのように越えるか、また大井川などの河川に鉄橋を架けることができるかなどだ」

勝は苦渋に満ちた表情で声を潜《ひそ》めた。

「局長、路線を変更されるお考えですか」

原口が体を乗り出す。

「待て、そう結論を急ぐな。私には珍しく迷っているんだ。ただし、この東西両京を結ぶ鉄道に失敗は許されん。私が責任を取って、腹を切れば済むという問題ではない。佐々木工部卿や伊藤参議にも累《るい》が及ぶであろう」勝は、さらに声を潜めた。

「さらに軍が怒り出す。私を殺せと言い出すだろうな」

「まさか」

原口は唖然《あぜん》としつつ、深刻な表情になった。

「まさかではない。軍は、中山道ルートだから鉄道建設を支持した。東海道は反対だった。それに……」勝は、言葉を呑み込んだ。

原口の表情が強張《こわば》った。勝が何を言い出すのか緊張して待っている。

「すでに中山道ルート周辺の人々は、鉄道が出来ることに期待している。それがもし中断するとか、そうならないまでも東海道ルートを調査していると知ったら、どれだけの罵声《ばせい》を浴びせてくるやもしれん」

「私もなぜ土地がおおむね平坦で、産業も発展している東海道ルートではないのかと、かねがね疑問に思っておりました」

原口は神妙に頭を下げた。

「予断は禁物だよ。すでに中山道ルートで工事が始まっている。それを推し進めたのはこの私だ。何はともあれ、とにかく極秘に調査してくれ。機材なども必要最小限しか持って行くな。いいな」

勝は、強く念を押した。

原口は緊張で足が震えた。勝の言う通り、鉄道は周辺地域の産業を活性化する効果が高い。それだけにもしも中断となると、暴動さえ起きかねない。自分に与えられた使命の重さに、体が自然と強張ったのだ。

原口は、名人と言われる測量技師・山村清之助《せいのすけ》と二人で、極秘調査に着手する。四十日ほどかけ詳細に調査した結果、原口は三つの案を勝に提示した。いずれの案も、標高八四六メートルの箱根峠を如何《いか》に越えるかという難題に向き合っていた。

第一案は、海岸線を通り箱根山の下にトンネルを掘るもの。しかしそのトンネルは延長約八〇〇〇メートルにもなり、技術的に困難であること。

第二案は、足柄《あしがら》峠にトンネルを掘り、竹之下に出るもの。これも長大なトンネル掘削が必要となり、困難であること。

第三案は、国府津《こうづ》から松田―山北―小山―御殿場《ごてんば》―沼津に至るもので、箱根山や足柄山などを避け、その北側を迂回するというもの。

原口は、第三案なら可能だと言った。

「なぜそれなら可能なのか？」

勝が問い質《ただ》す。

「確かに山北─御殿場間には二五パーミルの急勾配の箇所がありますが、他の区間は一〇パーミル程度の平坦さです」

「本当か」

勝は、信じられないという思いで原口に聞いた。

「たまたま箱根の旅館の主人から、酒匂川《さかわ》の渓谷に沿って上ると、御殿場を経て三島に出るのに、比較的緩やかだという話を聞いたのです。それで調査しましたところ、『箱根の嶮《けん》は決して恐るるに足らぬ』との結論に達しました」

原口の顔には笑みが溢れていた。

「天下の嶮ではない。函谷關《かんこくかん》ものならず、ではないと言うのだな」

勝は、射貫くような目で原口を睨む。

「はいっ」

原口は強く頷いた。

勝から指示を受けた原口は、「東海道線調査報告書」と図面を提出し、工事の難易度ばかりではなく、費用の点においても東海道線が優れていると結論づけた。

中山道ルートは山岳地帯であるため、工事費が約一五〇〇万円必要になるが、東海道ルートなら約一〇〇〇万円で済むという。

また全線開通後、東京─名古屋間を中山道ルートでは約十九時間だが、東海道ルートであれば約十三時間であり、約六時間も短縮できる。

「さらに」原口は畳みかけるように、東海道ルートのメリットを挙げる。「東海道ルートは営業収入が多く見込めるため年間約四九万円の利益となりますが、中山道ルートでは頑張っても利益は約二九万円が限界です」

ある意味では当然の結論だ。すでに産業が発達した東海道ルートにした方が、多くの収益が見込めるというのだ。

勝は、鉄道は産業が未発達の地域にこそ必要で、数字に表れない間接的な利益こそが重要であるとかねてから主張していた。直接的利益よりも間接的利益を重視するがゆえに鉄道は国家が敷設し、管理しなければならないというのが勝の考え方で、それで政府を説得してきた。

しかし原口に、ここまで完膚《かんぷ》なきまで東海道ルートの方がメリットがあると結論づけられては、勝は中山道ルートに固執する訳にはいかなかった。

勝は、悩んだ。今さら、中山道ルートを否定する訳にはいかないではないか。

明治十八年（一八八五）十二月に工部省は廃止となったが、鉄道局は、強い権限を維持するために勝が申し立てを行い、内閣直属となった。勝は、鉄道局の局長の座にそのまま留まったのである。

東西両京を結ぶために、中山道ルート以外の鉄道工事は着々と進んでいる。このままだと中山道ルートで工事を進めざるを得なくなる。それでいいのだろうか。

中山道ルートか東海道ルートか、どちらを選ぶべきか、勝は追い詰められていた。

勝は、明治十九年（一八八六）三月に「鉄道布設工事拡張之儀ニ付伺」を内閣に上申した。中山道ルートの遅れの理由を説明し、このまま工事を進めるのではなく、収益の上がる横浜―小田原間、神戸―岡山間など他の路線を進めるべしという内容だ。

これは高等戦略というべきもので、勝の本意ではなかった。

しかしこの上申をすれば、ルートを変更しても東西両京を結ぶ鉄道を早く敷設しろと命じてくるだろうと考えたのだ。

そして目論見通り、内閣からは当初の方針通り東西両京間の鉄道敷設を速やかに進めるべし、もし遅れるようならば「改線」してもよいとの回答を得たのである。

この回答を受けて勝は、技師南清《みなみきよし》を呼んだ。

南は、会津藩出身。工部大学校で土木、イギリスのグラスゴー大学で橋梁、建築などを学び、後に唐津《からつ》興業鉄道などの社長を務める。

「中山道ルートをもう一度調査してほしい。碓氷峠、木曾谷《きそだに》など工事が難航している箇所を中心にだ」と、勝は南に命じた。

南は、部下七人と共に三カ月間の調査を行い、「このまま中山道ルートを進めるなら工期が七年、八年も延びることになり、建設費などにも問題が出る。東海道ルートに変更した方がいい」という調査結果を報告する。

南の報告を聞き、勝はもはや一刻の猶予《ゆうよ》もないと中山道ルートを諦め、東海道ルートへの変更を決意した。

勝は、めらめらと自分自身への怒りが燃え上がるのを感じていた。ボイルの中山道ルートの調査が、まるで大名行列のような物見遊山《ものみゆさん》だったと知ったからだ。今さら、文句を言っても仕方がないのであるが、ボイルの調査を鵜呑みにせず、当初から自分の足で調査すべきだったと後悔したのである。

しかし一旦決意したら、一直線に目的完遂に向かって進むのが、勝の猪侍たる所以《ゆえん》だ。

まず軍に、東海道ルートへの変更を了解してもらう必要がある。

勝は、すぐに参謀本部長山県有朋に面会を求める。山県の支援があって中山道ルートが決まったのだから、さぞかし怒りを買うだろうと覚悟をした。

恐縮して面会に臨んだ勝に対して山県は、「鉄道のことは井上君が一番よく分かっている。信頼している。軍としては一刻も早く東西両京を鉄道で結んでほしい。軍の説得は私が責任を持つ」と即決してくれた。

緊張していただけに勝は、肩の力が抜ける思いがした。

次は、内閣総理大臣になっていた伊藤だった。

伊藤は困惑した。工事が進捗《しんちょく》している中山道ルートを今さら、変更できない。政治的な問題になりかねない。

勝は、絶対に迷惑はかけないと伊藤に迫る。

こんなこともあろうかと、鉄道局を内閣直属の組織にしておいたのだ。今では伊藤が直属の上司だ。

伊藤は眉根を寄せた。

「勝、お前の言い分はよく分かった。しかし、軍が納得しないだろう。そもそも中山道ルートを主張したのは軍だからな」

「うーん、それは……」

勝は表情を歪《ゆが》めた。伊藤より先に山県の了解を取りつけているとは言いにくい。

「どうした？　その顔は？」

「実は、正直に言うと、山県さんの了解は取りつけています」

勝は、ためらいつつも素直に吐露《とろ》した。

伊藤の表情が明るくなった。

「そうだったのか。ならばよい。東海道ルートへの変更は閣議を通過するだろう。

勝も少しは政治的に動くようになったのか」

伊藤は、豪快に笑った。

「それほどでもないです」

勝は苦笑した。

「ところで、勝」伊藤が急に神妙な顔になる。「頼みたいことがある」

「いったいなんでしょうか」

勝は身構えた。

「東海道ルートに変更すれば、いつまでに全線開通するのか」

伊藤が勝をじっと見つめる。

「それは……」

勝は即答できない。まだそこまで検討をしていない。

「実は、憲法を制定し、帝国議会を開設したいと思っている。その際、その鉄道に乗せて議員たちに東京に来てもらいたい。それができれば政府への国民の求心力も高まろうというものだ」

伊藤が憲法改正と議会開設に奔走していることは、勝も承知していた。国家の一大行事に鉄道がひと役買うことになる。勝は興奮した。

そして同じ船でイギリスに密航した仲間である伊藤が、今や内閣総理大臣として国家経営の頂点に立っている。その彼が政治生命を懸けている議会開設に、ひと肌脱がないのは男ではない。

「伊藤さん、その議会開設は、いつを予定しているんですか」

勝は、勇んで聞いた。

「明治二十三年（一八九〇）の十一月だ。あと四年しかない」

「分かりました。井上勝、命に代えてもその時までに全線開通してみせます」

勝はきっぱりと言い切った。

伊藤は、相好《そうごう》を崩した。そして勝の手を強く握った。

「ぜひ頼んだぞ。猪侍の男気を見せてくれ」

「任せてください。今まで伊藤さんには数々のご迷惑をおかけしました。今、それをまとめてお返しします」

勝は、伊藤の手を強く握り返す。大望を抱き、暗い神奈川沖へ小さな船で、漕ぎ出した時のことを想い出した。

——あの富士山を今度は鉄道から眺めることができる……。

勝は心が震えた。英国留学から帰国した際、徐々に近づいてくる紅色に染まった富士山を見上げた感動が、鮮やかに蘇ってきたのだ。

明治十九年（一八八六）七月、勝は、東西両京を結ぶ鉄道を中山道ルートから東海道ルートに変更する「中山道鉄道ノ儀ニ付上申」を、内閣に提出した。勝にとっても忸怩たる思いがあったが、この上申は同年七月十三日の閣議で正式に了承された。

勝は、佐々木元工部卿に面会を求めた。

佐々木は、工部省廃止に伴い宮内省顧問となっていた。佐々木が藩閥を超えて鉄道敷設を支援してくれたおかげで、勝はどれだけ仕事を進めやすかったことか。中山道ルートから東海道ルートへ変更になったことを、報告しないでおく訳にはいかなかったのだ。

「あなたが第一人者なのだから思う存分やってください。東海道が開通したら、私も乗せてもらいたいものです」と、佐々木はにこやかな笑みで勝を励ました。

しかし賛同者ばかりではない。東海道ルートへの変更を世論は批判した。新聞は、どうして二年前に工事が困難であることが分からなかったのかと、勝の責任を問う記事を掲載した。

また軍は閣議で了承したものの、どうして東海道ルートにしたのかなどと問い質した。加えて狭軌ではなく標準軌にすべし、複線化を図るべしなどの申し入れを行ってきた。

勝はそれに対して、日本の地形の問題などから内陸部の鉄道敷設は経費が莫大にかかること、山岳地帯を走る場合には狭軌が相応しいこと、そして複線化も費用と時間がかかり、また現状の物流状況では不要であることなど、ことごとく軍の意見を否定したのである。

軍としては、鉄道を可能な限り軍事用に利用したいと考えていた。勝は、軍事よりも国民経済的観点が鉄道の原点であるという立場を譲らない。それは水と油で、混じり合うことはなかった。

原理原則にこだわりすぎる勝を軍は面白く思わなかった。軍は、密かに勝を鉄道局長から排斥《はいせき》しようと動き始める。しかし、勝はそのようなことを気にもかけず、伊藤との約束を果たすべく東海道ルート建設に奔走するのである。

11

明治二十二年（一八八九）七月一日、東京（新橋）―神戸間の東海道線がついに完成した。帝国議会開設に間に合わせたのである。勝《まさる》は、伊藤との約束を果たせたことに安堵した。

同年七月五日、勝は、伊藤に代わって内閣総理大臣に就任した黒田清隆に、東海道線全線開通の報告を行った。奇《く》しくも黒田は、かつて鉄道敷設について激しく反対した人物だった。勝から報告を受けた黒田は、そのことを思い出したのか、苦笑しつつ勝の苦労をねぎらった。

名古屋において鉄道一〇〇〇マイル（約一六〇〇キロメートル）祝賀会が開催された。多くの政府関係者を前にして挨拶のために壇上に立った勝は、一筋の涙を流した。

鉄道頭を拝命して二十年近く経った。あの時は二十九歳。青年鉄道頭と言われたが、今や四十七歳。初老の男になってしまった。

ここに来るまで支援してくれた大隈や伊藤など、多くの人たちへの感謝の思いを込めて挨拶を行った。

この日、東京新橋駅からは午前六時十分に京都行き一番列車、そして名古屋行き、静岡行きの三本の列車が発車していた。そして夕方の四時四十五分には神戸行き直通列車が出発する。約二十時間をかけて東京から神戸まで走る。乗客や沿線の人々の驚く顔が目に浮かぶ。

しかし感慨にふけってばかりもいられない。まだまだ鉄道を待っている人が全国にいるのだ。

東海道全線開通を成し遂げたが、勝の心に重くのしかかっていたのが、碓氷峠だった。

高崎—横川間は明治十八年（一八八五）、直江津—軽井沢間は明治二十一年（一八八八）に開通していたが、横川—軽井沢間は、いまだに馬車鉄道に頼っていた。勝に中山道ルートを諦めさせた碓氷峠は、どうしても鉄道で越えることができなかったのだ。

勝は、悔しくてたまらない。なんとかしたいと考えていた。碓氷峠を克服しなければ、山岳地帯が多い日本の鉄道としては、画竜点睛《がりようてんせい》を欠くような思いだった。

「局長、碓氷峠を越える良いアイデアがあります」

部下の技師・本間英一郎が、勝に勇んで報告をしてきた。

「そうか、すぐに聞かせてくれ」

勝は、目を見開いた。

「ドイツに留学している仙石《せんごく》と吉川が、ドイツの山岳列車がアプト式歯軌条を採用して、六〇パーミルの勾配を上手く上っていると、報告をしてきました」

仙石貢《みつぐ》は、後に鉄道院総裁などに就任し、政治の世界でも活躍する。また吉川三次郎も後に日本鉄道や朝鮮京仁鉄道などで活躍し、生涯を鉄道に捧《ささ》げた。

「アプト式？　説明してくれ」

勝は目を輝かせた。

「ドイツのローマン・アプトが開発したもので、二本のレールの間にラックと呼ばれる歯型レールを設置します。そして機関車に歯車をつけ、その歯型とかませることで、滑走を防ぎながら急勾配を上るというものです」

「つまり、こうか？」

勝は両手を歯車のように嚙み合わせた。

「非常に興味深い。すぐにこれを採用できるか調べろ」

勝は、碓氷峠を越える光明を見出した気持ちになった。

本間は、すぐに技術顧問らと検討に入った。アプト式は、海外の山岳列車に応用されている例はある。東西両京を結ぶような主要本線に利用された例はないが、急勾配を上るには極めて有効であるとの結論を得たのである。

明治二十四年（一八九一）、勝はアプト式での鉄道敷設を命じた。

本間は、留学から帰国した吉川の協力を得て、最大勾配六六・七パーミル、トンネルが二十六カ所、橋梁十六カ所という路線工事に入った。

アプト式レールや機関車などは、アプト社などドイツに発注した。しかしそのまま利用するのではなく、本線の使用に堪えられるように歯型レールを二本から三本に増やすなど工夫を凝らした。

また橋梁も急勾配に架けられることになり、レールにかかる荷重も大きくなることからレンガアーチを採用した。設計は、C・ポーナルが担当したが、橋脚にレンガだけでは耐震上の問題があるため、石材を利用するなど工夫を加えた。

トンネルも長いものでは四三三メートルもある。これでは通過する間に機関車の煤煙《ばいえん》で運転士が窒息《ちっそく》してしまうという、笑えない問題が発生することになる。そこで機関車がトンネル内に進入すると、人の手で下方入り口を幕で塞ぐ。そして機関車を動かすと、煤煙が機関車と同じ方向に動くことで煤煙がトンネル内に籠《こも》ることを防ぐという対策を講じることにしたが、あまり有効とは言えなかった。

しかし勝は、どんな急勾配であろうと、どんなにトンネルに煤煙が籠ろうと、最短で碓氷峠を越えろと命じ、工事を急がせた。

明治二十六年（一八九三）四月一日、ついに横川―軽井沢線は開通した。これで信越線と呼ばれる上野―直江津間が全線鉄道で結ばれることになった。

「局長、ついに碓氷峠を克服しました」

本間が、勝に喜び勇んで報告に来た。

「おめでとう」勝は、少し寂しげに言った。「しかし本間君、私はもう局長ではない」

勝は、同年の三月に正式に鉄道局長を辞任し、局長室を一人で片づけていたのだ。

鉄道局長を辞任したのは、私鉄推進派との戦いに敗れたからである。

勝は、鉄道はあくまで国営であるべきだと主張していた。収益だけで路線を考える私鉄に任せる訳にはいかないという主張を曲げなかった。

しかし鉄道に民間の資本を調達したい政府、鉄道事業を民間で進めたい資本家たち、そして鉄道を軍事用にも活用したいと考えている軍が、勝の頑なまでの国有化論を批判し始めたのだ。

勝は、鉄道局長として長く君臨し、鉄道を私物化しているという声が日増しに大きくなり、このままでは総理大臣に返り咲いた伊藤にも迷惑がかかると考え、辞任を決めたのだ。

「残念であります」

本間は、勝の辞任に対して無念の涙を流した。

「なんの無念があるものか。碓氷峠を克服し、信越線を開通させることは私の悲願だった。やり残したことで私の胸に痞《つか》えていたのだが、それが取れてすっきりしたよ。日本海と太平洋を結ぶ信越線は、まさに国営鉄道の鑑《かがみ》だ。鉄道が、それだけで利益を上げるのではなく、間接的な利益を周辺にもたらすという最高の路線になると思う。あとは、君たち若い人が頑張って日本中に鉄道を敷設し、国民生活の向上に向けて努力してくれ。頼んだよ」

勝は、静かに微笑んだ。馬鹿野郎と部下を怒鳴り、叱咤激励した雷親父《かみなりおやじ》の顔ではなく、穏やかな表情だった。

「これからどうされますか」

本間は聞いた。

「妻と相談して決めるさ。まあ、私のような者でも役立つことがあれば、いつでも言ってくれたまえ」

勝は、書類を抱えると執務室を出ようとした。

「局長」本間が呼び止めた。

「何かな」勝が振り向く。

「これは、いかがいたしましょうか?」

本間の手にはスコップが握られている。勝が執務室に飾っていたもので、英国留学時代に使っていたものだ。

「ああ、それか」

勝は、わずかに迷ったような表情を浮かべたが、「もし、よければ君がそれをもらってくれないか」と言った。

本間は、大粒の涙を流しながら、それを頭上に推し戴くように掲げた。

「ありがとう」

勝は、軽く会釈をして執務室を後にした。

12

勝《まさる》はようやく目が覚めた。戸惑った顔で周囲を見渡す。病院のベッドに寝かされているようだ。

〈気がつきましたか〉

優しい笑みを浮かべた女性が覗《のぞ》き込んでいる。

〈キャサリン、私はどうして……〉

女性は、ウィリアムソン教授の夫人であるキャサリンだった。

明治四十三年（一九一〇）、勝はロンドンに来ていた。表向きは、欧州の鉄道事情の視察だったが、かつて青春を過ごしたロンドンを訪れたかったのだ。

留学を終えて帰国して以来、鉄道事業に明け暮れ、一度も再訪していなかった。

妻の宇佐子が生きていれば体調が思わしくない勝を気遣って、ロンドン行きに反対しただろう。いや、「あなたは反対してもお行きになるでしょうね」と、穏やかに微笑んだに違いない。しかし宇佐子は明治四十年（一九〇七）に亡くなってしまっていた。

勝は、ロンドンに着くと、真っ先にウィリアムソン教授の家を訪ねた。

残念なことに教授はすでに亡くなっていた。しかしキャサリン夫人は健在で、〈ノムラ、ノムラ〉と歓迎してくれた。

勝は、キャサリン夫人に会うと、一気に青春時代へと戻ったような気持ちになり、教授の墓に参り、探せるだけの旧友と再会を果たし、自分が学んだロンドン大学などを訪問したりと精力的に動き回った。

しかし、体はもはや長旅と異国の空気に堪えられなかったのだろう。キャサリン夫人の自宅で倒れてしまった。

〈ご迷惑をおかけしました。もう大丈夫です〉

〈何を言っているのですか。ゆっくり休みなさい。まだ熱が下がっていませんよ〉

キャサリン夫人は勝の額を冷やしていたタオルを取ると、冷たい水に浸して絞り、再び勝の額に載せた。ひんやりとした冷たさが伝わり、勝は思わず目を閉じた。

〈ここはどこですか〉

〈ヘンリッタハウスという病院です。ゆっくり休みなさい。ノムラは、日本で随分働いたようだから、神様がロンドンで休みなさいとおっしゃっているのよ〉

キャサリン夫人は静かに言った。

〈ありがとうございます。こうしていると、下宿時代に病気で寝込んだ時のことを思い出しますね〉

〈そうね、あれからずいぶん時間が経ったわね〉

〈私もすっかりお爺さんになりました。六十八歳ですからね。初めてお会いした時は二十一歳でした〉

勝は寂しげに笑った。

〈私もみんなも若かったわね〉

キャサリン夫人も笑みを浮かべた。

〈伊藤は亡くなりました。総理大臣まで務めましたが、不幸なことに朝鮮で暴漢に殺されたのです。無念です〉

〈なんということなの〉

キャサリン夫人は顔を曇《くも》らせた。

〈遠藤は造幣局長をしていましたが、彼も亡くなりました〉

遠藤謹助《きんすけ》は、明治二十六年（一八九三）に亡くなった。

〈そうだったの〉

〈聞多《ぶんた》は元気です。出世し、大蔵大臣などを務めましたが、今は第一線を退《しりぞ》いています〉

〈庸三は？　熱心に勉強していたけど〉

〈彼も元気です。工部大臣を務め、今は引退し、盲唖《もうあ》学校の設立に尽力しているようです〉

〈みんな偉くなったのね〉

キャサリン夫人は満足そうに言った。

〈皆、ウィリアムソン教授やあなたのおかげです。遠い東洋のはずれから来た、見ず知らずの私たちに本当の優しさを教えてくださいました。ありがとうございます。感謝してもしきれません。それだけが言いたかったので、ロンドンまで来ました。私は、ロンドンで学んだことをなんとか日本に生かそうと努力してきました。でも、どれだけ果たせたか分かりません。ロンドンでは多くのことを学びましたが、一番に教えていただいたことは、献身ということだったような気がします〉

〈献身？〉

〈そうです。私たちのような者に対して、教授やあなたやロンドン大学の人たち、いやイギリス中の人たちが、早く国のために尽くしなさいと献身的に教え、導いてくださいました。それは、何物にも代えがたいものです。私は、あなた方の献身に応えようと、日本のために献身することができました。いい人生でした。本当にありがとう〉

勝の目に一筋の涙が光った。

〈ノムラ、もう眠りなさい。ゆっくりと、ゆっくりと……。体も心も癒《いや》すのですよ〉

キャサリン夫人は、勝の瞼《まぶた》に手を添えて、涙を拭いた。

〈眠ることにします。ありがとうございました〉

勝は手を伸ばし、キャサリン夫人の手を取った。キャサリン夫人は、両手で勝の手を包んだ。

明治四十三年（一九一〇）八月二日、午前一時十五分、井上勝はロンドンの病院にて、キャサリン夫人と随行の二人の部下に看取られて永眠した。享年《きようねん》六十八。

鉄道、すなわちクロカネの道にすべてを捧げた人生だった。

〈了〉

あとがき

　私に井上勝《いのうえまさる》を引き合わせてくれたのはＪＲ東日本のある役員だった。彼は私に「井上勝をご存知ですか」と尋ねた。遺憾ながら私は井上勝を知らなかった。彼によると、井上勝は、日本の鉄道の父なのだが、ＪＲの社員の中にも知らない人が増えたという。

「ＪＲは、一九八七年に分割民営化され、それぞれの会社の歴史がスタートしましたので井上勝のこともいつの間にか忘れられてしまいました。東京駅の改修後は、今は、倉庫に収蔵してある銅像を駅の丸の内側に建てる考えです」

　彼が一番残念に思っているのは、国鉄が分割民営化されたことで日本の鉄道がスタートした頃の歴史が忘れられてしまったことだ。

　私は第一勧業銀行という合併銀行に入行した。ここでは合併後の融和を優先して、第一と勧銀の歴史が忘れられてしまった。それはまるで忘れることが「善」であるかのようだった。合併と分割と真逆ではあるが、ＪＲでも同じように歴史が忘れられることが「善」となったのではないだろうか。

「企業は、歴史を大切にし、歴史に学ぶ必要があります。私たちは鉄道敷設のために先人たちが、どれだけ苦労したのか知る必要があるのです」

私は、彼の言葉に触発されて井上勝を書こうと思った。

井上勝は、幕末に英国に密航し、その後の明治維新の立役者となった伊藤博文《いとうひろぶみ》、井上馨《いのうえかおる》、山尾庸三《やまおようぞう》、遠藤謹助《えんどうきんすけ》らと共に長州ファイブと呼ばれている。ただしこの中で伊藤博文などの政治家と比較して井上勝は、いたって地味な存在だ。

明治維新において伊藤博文、西郷隆盛《さいごうたかもり》、大久保利通《おおくぼとしみち》たち政治家の存在は燦然《さんぜん》と輝き、私たちもよく知っている。しかし彼らの力だけで、日本が、今日のように経済的にも技術的にも西欧諸国を凌《しの》ぐまでになったのだろうか。私は、調べれば調べるほど井上勝こそが「ものづくりの国」と尊敬を持って世界から称賛される日本の基礎を築いた人物であると思うようになった。

私には、井上勝とホンダの創業者である本田宗一郎《ほんだそういちろう》が重なった。本田宗一郎は車づくりが好きで好きで堪《たま》らない人物だった。大企業にしようなどというよりも良い車を作りたいという熱意で社員たちと一緒に油まみれになり、寝食を忘れて車づくりに没頭した。

日本が「ものづくりの国」となったのは、本田宗一郎のような現場と一緒になってものづくりをする技術屋魂を持ったリーダーがいたからだ。井上勝は、まさにその先駆者であると言える。

井上勝の優れているのは、単に西洋の技術を日本に導入した翻案家ではないことだ。早くから、日本人のみで鉄道を作ろうと努力した。

鉄道は、当時、最先端の技術だった。線路敷設、トンネル、架橋、機関車製造、運行管理などあらゆる技術の粋を集めたものだったのだ。これらを日本人のみでやることなど、誰もが無理だと言った。しかし井上勝は、若い技術者を育て、一緒に現場で汗を流し、それをやり遂げた。

みずからスコップを握り、トンネルを掘った。雷親父《かみなりおやじ》と慕われ、車座になって一升瓶の酒を酌み交わしたのだ。

すべての国が日本のように「ものづくりの国」になりたいと思ってもなれない現実がある。それは井上勝のような技術屋魂を持った現場好きのリーダーがいないからではないだろうか。それらの国は、手を汚さず、先進国の技術を導入するだけで楽をしてうまい汁を吸おうと考えているのだろう。

しかし日本は、井上勝や本田宗一郎のような人物が多くいたおかげで「ものづくりの国」として尊敬されるまでになった。その意味では井上勝は「鉄道の父」であると共に「技術者の父」でもあるのだ。

ジャレド・ダイアモンドは、その著書『危機と人類（上・下）』（日本経済新聞出版社刊）において危機を克服するには、全面的な変化ではなく「選択的変化」を実行に移さねばならないと説く。そのためには、危機を把握し、歴史や手本に学び、公正な自己評価をし、行動に伴う責任を引き受ける覚悟をし、何があっても変えられないものを明確にしなければならない。要するに謙虚であれということだろう。彼は、その「選択的変化」の成功例として明治維新を高く評価する。しかしその後の日本は、成功体験に溺れ、第二次世界大戦という国を亡ぼす大失敗へと突き進んでしまう。そこから立ち直ったかと思ったが、またもや成功体験に安住し、停滞が目立つようになった。人工知能、自動運転、量子コンピューター、ゲノム医療など最先端技術において日本は後れをとっていると言われている。このままでは「ものづくりの国」は過去の栄光となってしまうだろう。そのような懸念を抱くのは私だけではあるまい。今こそ、技術者魂の権化とも言える井上勝の謦咳《けいがい》に接し、日本は、勇敢に「選択的変化」を実行に移すべき時ではないか。本書がその一助になれば幸いと考える。

井上勝は、列車が行き交う東海道線の近くの墓にしてほしいと遺言した。希望通りに品川の東海寺に埋葬された。墓のすぐ傍《そば》を数分毎に新幹線などの列車が通過する。冥府から鉄道の発展を喜んでいることだろう。

ところで、本書を書き終えた時、私は不思議な夢を見た。井上勝と一緒に銀色に輝く筒のような列車に乗っている。

「これはいったいなんという乗り物ですか」

勝が私に聞いた。

「リニアモーターカーという列車で、磁力で動きます」

私は戸惑《とまど》うことなく答えた。

「磁力？」

勝が首を傾《かし》げる。

「おう、弥吉《やきち》、久しぶりだな」

勝を幼名で呼ぶ者がいる。

伊藤博文だ。井上馨、山尾庸三、遠藤謹助もいる。

「みんなも乗っているのか」

「お前、すごいものを作ったな」

庸三が言う。

「この列車は私が作ったのか」

「お前が作らないで、誰が作るというんだ」

庸三は相好《そうごう》を崩した。

「動くぞ、動き出すぞ。しっかり摑《つか》まっていろよ。ものすごく速いぞ」

馨が大きな声を発した。

その声に合わせて全員が、ひじ掛けを摑む。勝も彼らを真似る。

「皆さん、大丈夫ですよ。安全運行しますから」

私は少し笑う。

リニアが動き出した。しばらくすると「今から最高時速五〇〇キロメートルに到達します」と女性の声が聞こえてきた。体が浮くような感覚がする。

「時速五〇〇キロメートル？　一時間に五〇〇キロメートルも進むというのか。東海道線は最高時速四八キロだぞ」

勝が驚く。

「リニアは、品川駅から約四十分で名古屋、約六十七分で大阪に到着します」

私は説明した。

「名古屋まで四十分！　大阪まで六十七分！」

勝は、驚きで目を瞠《みは》る。

「速いぞ、ものすごく速いぞ」

博文たちがはしゃいでいる。

「このリニアは中山道《なかせんどう》ルートを通っております。名古屋までの二八六キロメートルのうち、二四八キロメートルがトンネルですので景色が楽しめないのが残念です」

私は勝に説明する。

「中山道のほぼ全線がトンネル？　信じられない。峻険《しゅんけん》な山々をすべて貫いたというのか」

勝は、碓氷峠《うすいとうげ》を越える横川—軽井沢線の難工事を思い出したようだ。

「これを私が作ったのか。本当なのか、宇佐子《うさこ》？」

いつの間にか私は、勝の妻の宇佐子になっていた。

「あなたは私に自慢げにおっしゃったじゃありませんか。東京から大阪までそのうち一時間もあれば行く時代が来るだろうって」

「そんなこと言ったかな」

「ええ、おっしゃいましたよ。その時代になったのですよ。あなたのおかげです」

宇佐子は微笑《ほほえ》む。

「本当に東京から大阪まで一時間余りで行けるようになったのか。それが私のおかげだと言うのか」

勝は呟《つぶや》く。

「弥吉、お前の功績だ。よくやり遂げたなぁ」

博文が言う。馨、庸三、謹助が勝に笑顔を向けている。

「私一人ではとうていできなかったよ。みんなのおかげだ。みんな、ありがとう」

勝を乗せたリニアモーターカーは、音もなく滑るように大阪駅のホームへと入って行った。

＊

リニアモーターカーが品川から名古屋まで開通するのは二〇二七年、大阪までは二〇四五年の予定である。

今、改修された東京駅の丸の内口には礼服姿の井上勝の像が建てられている。俺には、礼服よりも作業服とスコップが似合うぞと苦笑いしているようだ。

江上　剛

令和二年一月吉日、自宅にて記す。

主な参考文献

『薩摩スチューデント、西へ』（林望著／光文社時代小説文庫）
『幕末の蒸気船物語』（元綱数道著／成山堂書店）
『東海道線誕生　鉄道の父・井上勝の生涯』（中村建治著／イカロス出版）
『井上勝　職掌は唯クロカネの道作に候』（老川慶喜著／ミネルヴァ書房）
『日本の鉄道をつくった人たち』（小池滋・青木栄一・和久田康雄編／悠書館）
『横浜を創った人々』（冨川洋著／講談社エディトリアル）
『大隈重信（佐賀偉人伝02）』（島善高著／佐賀県立佐賀城本丸歴史館）
『アレキサンダー・ウィリアム・ウィリアムソン伝　ヴィクトリア朝英国の化学者と近代日本』（犬塚孝明著／海鳥社）
『日本鉄道史 幕末・明治篇　蒸気車模型から鉄道国有化まで』（老川慶喜著／中公新書）
『伊藤博文　近代日本を創った男』（伊藤之雄著／講談社学術文庫）
『密航留学生「長州ファイブ」を追って　萩ものがたり⑥』（宮地ゆう著／一般社団法人萩ものがたり）
『長州ファイブ物語 工業化に挑んだサムライたち　萩ものがたり㉘』（道迫真吾著／一般社団法人萩ものがたり）

『江藤新平　急進的改革者の悲劇』（毛利敏彦著／中公新書）
『洋行の時代　岩倉使節団から横光利一まで』（大久保喬樹著／中公新書）
『明治を作った密航者たち』（熊田忠雄著／祥伝社新書）
『幕末維新と佐賀藩　日本西洋化の原点』（毛利敏彦著／中公新書）
『お雇い外国人　明治日本の脇役たち』（梅溪昇著／講談社学術文庫）
『幕末の長州　維新志士出現の背景』（田中彰著／中公新書）
『新日本鉄道史（上・下）』（川上幸義著／鉄道図書刊行会）
『シュリーマン旅行記　清国・日本』（ハインリッヒ・シュリーマン著　石井和子訳／講談社学術文庫）
『井上勝傳』（上田廣著／交通日本社）
『世外井上公傳』第一巻（井上馨侯傳記編纂会編／原書房）
『伊藤博文傳（上）』（春畝公追頌会編／春畝公追頌会）
『山尾庸三傳　明治の工業立国の父』（兼清正徳著／山尾庸三顕彰会）
『鉄道　明治創業回顧談』（沢和哉編著／築地書館）
「井上勝と鉄道黎明期の人々」（鉄道博物館第3回コレクション展図録）
その他、「鉄道博物館」資料（公益財団法人東日本鉄道文化財団）、新聞記事など多数。

初出　本書は、二〇一七年三月にPHP研究所から刊行された『クロカネの道』を改題し、加筆・修正したものです。

作品の中に、二〇二〇年現在において差別的表現ととられかねない箇所がありますが、作品全体として差別を助長するようなものでないこと、また作品が明治時代を舞台としていることなどに鑑み、当時通常用いられていた表現にしています。

著者紹介
江上　剛（えがみ　ごう）
1954年、兵庫県生まれ。早稲田大学政治経済学部卒業。77年、第一勧業銀行（現・みずほ銀行）入行。人事、広報等を経て、築地支店長時代の2002年に『非情銀行』で作家デビュー。03年に同行を退職し、執筆生活に入る。
主な著書に、『失格社員』『二人のカリスマ』『ラストチャンス 再生請負人』『会社人生、五十の壁』『我、弁明せず』『成り上がり』『怪物商人』『翼、ふたたび』『百年先が見えた男』『奇跡の改革』『住友を破壊した男』、「庶務行員 多加賀主水」「特命金融捜査官」のシリーズなどがある。

ＰＨＰ文芸文庫　クロカネの道をゆく
「鉄道の父」と呼ばれた男

2020年6月2日　第1版第1刷

著　者　江　上　　剛
発行者　後　藤　淳　一
発行所　株式会社ＰＨＰ研究所
東京本部　〒135-8137 江東区豊洲5-6-52
第三制作部文藝課　☎03-3520-9620(編集)
普及部　☎03-3520-9630(販売)
京都本部　〒601-8411 京都市南区西九条北ノ内町11
PHP INTERFACE　https://www.php.co.jp/
組　版　朝日メディアインターナショナル株式会社
印刷所　株式会社光邦
製本所　株式会社大進堂

ISBN978-4-569-90017-9

PHP文芸文庫

怪物商人

江上剛 著

死の商人と呼ばれた男の真実とは⁉ 大成建設、帝国ホテルなどを設立し、一代で財閥を築き上げた大倉喜八郎の生涯を熱く描く長編小説。

PHP文芸文庫

成り上がり

金融王・安田善次郎

江上剛 著

ハダカ一貫から日本一の金融王へ！ 挫折、失敗の連続を乗り越えて成功をつかんだ安田善次郎の、波瀾万丈の前半生に光を当てた長編。

PHP文芸文庫

我、弁明せず

江上 剛 著

明治・大正・昭和の激動の中、三井財閥トップ、蔵相兼商工相、日銀総裁として、信念を貫いた池田成彬。その怒濤の人生を描く長編小説。

PHP文芸文庫

百年先が見えた男

江上剛 著

百年先が見えた経営者――現在のクラレを作り上げ、国交回復前に中国へのプラント輸出を実現させた男の生涯を描いた感動の長編小説。